中公文庫

もう別れてもいいですか

垣谷美雨

中央公論新社

目次

もう別れてもいいですか

郵便受けを開けると、喪中ハガキが入っていた。

「また？」と原田澄子《はらだすみこ》は独り言《ひとりごと》ちた。確か先週も届いたはずだ。

五十歳を超えたあたりから、十一月になると毎年のように喪中ハガキが届くようになった。親が八十代や九十代だから無理もないとは思うものの、やはりしんみりした気持ちになる。

だが、その寂《さび》しさもすぐに消えた。そんなことより今は腕が痛いのだ。肘《ひじ》の内側にレジ袋が食い込んでいる。今日は立派な大根が久しぶりに安かった。そして、もう片方の腕には、白菜と牛乳が入った袋がぶら下がっていて、罰ゲームかと思うほど重い。門柱の郵便受けから喪中ハガキを指先でつまんで取り出したはいいが、荷物が重くて腕が上がらず、文面が読めなかった。夕闇迫る中、薄墨《うすずみ》色の文字となれば尚更《なおさら》だ。目を細めてみると、差出人の名前だけはなんとか読めた。高校時代の同級生の雅代《まさよ》からだった。年賀状のやりとりだけの関係になって既に何十年も経つ。子供が小さかった頃は、写真入りの年賀状が届いたものだが、文字だけになって久しい。

亡くなったのは誰だろう。雅代の両親と舅姑《しゅうとしゅうとめ》の計四人のうち、誰が存命だったっけ。毎年何通もの喪中ハガキが届くから、いちいち覚えていられない。亡くなったのが実家のお母さんだったらかわいそうだけど、舅姑であれば、雅代は楽になったのではないか。

いや、待てよ。姑が亡くなって舅が一人遺《のこ》されたりしたら厄介《やっかい》だ。誰が舅の面倒を見るのか。やっぱり嫁なのか。おばあさんなら一人でも楽しく暮らせるが、おじいさんだと誰かが面倒を見なきゃならない。たとえ健康体であったとしても、だ。

ああ、おじいさんとは、なんと厄介な生き物なのだろう。とはいえ、最近は自活できるおじいさんも増えたと聞く。だが、うちの夫は無理だ。縦《たて》の物を横にもしない。あんな男が、いつの日か寝たきりになったらどうなる？

あれこれ想像しただけで、この先も生きていかなきゃならないことが嫌になった。だから、頭を左右に振って考えるのをやめた。

昼間の雨で地面がぬかるんでいた。滑《すべ》らないよう気をつけながら玄関へと進む。玄関横にある枇杷《びわ》の木に小さな白い花がたくさん咲き誇っていて、そこだけが明るく見えた。

玄関の鍵を開け、模様ガラスが嵌《は》め込まれた引き戸をガタピシいわせながら開けた。築五十年にもなる昭和時代の建物だ。猫の額ほどの庭を含めても三十坪しかないが、最近はその狭さが気に入っている。二人の娘が独立して夫婦二人暮らしとなってみれば、広さも十分だし、これ以上広いと掃除機をかけるだけでも大変だし、庭の草取りだってキリがなくなる。

台所に入ってレジ袋をテーブルに置くと、やっと重い荷物から解放された。腕を労《いたわ》るように揉《も》みほぐしながら、改めて雅代からのハガキを手に取った。

——喪中につき年末年始のご挨拶《あいさつ》をご遠慮申し上げます。

型通りの文言が並んでいた。

次の行に目を走らせたときだった。

「えっ？　うそっ」と、誰もいない家の中で、大きな声を出していた。

——本年九月に夫　山内慎一《やまうちしんいち》が五十八歳にて永眠いたしました。

どういうこと？

親御さんじゃなくてダンナさんが死んだの？

まだ六十歳にもならないのに？

その場に立ち尽くしたまま、「夫」という文字を穴の開くほど見つめた。

……羨《うらや》ましい。

唐突に湧き上がってきた感情に戸惑っていた。

不謹慎《ふきんしん》にもほどがある。人ひとりが死んだっていうのに。

そう思いながらも、そんな薄っぺらい罪悪感は一瞬で消し飛んだ。

だって、羨ましいものは羨ましいのだから仕方がないじゃないの。

どうやら自分は、これほどまでに夫を嫌っていたらしい。

早く死んでほしいと思うほどに。

自分にとって、夫の孝男《たかお》は鬱陶《うっとう》しい存在でしかなかった。夫が泊まりがけの出張に行くときなどは、前の晩から嬉《うれ》しさを抑《おさ》えきれず、顔に出ないよう気をつけなければならないほどだった。とはいえ、夫が不在の夜に特別な楽しみがあるわけではない。いつもと同じように、パートから帰ってきたら夕飯を作って食べて風呂に入り、そのあとテレビを見たり本を読んだりして、眠くなったら布団に入る。たったそれだけのことだ。だが、夫のいない解放感といったらなかった。夫がいないだけでウキウキする。楽しくて仕方がない。一泊二日の出張なんかじゃなくて、永遠に行きっぱなしならいいのにと思ってしまう。

ごめんね、雅代。羨ましいなんて言っちゃって。

だけどね、早死にしてくれる以上に妻サービスなことって他にある？　雅代はご主人が亡くなって困ることなんて何もないんじゃないの？　土地も家も畑も自分のものになったんでしょう？　遺族年金も入るしね。もしかして生命保険や退職金も？　それとも少しは悲しかったの？　まさか号泣したとか？　もしもそうだとしたら、日本では稀《まれ》に見る美しい夫婦だけど、そんなの小説の中だけでしょう？　そうでないなら、葬儀場に流れる、いかにも寂しげで厳《おごそ》かな音楽に影響されたに決まってるよ。

最後に雅代に会ったのはいつだろう。彼女の暮らしぶりは、年賀状の隅に書かれる数行の近況報告で知るだけだった。それによれば、息子二人はとっくに独立して都会で暮らしているはずだ。夫は確か三男で、舅姑とは同居していなかった。ということは、九月に夫が亡くなってから雅代は一人暮らしになったということだ。

実家の母にしたって、数年前に父が死んでから若返った。この世の春を謳歌《おうか》しているかのように生き生きしている。それまでは暗い性格の人だと思っていたのに、今ではつまらない冗談にも声を出してコロコロと笑うから驚いてしまう。もっとびっくりしたのは、以前は口を開けば人の悪口ばかり言っていたのに、今では一切言わなくなったことだ。いきなり「いい人」になってしまった。そして何よりおしゃれになった。八十歳を過ぎているのに、毎朝きちんと薄化粧をして、饅頭《まんじゅう》の空き箱を再利用した「ジュエリーボックス」なるものからセーターの色目に合うネックレスを選び出して、最近はスカーフにまで凝《こ》り出した。

夫が死ぬということは、妻にとっては長年にわたって上から押さえつけられてきた重石《おもし》が外《はず》れたということだ。解放されたら幸せになれる。そう考えていくと、「生涯、君を幸せにします」というプロポーズの言葉の意味が全くわからない。夫の死後、やっと自由を得て幸福になったからこそ、妻は善人に戻る。母の変化は、つまりはそういうことなのだ。

自分も早く一人暮らしがしたい。以前からそう願ってはいたが、そんなのはずっと先のことだと思っていた。母のように、あと二十年か三十年は辛抱して夫の世話をし続けなければならない。それなのに雅代ときたら、早々に一人暮らしをしていたなんて。

うちの夫はいつ死んでくれるのだろう。病気一つしたことがないほど頑丈《がんじょう》だし、自分とは一歳しか違わない。

せめて親子ほど年の離れた男と結婚していれば、今頃は……。

もしかして、自分の方が夫より先に逝《い》くなんてこともあるのでは？　だって雅代の夫は五十八歳で亡くなった。まさに私と同い年だ。何があってもおかしくない年齢なのだ。仮に自分が明日死ぬとしたら、窮屈《きゅうくつ》な思いをしたまま、家政婦と化したまま人生を終えるってことになる。夫の機嫌を損《そこ》ねないことだけを目標に毎日を生きてきた。そんな思いのまま自分は死んでいくのか。

絶対に嫌だ。

一日も早く自由になりたい。

そのための方法は一つしかない。離婚だ。でも、自分の稼ぎだけでは暮らせそうにないし、一人で世間を渡っていく度胸《どきょう》もない。

私の人生、やっぱりどうにもならないのか。

我慢ばかりのつまらない人生。

私はいったい何のために生まれてきたんだろう。


土曜日になった。

夕暮れが迫っていた。

日が短くなると、気分まで暗くなる。一日が二十四時間よりぐっと短くなり、あっという間に明日になってしまう気がする。

二階にある自分の部屋のカーテンを閉めた。

——休日は夫が家にいてくれる。だから土日が来るのが楽しみだ。

そんなことを思っていたのは、新婚の半年間くらいのものだった。

望美《のぞみ》が生まれてからは、一日でいいから赤ん坊の世話を代わってほしいと願っていたが、夫は手伝ってくれなかった。その三年後に香奈《かな》が生まれたときには、夫に期待するのをやめていた。期待を裏切られるたび心が悲鳴を上げたからだ。自分の精神を正常に保つためには、夫を存在しないものと見なして諦《あきら》めることが肝心だった。たぶん、この頃から少しずつ憎しみが募《つの》り始めたのだろう。子供が生まれなければ、夫との関係も少しは違っていたのだろうか。

夫は朝からずっと家にいて、昼食に作ったワカメ入り月見うどんに文句をつけた。

——また月見かよ。俺はもっと豪華なうどんが好きなんや。

夫の言葉を思い出しただけで、鬱《うつ》になりそうだった。

——じゃあ自分で作れば？　私だって疲れていて、これでも精いっぱいなんよ。

それが口に出して言えないせいで、さっきから頭の中で昼の情景が何度も繰り返されている。

ふうっと息を吐きだして気持ちを静めた。そして簡単に化粧を直し、コートを羽織って静かに階段を下りた。

「おい、こんな時間にめかし込んでどこ行くんや」

居間を横切ろうとすると、夫が不機嫌を露《あら》わにして声をかけてきた。

「言ったはずやけど？　今日は永楽館《えいらくかん》に素人寄席《しろうとよせ》を見に出かけるって」

永楽館というのは明治時代にできた芝居小屋で、昭和初期には映画館になったが、今では市民の催《もよお》し物の場として使われている。年に一度は東京から有名な歌舞伎俳優を呼んで大歌舞伎も上演しているが、チケット代が一万円もするので観に行ったことは一度もない。

「素人寄席？　そんなの聞いとらんぞ。俺の晩メシはどうなるんじゃ」

「冷蔵庫に入れといた。チンして食べて」

「寄席って何だよ。俺の分のチケットはないんか」

夫と一緒ならどこにも行きたくない。どうして、この男にはそれがわからないのだろう。

「あーあ、俺だってたまには息抜きしたいわ。いつもお前だけ楽しんでズルいぞ」

夫の「ズルい」という言葉を聞くたび虫酸《むしず》が走る。男というものは、本来もっと鷹《おう》揚《よう》に構えていて、妻や子供がどこで何をしようが、「楽しんでこいよ」と送り出してくれるものではなかったのか。夫がそんな男らしい男だったら、どんなに良かっただろうと思う。夫が私に「女の役割」を押しつけているのだから、私も夫に「男らしさ」を求めてもバチは当たらないはずだ。実家の父も気難しくて封建的《ほうけん》だったが、妻や子供のすることにはとんと関心がなく、母と私がどこへ出かけようが尋《たず》ねもしなかった。それを考えると、自分より母の男運の方が、少しはマシだったのではないかと思う。

「ちょっとチケット、見せてみぃ」

「えっ、なんで？」

「どうして見せられんのじゃ」

「別に見せられないってわけやないけど」

ショルダーバッグのファスナーに手をかけた途端に後悔した。

――チケットは千鶴《ちづる》が二枚とも持っとる。

そう言えばよかった。いつもなら嘘《うそ》がすらすら出てくるのに今日は失敗した。

「どれどれ」と夫がチケットを手に取って眺めだした。「ふうん、五百円か。それでっと……五時開演で七時には終わると。ほんなら七時十五分には帰ってこられるな。帰りにコンビニでポテトチップス買ってきてくれ」

「えっ、でも……帰りに千鶴とお茶する約束やし」

たっぷり二時間くらいはおしゃべりするつもりだった。土日が休日なのは夫だけじゃない。パートで働く自分にとっても、一週間ぶりの休みなのだ。

「お茶するだって？　はあ？　何や、それ。ほんならええわ。まったく、もう」

夫がギロリと睨《にら》む。

「なるべく……早《はよ》う帰るようにするけどね」

知らない間に愛想《あいそ》笑いしていた。まるで飼い馴らされた犬みたいだ。

またしても胸のあたりが重苦しくなってきた。

四十代半ばくらいから体調が悪くなった。動悸《どうき》がして目眩《めまい》を起こすことが増え、どうやっても気分が沈んだ。最も厄介なのは閉所恐怖症になったことだ。窓の小さいカフェやレストランに入れなくなった。地下にある店などは論外だから、高田精肉店の水曜特売にも行けなくなった。

そして、それまで経験したことのないほどのひどい倦怠感《けんたいかん》に包まれるようになり、病院を渡り歩いたが、どこにも異常は見つからなかった。

――病院嫌いで有名な澄子さんが通院するなんて、よっぽど具合が悪いんやね。

あの冷たい姑が珍しく同情してくれたほど、最悪の体調だった。

その後、本を読み漁《あさ》り、更年期障害だと見当をつけた。雑誌に女優の経験談が載っていて、ホルモン療法で嘘のように快調になったとあったから、藁《わら》にも縋《すが》る思いで、内科から更年期外来へと方向転換した。

しかし、ホルモン療法を受けても、改善の兆《きざ》しが見えなかった。精神安定剤も効かなかったし、それどころか睡眠導入剤さえ効き目がなく、眠れない夜が続いた。通院のたびに薬が大量に処方され、飲みきれずにいると、どんどん溜《た》まっていった。そのまま服用し続けるのが恐ろしくなったので飲むのをやめて、通院も打ち切った。

最近になって少しマシになってきたのは、症状が和《やわ》らいだのではなく、自分なりに症状を回避する方法を習得したからだ。閉所恐怖症になりそうな場所には決して近づかない。いきなり不安感に襲われたり、鬱症状が出そうになったときは、腹式呼吸を繰り返す。本当は大声で叫びたいのだが、変な人だと思われてしまうから、どうしても我慢できないときはカラオケボックスに行って思いきり歌う。

　更年期障害というものは、いくら長引いても五十五歳くらいまでには終わるものだと思っていたのだが、もう五十八歳になってしまった。これはいったいどういうことなのか。死ぬまで続くのか。そう考えると暗澹《あんたん》とした気持ちになる。

「おい、トンカツ」

　夫の大声で、ハッと我に返った。

「え、なに？　今、トンカツって言った？」

「明日」と、夫がぼそりと言う。

苛立《いらだ》たしさと、根拠のわからない恐怖心のようなものを抑えるために、そっと深呼吸した。

「明日はトンカツが食べたいってこと？」

「さっきからそう言うとるやろ」

　明日は日曜日だから、今日と同じで夫が家にいる。それを考えると胃がしくしく痛みだしたので、胃を押さえながら大きく息を吸った。

「トンカツは明日の昼？　それとも夕飯？」

「昼間っからトンカツ食うバカがおるんか？」

「つまり、明日の夕飯にトンカツを食べたいってことでええの？」

「ああ」

やっとわかったのかよ、お前はなんて鈍いんだ。俺はなんでこんなバカ女と結婚したんだろう。そう言いたげな苦々《にがにが》しい顔を向けてくる。

——明日の夜はトンカツにしてくれないか。

そう言えば一度で済むことなのに、夫はいつも単語をぶつ切りにする。主語もなければ述語もない。何が言いたいのかをこちらが汲《く》んでやるのが当然といった空気になって、いったい何年経つだろう。

もう……疲れちゃったよ。

若い頃は、悩んだこともあった。気が利かない自分が悪いのだろうか、世間の奥さんたちは自分と違って、もっと優しいのだろうかと。

夫が特別におかしな男なのかもしれないと思ったこともある。それとも世間の夫たちも似たようなものだが、世の妻は自分と違ってもっともっと辛抱強いのだろうかとも考えた。夫と会話してもストレスが溜まらない方法があったら是非知りたいと、真剣に望んできた。

いったい何十年かかったのだろう。悪いのは自分じゃない、向こうだと気づくのに。

——おとなしいけれどしっかりしている。

子供の頃から周りの大人にそう言われてきたはずなのに、夫にバカ扱いされて見下されるようになってから、どんどん萎縮《いしゅく》するようになり、いつの間にか客観的に自分を見られなくなってしまっていた。

「お父さん、この前も言うたけどね、庭の椿《つばき》の枝が塀を越えて隣まで伸びとるんよ。切っておいてほしいんだけど」

「何のことだ？　ああ、椿ね。忘れとった。今度やっとく」

もうこれで三度目だった。椿の枯《か》れ葉のせいで、隣家の雨樋《あまどい》が詰まって迷惑をかけるのではないかと、はらはらしていた。

夫は忘れっぽいのではない。妻の言うことなど気にもかけていないのだ。そのことに気づいたのは数年前だった。結婚して三十年以上も経つのに我ながら遅すぎると思うが、夫の考え方や行動が、自分の常識の範囲外だからわかるわけがない。だって自分なら、他人に頼まれたことに対していい加減な返事をして、そのうち忘れてしまうなんて考えられないからだ。

夫の横顔を盗み見た。テレビに集中している。さっき聞いたばかりの妻の頼みごとなど、とっくに右の耳から左の耳へ通り抜けてしまったに違いない。やはり自分がやるしかないらしい。自分は小柄で背伸びしても枝切りバサミが届かないから脚立《きゃたつ》が必要だ。盛り上がった苔《こけ》の上だと不安定でぐらぐらするが仕方がない。お隣の奥さんに、脚立を押さえてもらえるか、明日になったら頼んでみよう。

テレビに向き直った夫の背後で、腹式呼吸を繰り返しながら窓の外を見た。洗濯物が風に揺れている。取り込んでから出かけるつもりだったが、縁側に出るには夫の脇をすり抜けなければならない。それを思っただけでゾッとした。だから洗濯物は諦めた。夜露《よつゆ》に湿《しめ》っても、明日の昼にはまた乾くだろう。

「行ってきます」

小さな声でつぶやくように言ってから玄関に向かった。

夜道に気をつけろよ、だとか、行ってらっしゃい、などの言葉を夫が返してくれたのは、いつまでだったか。「おう」や「ああ」の一言さえ夫は惜しむようになった。

今、夫に問うてみたい。

——自分だけを大切にする人間は、最初から家庭を持つ資格なんてなかったんやないの？

来るのが早すぎた。開演までまだ四十分もある。

少し商店街でも歩いてみるかと、くるりと踵《きびす》を返した。過疎化した町でも、この時期だけは賑《にぎ》やかだ。クリスマスと正月の飾りつけが混在し、セールが始まっている。電飾の瞬《またた》きに合わせるように、心のもやもやが消えていく。若かった頃は、華やかな飾りつけを見ると、とてつもなく楽しい何かが待っているような気分になったものだ。だが今ではそれが錯覚《さっかく》に過ぎないことを十分すぎるほど知っている。

子供だった頃は、老若男女が様々な行事を楽しんだ。正月ともなれば、帰省のために日本中の交通機関と道路が民族大移動のように混雑した。親戚たちが田舎《いなか》に集まり、親に連れられて帰省してきた従兄妹《いとこ》たちは都会の匂いを振りまいた。戦後の貧しさの片鱗《へんりん》がまだ残っている暮らしの中で、テーブルには普段は見られない御馳走《ごちそう》が並び、子供たちはトランプやダイヤモンドゲームに夢中になった。高度成長期で、家計にも少しは余裕が出てきたのか、母はサイダーやファンタグレープをケースごと買うようになり、ミカンも段ボールで届くようになり、それらを見て驚いたのを覚えている。日に日に豊かになっていく日本は明るかった。

だけど……あれほど楽しい正月は、もう二度と訪れない。

膨《ふく》らんだばかりの楽しい錯覚が、いきなり萎《しぼ》んでしまい、短い商店街を引き返して永楽館に戻ることにした。

自分が子供の頃に経験した楽しい正月を、自分の子供たちには与えてやれなかった。実家の母のように、自分と夫の双方の親戚を自宅に招き入れ、豪華な食事を作って振る舞い、何日も泊まっていく彼らの世話をするなんて、とてもできない。母はそれを心から楽しんでやっているように見えたが、自分には母のような大きな器《うつわ》も体力も気力も備わってはいなかった。

　男も女も母なる存在を求めているのかもしれない。温かく明るい家庭に、あれこれ気を遣ってくれる優しい「母」がいて、美味《おい》しい食事を用意して待っていてくれる、そういった理想郷を。

　それを演出する側の苦労も知らずに……。

　とぼとぼ歩いていると、いつの間にか永楽館に戻ってきていた。二階席の最前列の堅《かた》い椅子《いす》に腰を下ろすと、三百席ほどあるが、まだ早いからか客はまばらだった。この席ならきっと誰の頭にも邪魔されずに舞台全体を眺めることができるだろう。良い席を取ってくれた千鶴に感謝だ。

　ぼうっと前方を見つめていると、家でのやりとりが何度も頭に浮かんでは消えた。別のことを考えようとするが、不機嫌な夫の顔がどうしても消えてくれない。

　そのとき、遠くから微《かす》かに自分を呼ぶ声が聞こえた気がして顔を向けると、入り口のところで千鶴が手を振っているのが見えた。微笑《ほほえ》みながらこちらに近づいてくる。無理やり笑顔を作って手を振り返すと、やっと少し気分が落ち着いてきた。

　千鶴は隣に座り、巾着《きんちゃく》から何やら取り出した。

「これ、食べる？　中田《なかた》屋のキンツバだけど」

「嬉しい。それ大好き」

そう答えると、千鶴はフフッと笑った。「私たちすっかりおばさんだよね。こういうとこで、クッキーじゃなくてキンツバ食べるなんて。それも、今日はコンサートじゃなくて寄席だよ、寄席」

「うん、確かに」と答えながら、つられてフフッと笑った。

その途端に、家を出るときから胸につかえていた黒い塊《かたまり》がすっと消えた。友人の存在を心の底からありがたいと思うようになったのは、ここ数年のことだ。

だが次の瞬間には、苦虫《にがむし》を噛《か》み潰したような夫の顔がまたしても蘇《よみがえ》り、ズンと心臓が飛び跳《は》ねた。

「澄子、なんだか暗いやないの」

「千鶴、本当にごめん。これ終わったらすぐに帰らんといけん」

「ええっ。だってカフェに寄る約束だったよね。まさか、ダンナに行くなって言われたの？」

「行くなとまでは言われとらんけどね、機嫌が悪うなると面倒やから。それに、どうせカフェに行くならゆったりした気持ちのときの方がええし」

「そっか、わかった。ダンナの不機嫌な顔を思い浮かべながらおしゃべりしたって楽しくないもんね。残念やけど、カフェはまた今度ね。お宅のダンナが出張のときは早めに教えてよ。そのときはカフェじゃなくて、思いきってピザ行っちゃおうよ」

「……うん」

夫は出張の予定を前もって教えてくれたりはしない。前夜か、その日の朝になって急に言う。女房の良からぬ企みを阻止してやろうとしているのかと勘ぐったときもあるが、たぶん違う。空気のような存在の妻に、予定をいちいち前もって教えてやる必要を感じていないだけだ。妻が準備する食事の段取りなど考えたこともないのだろう。

「千鶴のところにも、雅代から喪中ハガキが届いたでしょ？」

例の喪中ハガキを、ことあるごとに思い出していた。あれ以来、雅代が羨ましすぎて、ついつい自分の境遇を呪ってしまう。雅代のように早く自由になりたかった。夫の威圧感のもとで暮らす窮屈さが、年齢とともに耐えがたくなってきていた。

夫の死を神様にお願いするよりも、離婚した方が手っ取り早いことは百も承知だ。だけど先立つものがない。一人でどうやって食べていくのか。問題はいつもそこに行き着く。

ああ、お金さえあれば……。

だけど……ないものはない。

稼げるような資格もない。どこかの会社に正社員で入社できる実力もコネもない。そもそも、もう五十八歳なのだ。四十歳そこそこならまだしも、人生をやり直すには遅すぎる。

「喪中ハガキやったらうちにも届いたよ。雅代のダンナさんはまだ五十八歳だってね。小夜子《さよこ》の話によると膵臓癌《すいぞうがん》だったらしいよ」

小夜子というのは地元の酒屋に嫁いだ同級生だ。大の噂好《うわさず》きで、同級生のことだけでなく、町内のゴシップなら何でも知っている。そういうこともあって、町で小夜子に会えばにこやかに挨拶はするが、それ以上はなるべく関わらないよう気をつけていた。

「いいよね、雅代は」と、千鶴がぽつりと言う。

「うん、羨ましすぎて気が変になりそうだった」

周りの席がだんだんと埋まってきていたので、思わずこちらも小声になる。

「うちのも早《はよ》う逝《い》ってくれんかな」

千鶴とは小学校から高校まで一緒だったが、当時はあまり親しくなかった。千鶴はスポーツ万能で活発だったし、自分は口数が少ないタイプで本ばかり読んでいたからか、何度か同じクラスになったが接点は少なかった。だが、互いの末娘が中学進学と同時にバレーボール部に入ったのがきっかけで、母親同士として話をするようになった。

最初の頃は、娘の高校受験や学校行事などの話に終始した。家庭のいざこざなどはあまり話さなかった。噂がすぐに広まることを互いに知っているからだ。一生この町に暮らすとなると、細心の注意が必要だ。夫や舅姑に対する不満も口にはしない。笑い飛ばせる類いのことであっても、狭い町では尾鰭《おひれ》がついて広まることなど日常茶飯事だ。

町の端から端まで十五分もあれば歩くことができる。城下町らしくぎっしりと町家が建て込んだ碁盤目《ごばんめ》状の町並みだが、それを外れると田園風景が広がる。そんな小さな町だ。

殻《から》を破ったのは千鶴の方だった。あれは何年前のことだったろう。その日の千鶴は、怒濤《どとう》のごとく夫への不満を話し続けた。

千鶴は毎日のジョギングを欠かさないからか、今でも引き締まった体形を保っている。背が高く、性格もいわゆるスポーツマンタイプでさっぱりしている。それなのに、ある日、夫の世話をするのが精神的につらいと突然言い出した。それをきっかけに、「実は私も……」とこちらも打ち明けたことで、急速に仲良くなっていった。

「千鶴のダンナさんはマシだよ。帰りにカフェに寄ってもいいって言ってくれたんやろ?」

なんで自分はこんな心にもないことをわざわざ口にするのだろう。千鶴の夫の方がマシだなんて。

夫から暴力を振るわれていると千鶴が打ち明けてくれたときの衝撃は、今でも忘れられない。千鶴の夫はどこから見てもジェントルマンなのだ。すらりと背が高くて腹も出ていない男前で、常に笑みを浮かべていて話し方も穏やかで優しげだ。立ち居振る舞いに至っては、山奥の貧乏な農家の生まれとは思えないほど品がある。農協を定年退職してから市議会議員を務めているが、議会に出るときはアルマーニのスーツを着ると聞いたことがある。

——こんな田舎でアルマーニだってさ。いったい誰に見せるん？　どんだけナルシストなんだか。

そう言って嗤《わら》ったときの、千鶴の横顔がつらそうに歪《ゆが》んだのを憶《おぼ》えている。

「うちのダンナな、今夜は農協関係の飲み会があるんだわ。ほんやで今日は、ダンナさまの許可を取る必要がなくて助かった。そもそも私らは何もホストクラブに行くわけやないしね。まっ、そんな店はこんな田舎には一軒もないわけやけど。たかがカフェやで、普通の喫茶店なんよ。コーヒー一杯飲むだけやで」

夫の暴力について千鶴が話してくれたのは一回きりだった。それ以降は、なぜか決して口にしない。打ち明けてしまったことを後悔しているのではないかと思い、こちらも聞かなかったようなふりをしているが、頭の中から消そうとしても消せるはずがない。

引っぱたかれたことが一度だけあったという程度なのか、それともテレビドラマで見たように鳩尾《みぞおち》に拳《こぶし》を入れられたのか。具体的なことは知らないし、それが今も続いているることなのかどうかもわからない。

──たまのことだし、それほどひどくはないんだけどね。

そう言ったときの、今にも泣き出しそうな顔は、それまで見たことがないものだった。

いくら仲良くなったとはいえ、ざっくばらんに何でも話せるわけではなかった。無意識のうちにどちらがより不幸かと、不幸の目盛りを測ってしまう。そして自分の方がマシだと思うと安心する。そういういやらしさがいつまで経ってもなくならない。

「うちのダンナは澄子の名前さえ出せばだいたいはオッケーする。なんせ澄子のこと、真面目でデキた奥さんやと思っとるみたいやから」

「何でそう思うんやろ。小柄で痩《や》せっぽちで声も小さいからかな」

「見るからに真面目そうやからやない？　いつだって服装もきちんとしとるし」

「きちんとしとるんやのうて、地味なだけやわ。そんなことより、夫を早死にさせる方法ってないんかな。やっぱり食べ物だよね。塩分と脂肪分と糖分をもっと増やしてみようかと思うんやけど」

そう言った途端に千鶴は噴き出した。その笑いに合わせて、千鶴の手の中のペットボトルの緑茶に、天井のライトが当たってキラキラ揺れた。

「澄子ゆうたら大人しそうな顔して、そういうことシレッと言うところが好き」

決して冗談で言ったわけではないのに、千鶴は笑っている。こういうとき、やはり馬が合わないのかなと寂しさを感じるのだった。小学校から高校までずっと一緒だったのに、特に仲良しというのではなかったことからして、波長が微妙に異なるのだろう。それでもいつも千鶴を誘ってしまうのは、他に適当な友人がいないし、互いに口の堅さを信用しているし、夫に対する悩みという共通点があるからだ。

もちろん、それだけであっても、話し相手がいるということはありがたいことではあるのだが……。

そのとき、ふっと美佐緒《みさお》の顔を思い出した。

美佐緒とは中学入学をきっかけに仲良くなった。高校でも同じクラスになり、親友と呼べる仲だったのに、高三のクラス分けで、美佐緒が進学クラスに入ったのをきっかけにぷっつりと話さなくなった。

まさか、美佐緒が大学へ行くなんて思いもしなかった。それでも、大学とはいっても隣町の短大だろうと見当をつけ、それくらいのことで意固地になるのはみっともないと考え直した。だが、すぐそのあとで、東京の四年制大学を狙っていると噂で聞いてショックを受けた。だが、そんな話はそれまで二人の間で出たこともなかった。こちらの経済事情を考えて気を遣ってくれていたのかもしれないが、裏切られた思いでいっぱいになった。

廊下ですれ違うたび、美佐緒は相変わらず屈託《くったく》なく話しかけてきたが、自分の方は素直になれなかった。彼女には明るい未来があるのに、自分は地元で就職し、このまま田舎に埋もれて死んでいくだけだと落ち込んだ。母や祖母や近所のおばさんたちのように、人の悪口を言いながら年を取り、すぐにウエストのくびれが見当たらなくなって図々しくなって汚くなる。そんな人生のどこが面白いのか。

自分だって華やかな都会で青春を謳歌《おうか》してみたかった。夢と希望がギュッと凝縮《ぎょうしゅく》したような、大学のキャンパスとやらにも身を置いてみたかったたし、原宿のキデイランドにも行きたかったし、竹の子族も見てみたかった。子供の頃からの長年の都会への憧れは、身悶《みもだ》えするほど強かったが、東京で就職するのを親は許してくれなかった。進学に至っては夢のまた夢だった。

今思えば、高校生にもなって人間みな平等だと信じていたとは、なんと子供だったのだろう。教育ローンのなかったあの時代、親が金持ちか貧乏か、考え方が新しいのか古いのかによって、娘たちの人生は大きく左右された。たとえ経済的余裕があっても、女が大学に行く必要などないと考える家庭が今より多い時代だった。

四年制大学に進学した女子は、学年でたったの十人ほどだった。そのうち二人が今も小学校の教師をしているが、他の八人は結婚や出産を機に専業主婦になったと聞いている。そうなると、高卒の自分とどう違うのかわからなくなる。わざわざ親から仕送りをしてもらって都会で下宿生活を送ってまで大学を出たことに何の意味があったのだろう。

「ねえ澄子、塩分と脂肪分と糖分を増やすといってもさ」と言いながら、千鶴は身を寄せてきて一段と声を落とした。「ぽっくり逝ってくれればええよ。でも、糖尿病やら脳梗塞《のうこうそく》やらで長患《ながわずら》いしたらどうなる？」

「そうなったら最悪やわ。アイツの下の世話なんて死んでもやりたくないもん」

「だよね。でも世間のおばあさんらは、それをやってきたんだよ。戦争を体験しとる世代は私らとは根性が違うわ」と千鶴は言う。

「ダンナが尊敬できる人やったら、私だってやれると思うけどね」

もっと誠実で優しくて、互いに支え合えるような夫なら……。

「だね。尊敬とまでいかんでも、まともな神経の持ち主やったら我慢できるよね」と千鶴も同意する。

「まっ、どっちにしろ、うちは施設に放り込むよ」

そう思わなければ生きていけない。

夫が大人しく施設に入ってくれるとは思えないが……。

「澄子、そう簡単に施設なんて言うけど、たとえばどこの？」

「町外れに『愛の園』っていうのができたでしょ」

「あそこの料金を知っとる？　最低でも一ヶ月十八万円はかかるってよ」

「えっ、十八万？」

夫が将来もらえる年金額と同じくらいではないか。それが本当なら施設に入れるのは無理だ。やっぱり家で面倒を見なければならないのか。

世の中には持ちつ持たれつという言葉があるが、自分たち夫婦には当てはまらない。仮に自分が寝たきりになったとしても、夫が世話をしてくれるわけがない。経済的事情で施設に入れられないとなれば、「どうして男の俺が女房の世話をしなきゃならないんだ」と不機嫌さを隠しもせず、朝から晩まで怒鳴り散らし、そのうち暴力が始まるのが目に見えるようだ。

「そういえばさ、澄子はもう知っとるんだっけ？　美佐緒が離婚したこと」

「えっ？」

驚いてキンツバを落としそうになった。「美佐緒が離婚？　本当に？　なんで？」

「小夜子が言うには性格の不一致やって。それって便利な言葉やな」

「確かにそうやな。で、本当の離婚理由は何やろ。美佐緒は今どうしとるん？」

「パートに出とるらしい。生活は厳しいんやないかな」

美佐緒は東京の大学を出て、そのまま東京で就職して同僚と結婚したと聞いている。

出産後は、たぶん専業主婦になったのではないか。というのも、教師だとか薬剤師だとか、そういった聞いたことのある職業に就いたと伝え聞いていれば印象に残っているはずだ。それ以外の場合は、同世代の大卒女性のほとんどが専業主婦に収まっている。あの頃、保育園は今よりもっと足りなくて、育休制度もなかったから、地方出身者が一般企業に勤めながら出産や育児を乗り越えるのは難しい時代だった。

美佐緒は盆正月くらいは帰省しているのだろうか。もう何十年も会っていない。

「パートやのに離婚するって、よっぽどのことがあったんだろうね」

「よっぽどのことって、たとえば？」と、千鶴は尋ねながらこちらを見た。

「だからさ、浮気とか、借金とか……」

暴力とか、という言葉をすんでのところで呑《の》み込んだ。

「あのダンナさん、そういうタイプに見えんかったよ。爽《さわ》やかな感じやったし」

「えっ、千鶴は会ったことあるの？」

「一回だけ見かけたことあるよ。三十年ほど前にね。すごく色白だったのが印象に残っとる」

「は？　なによ、それ。三十年前なら誰しも爽やかやったよ」

その証拠に、我が夫は顔つきも人格も、若い日の面影が見当たらないほどに変わってしまった。

「もしかして宝くじが当たったのかもよ」

千鶴は真面目な顔で言った。

美佐緒の趣味が宝くじを買うことだというのは、同級生の間では有名だった。普段は倹約家なのに、宝くじとなると毎回三万円も使うという。

――当たるわけないのに、お金がもったいないやないの。

地元で暮らす同級生が集まったとき、何度そう噂し合ったことだろう。

「どれくらい当たったん？　何億円も？」

またしても羨ましすぎて、平静ではいられなかった。

「冗談だよ。聞いた話じゃ、オンボロアパートに住んどるって」

「そうなん？　オンボロの？」

「雨露をなんとかしのげる程度の木造アパートだって」

「本当に？　それ、誰から聞いたん？」

「もちろん小夜子から。だから信用できん」と、千鶴はきっぱり言った。

そもそも宝くじが趣味というのも、小夜子が言い出したのではなかったか。小夜子は美佐緒と親しかったわけでもないから怪しいものだ。

きっと聡明な美佐緒のことだ。離婚後の生活をしっかり考えての決断だったに違いない。実家に帰ってくることもなく、大都会の東京で一人で頑張って生きている。それだけでも立派なことで、自分など足許《あしもと》にも及ばない。

もしも自分が離婚したら、どんな暮らしになるのだろう。そもそも、どこに住めばいいのか。

離婚したことを激しく後悔した例を、女性誌で何度か読んだことがある。家賃《やちん》を払うのがやっとというような惨《みじ》めな一人暮らしに比べたら、横暴な夫に仕《つか》えていたけれど食うには困らなかった生活の方が何倍もマシだったと。しかも、日常的に暴力を受けていた女性の中にさえ、そう思う人がいると書かれていたのには衝撃を受けた。それほどまでに女が一人で生きていくのは厳しいことなのだろうか。想像すると身が竦《すく》んでしまう。

だけど……夫が大っ嫌いだ。

その気持ちは誤魔化しようがない。

いったいいつからこれほどまでに嫌いになったのだろう。結婚当初は仲良くやっていたはずだった。だが、夫をあまりいい人ではないかもしれないと思い始めたのは、香奈が生まれた頃だったか、いや、もしかしたら……結婚する前の婚約時代だったのではないか。

今まで、夫に暴力を振るわれたことは一度もない。そして、「誰のお陰でメシを食えると思ってるんだ」などと言われたこともない。だから、このどうしようもないほどの嫌悪感や威圧感を人に説明するのは難しい。同じ部屋にいるときの、息が詰まりそうな感覚は、経験のある人でないとわからないだろう。とはいえ、自分と同年代以上の妻なら、ほとんどの女が「わかるわかる」と一斉に頷《うなず》いてくれるのではないかとも思う。

夫は大阪にある城南《じょうなん》経済大学を出てすぐに故郷に帰ってきた。そして地元の工務店にコネで入り、ずっと人事課で働いてきた。高卒の自分は結婚後も信用金庫に勤め続けていたが、望美を出産後、やむなく退職した。「俺は大卒やけど、お前は高卒だ」などと言われたことも一度もない。それでも確実に見下されているのは婚約当時から感じていた。それなのに、夫が偉そうにしているのを堂々とした人だと勘違いし、更に男らしさだとか包容力などと錯覚していたのは、全くの若気の至りだった。

あの当時の自分は、今と違って意見をはっきり言ったものだ。そのとき夫は、シェイクスピアの『じゃじゃ馬馴らし』気取りで、生意気な女の鼻っ柱をくじくことで快感を得るのに夢中だった。だが、それでうまくいったのは、恋愛気分が燃え上がっていた、ほんの短い期間だけだった。結婚して半年もすると、女蔑視の屈辱に耐えかねるようになった。今思えば、そのときに離婚すればよかったのだ。女の幸せは結婚にあるなどという、反吐《へど》が出そうな嘘に騙《だま》されていたが、既にそのとき、頭の中の洗脳は解かれていたのではなかったか。

そんなあれこれを実家の母に話してみたことがあったが、わかってはくれなかった。それどころか、夫のことを真面目できちんとした人だと言い、澄子の我儘《わまま》だとばっさり切って捨てられた。

「なあ千鶴、お金さえあれば離婚したいと思っとる女の人って、結構おるんかな」

千鶴に尋ねてみても仕方がないことだが、聞かずにはいられない気分だった。

「そりゃ掃《は》いて捨てるほどおるよ。日本の中年女性の八割方はそう思っとるはず」

千鶴は、そんなことはとっくに調査済みとでもいうように言う。

「たった八割？　だったら、あとの二割の女の人はどう考えとるの？」

「ダンナさんが素敵な人なんやわ、きっと」

「素敵な人って、例えばどういう感じ？」

「給料はきちんと家に入れてくれるし、もちろん借金なんか一円もないし、浮気もせんし、暴力も振るわん人」

「うちのダンナだって、それに当てはまるけどね」と言ってから、ハッとした。暴力亭主を持つ千鶴に悪いような気がして。

「それもそうか」と千鶴はあっさり同意した。

「他人から見ればええダンナかもしれん。うちのお母さんもそう言っとるから」

そう言いながら、食べ終わったキンツバの包み紙を、力を入れてギュッと捻《ひね》った。

「他人には内情なんてわからんもんだよ。うちのダンナなんて外面の良さでは天下一品やもん。親戚の叔父《おじ》さんや叔母《おば》さんたちは私に会うたびに言うもんね、千鶴はええ男をつかまえたもんやって、お前にはもったいないぐらいやって」

千鶴がそう言ったとき、出囃子《でばやし》が鳴って寄席が始まった。

町内の落語クラブに属している出演者は、小学生から七十代までいた。日頃の練習の成果を披露《ひろう》するといった意気込みが見えた。全員がきちんと着物を着ている。たびたび会場からドッと笑いが巻き起こるが、自分は上の空で、最後まで一度も笑えなかった。

あれはまだ結婚したての頃だったと思う。

――男の浮気は仕方ないわよ。男ってやつはそういう生き物なんだから。私にバレなきゃいいわ。

女優が夫のことをテレビでそう言ったのを聞いて、信じられない思いがした。夫の浮気を許せる女って、いったいどういう神経をしているのかと。自分には到底理解できそうになかった。夫が自分よりずっと美人でグラマーな女性とベッドの中にいることを想像しただけで、心臓を抉《えぐ》られるような気持ちになったものだ。

だが、あれから時を経て、今ではあのときの女優の境地に達している。夫の半径一メートル以内に近づくのさえ嫌だ。タバコと歯周病の饐《す》えたような臭い。それに加齢臭も混ざり、その強烈な臭いに思わず息を止めてしまう。

何年か前から洗濯物を別々に洗うようになった。自分の衣類にも臭いが移っていることに、ある日気づいたからだ。クサイと感じるかどうかは、精神的なものが大きく影響すると何かに書いてあった。日頃から好感を持っている人の匂いなら気にならないのだと。それどころか、親しみや懐《なつ》かしささえ感じることもあるそうだ。

夫が頻繁《ひんぱん》に酒の臭いをさせて帰ってくるようになったのは五年ほど前からだ。女性のいる店に通っているのだろう。老後の大切な資金が消えていくのではないかと心配になっただけで、嫉妬心《しっとしん》などは微塵《みじん》も湧き起こらなかった。それどころか、いくら金のためとはいえ、あんな腹の出た、ひどい体臭の汚らしいオヤジの相手をするキャバ嬢を尊敬してしまう。さすがプロだ。

いっそのこと、店の女性が愛人になってくれればいいのにと本気で思った。そうなれば、証拠を集めて慰謝料《いしゃりょう》をもらってすぐに離婚できるのに、と夢見ていた。

──つまらんことにお金を使わんといて。

そのひとことがどうしても言えなかった。

いつだって肝心要《かなめ》のことは口に出せない。といって会話がないわけではなく、夫の機嫌を悪くせずに済むような、どうでもいい雑談ばかりしてしまう。

この世の中で最も遠慮してものが言えない相手は夫だ。そうなると、夫婦とはいったい何なのかがわからなくなる。それとも夫婦というものは、みんなこんなものなのだろうか。

そんなことをぼうっと考えているうちに給食センターに着いたので、自転車を駐輪場に入れた。パートで調理を受け持つようになって十数年が経つ。学校や老人福祉施設の食事を作るのが仕事だ。

タイムカードを押してから更衣室に行って、白い上着と白いズボンに着替えた。使い捨てのマスクをしてヘアキャップを被《かぶ》り、白いゴム長を履くと、洗面室で肘から下をたわしでごしごしと洗い、そのまま消毒室を通り抜けて調理室へ入った。

下半期に入って配置換えがあった。果物の担当に変わったときは、あまりの嬉しさに、掲示板の前で思わず声を出し、ガッツポーズをしてしまった。それまでは汁物の担当で、腰痛に悩まされていたのだった。汁物の入った巨大な寸胴鍋《ずんどうなべ》を持ち上げようとしてぎっくり腰になったことがあり、気をつけないと癖になりますよと、若くてハンサムな整形外科医に忠告されたことがあった。その医師は、重い物を持ち上げるときのしゃがみ方や持ち上げ方の見本を実際にやってみせてくれた。そして、こう言った。

――転職なさった方がいいですよ。重い物を持ち上げなくてもいい仕事に。

そんなこと言われたって、こんな田舎でそうそう転職先などない。時給にしても、ほかのパートより七十円も高いし、家からも近い。

そういう経緯もあり、果物の担当に変わったときは、この職場で今後もずっと働き続けようと思えたのだった。だが果物の担当になって喜んだのも束の間、切り方ひとつをとっても、ややこしくて頭が混乱してしまった。特に、老人福祉施設の食事には細かい指示がある。

今日の果物はバナナだった。大量のバナナを、消毒液を溶かした水槽に皮ごと漬けた。タイマーをセットし、十二分したら引き上げて水で濯《すす》ぐ。汁物の入った寸胴よりは多少マシだが、やっぱり重い。そのあとは、老人の健康状態に合わせて切っていく。指示書に「全量」とあるのはバナナ半分で皮つきのことだ。「果肉」と書いてあるのは、皮を剝《む》いた半本のバナナを更に三等分する。「45」とあるのは、「果肉」を更に四つに切り分けたものである。そして、「1／4」とあるのは、皮つきのままの半本を更に四分の一にするという意味だ。更に「1／4果肉」とあるのは、「1／4」の皮を取って、更に二つに切る。

いちいちマニュアルを見る暇《ひま》はない。頭に叩《たた》き込んでおかないと、大量のバナナを短時間に処理することなどできない。ここ三日間ほど、毎晩頭の中に様々な果物を思い浮かべては、切り方をイメージするというのを繰り返していた。風呂に入っているときも、夜寝る前も、何度も何度も。

「準備はよろしいですか。老人食Aを二十三人分、流します」

主任が先頭で声をかける。

一列にずらりと並び、自分の担当分をプレートに載せていく。電動のベルトコンベアーなどはないので、手動で次の人へとプレートをずらしていく。果物係は自分ひとりだけで、最後の位置に陣取る。間違えたらどうしようと思うと、いまだに緊張する。こんなことなら、腰を痛めてもいいから汁物の担当の方がマシだった。汁物には、「スムージー」と「とろみ」と「そのまま」の三種類しかなかったのだから。

どんどんプレートが流れてきて、順調に進んでいく。列の最後の自分がプレートを後方へずらすと、そこに待機しているもうひとりの主任が何段にもなった大きなカートに手際よく載せていく。

五百人分の盛りつけが終わるころには疲れ果ててしまい、立っているのがつらくなり、今日も台に寄っかかってしまった。

「最後に老人食Gを五人分、流します。準備してください」と主任が大声で言う。

G用に切っておいた「1／4果肉」を手許に持ってきつつ、素早く目で数えた。確かに五人分あるし、切り方も正しい。少なくとも自分は大丈夫だ。

それを確認して初めて安堵《あんど》した。普通なら、これで午前の仕事は終わりとホッとするところだが、ここでは逆だった。最後の一枚のプレートになって、初めて間違いが判明するのだ。手許に残っているものが老人食G用ではないとなると、全員総出で最初からすべてのプレートを見直さなければならない。各施設の昼食の時間に間に合わせるために必死になり、真冬でも汗だくになる。

万が一、果物の切り方を間違ったプレートがそのまま施設に運ばれてしまったとしても、あとで謝れば済むことだが、果物アレルギーのある人のプレートに載せてしまったら、生命にかかわるので要注意だ。それなのに、夫にも母にも、パートなんて誰にでもできる気楽なものだと思われているのが悔しかった。

昼休憩を挟《はさ》んでから、午後は夕食作りをし、それが終わるとぞろぞろと調理室を出た。出るときは消毒室を通らず、反対側のドアから出て長い廊下を更衣室へ向かう。そこにはいくつもの防犯カメラが取りつけられている。決算期に帳簿が合わないことが何年も続き、真っ先に仕入れ担当が疑われたが、調べていくうちに、野菜や肉の塊などをこっそり持って帰る職員やパートがたくさんいることがわかったと噂で聞いた。それ以降、監視が厳しくなったらしい。

自分は学校給食と老人福祉施設の昼食と夕食を担当しているのだが、朝食作りが最も時給が高い。朝四時半に出勤しなければならないからだ。同じ時間分働くのなら、早寝早起きをして朝食を担当しようかと迷ったことが何度もある。だが、そのことを言うと、夫がいい顔をしなかった。まだ暗いうちから家を出れば、近所の人の目につくと言う。それがなぜいけないのかと問うと、そこまで妻に無理して働かせていると思われたらメンツが丸つぶれだと怒るのだった。いったいどこまでプライドが高いのか、腹が立って仕方がなかったが、言い争うのも嫌で諦めた。

着替え終わってから廊下に出ると、前方に岩淵尚美《いわぶちなおみ》がロビーへ向かって歩いていくのが見えた。彼女に声をかけられないよう踵《きびす》を返し、トイレに寄ってから帰ることにした。

夫を嫌悪するようになって離婚を意識し始めてからは、岩淵尚美に話しかけられるたびに以前にも増して胃がきりきりと痛むようになった。尚美は高校時代のESS部の後輩で、尼崎《あまがさき》にある女子大に進み、管理栄養士の資格を取った。彼女は自分と同じ給食センターで働いているが、重い寸胴鍋なんか運ばなくてもいい。事務机で献立《こんだて》表《ひょう》を作るのが仕事だ。そのうえ自分とは違い正職員だから、離婚しても食べていけるだろう。

大学へ進んだかどうかで、こんなにも人生に差が出るとは知らなかった。昨今の若い人が、教育ローンを組んでまで大学へ行く気持ちがわかる。自分の時代にも、そんなローンがあったならば進学したかった。

高校時代は英語が得意だったのでESS部に入った。尚美よりずっと単語力もあり、発音も良かった。そんなことを今さらウジウジ言ったって仕方がないことくらい自分だってわかっている。

高校三年生だった頃の自分は本当に世間知らずだった。同じ高卒でも、公務員になった同級生が何人もいた。小学校や税務署の事務員になった同級生の女たちは、結婚や出産も乗り越えて、今も勤め続けている。なんと先見の明があったのだろう。

あの時代、結婚後も信用金庫に勤め続ける女性は前例がなかった。とはいえ、信金の規定に女子は結婚したら辞めるべしと書かれていたわけでもない。今となっては信じられないが、みんながみんな慣例だとか雰囲気という曖昧《あいまい》なものに従うのが当たり前の時代だった。

だが自分は辞めなかった。男性上司はてっきり寿退社をするものとばかり思っていて、既に後任に若い女性の中途採用を決めていたらしく、やんわりと退職を促《うなが》されたが、それでも自分は頑として辞めなかった。

上司に睨まれてまで勤め続けていたが、結局は出産を機に辞めざるを得なくなった。運よく保育園に預けられたはいいが、望美は頻繁に熱を出し、保育園からの呼び出しが度重《たびかさ》なった。上司から嫌みを言われて顔を上げられなかったのを思い出すと、今でも胸が締め付けられるように苦しくなる。実際に迷惑をかけていたのも事実だったから、平謝りの毎日だった。当時はまだ実家の両親もともに五十代で、父は現役のサラリーマンだったし、母は田んぼと畑を守りながらも、ナショナルの電子部品組立て工場にパートに出ていたから、助けを求めることはできなかった。

——交代で休んでくれない？

勇気を出して夫に頼んでみたことがある。望美が風疹《ふうしん》にかかり、一週間もの休みを取らざるを得なくなったときのことだ。そのときはまだ、夫のことを諦めきってはいなかった。

——まさか、冗談やろ。男には仕事があるんやぞ。

そう言い置いて、さっさと出勤してしまった。その後ろ姿を暗澹たる気持ちで見送ったことを昨日のことのように覚えている。

今考えれば、なんとしてでも正社員という立場を逃してはならなかったのだ。夫の協力などさっさと諦めて、近所のおばさんや主婦にきちんとベビーシッター代を払って預けることもできたのではないか。そのことに、離婚を意識しだした最近まで気づかなかったとは、なんと自分は愚かなのだろう。

浅慮《せんりょ》だった若い日の自分に背後からそっと近づいていって、丸めた雑誌か何かで思いきり頭を叩いてやりたい。

駐輪場に行くと、尚美が自転車に鍵を差し込んだところだった。まだいたのか。それほど行きたくもないトイレに無理やり寄ってから、尚美が帰って行った頃を見計らってここに来たというのに。

「先輩、お疲れ様でした」

高校時代の習慣が続いていて、今でも尚美は敬語を使う。

「尚美ちゃんもお疲れ様」

そう応えながら腰をトントンと叩いた。その動作はいつものことで、何も尚美の前だからと、これ見よがしに叩いたのではなかった。

それなのに、尚美は言った。

「バランスのいい食事を考えるのも大変なんですよ。栄養だけやなくて予算も考慮して献立を作らんといけんのやから」

いきなり何の話だろうと思って尚美を見ると、なおも彼女は続けた。

「それだけやないんですよ。給食の時間に間に合うよう時間配分も考えんならんし」

尚美が料理上手ではないことは、早々に見破っていた。というのも、毎週、毎月、毎年、ずっと代わり映えのしない献立が続いているからだ。食べることが好きな人なら、もっと旬の野菜や魚を取り入れたり、味つけを変えたりして工夫を凝らすのではないか。自分なら安い材料でもバラエティに富んだ料理を作って、小中学生や長引く入院生活を送る病人を喜ばせることができるのにと思うと悔しかった。

今日の料理も相変わらず色合いが悪く、見るからにマズそうで、それを食べる子供たちや病人が気の毒でたまらない。栄養士の資格を持っていても、もともと食べることに関心が薄い尚美のような女が献立を作るのは考えものだと思う。そのうえ段取りが悪いときているから、自分たち調理員の作業時間が押してしまい、バタバタと慌てることも少なくなかった。

尚美の給料はいくらなのだろう。離婚したとしても、老後の年金は一人前にもらえるはずだから怖いものなしだ。

今さらだが、一人で食べていける稼ぎがないと、こんなにも惨めなものだとは……。三十三歳になった長女の望美が、結婚する気はさらさらないと言っているのも、賢い選択かもしれないと最近は思うようになった。

「あ、そうや。ちょうど良かったわ。尚美ちゃん、提案があるんやけど」

そう言っただけなのに、尚美は何を思ったのか、顔を強張《こわば》らせて警戒心を露わにした。

「果物の切り方の呼び名なんやけどね、他のパートさんから聞いたんやけど、あれ尚美ちゃんが考えたんだってね。気ぃ悪うせんとってね。呼び名を変えた方が、新人さんも覚えやすいんやないかと思ったんよ。これなんやけどね」

そう言って、数日前から書いては消しを繰り返してきたメモを差し出した。

――「全量」→「半本皮つき」、「果肉」→「半本皮なし3分の1」、「45」→「半本皮なし超薄切り」、「1／4」↓「半本皮つき4分の1」……。

尚美はメモを受けとろうともせず、ちらりとメモに目を走らせてから言った。

「変える必要はありません。みんな慣れとりますから」

何をそんなに怒っているのだろう。

「あのね尚美ちゃん、私この前ね、東南アジアに進出した日本企業の取り組みをテレビで見たんよ。向こうでも改善を『カイゼン』と呼んどるんだって。それでね……」

「もういいですか？　急いでますので」

尚美はペダルを大きく踏み込んで、帰っていった。

さっきユーモアたっぷりに「カイゼン」の部分を、外国人が言うように訛《なま》って言ってみせた分、惨めでたまらなくなった。

つまり尚美は、パートごときに指摘されたことに我慢ならなかったのだろう。

——正職員って、そんなに偉いんか。

空に向かって大声で叫びたい衝動にかられた。その衝動をごくんと呑み込むと、その分のストレスがきっちり胸に溜まっていく様子が思い浮かんだ。

ふと見渡せば、とっぷりと日が暮れていた。いつの間にか季節は移り、日が短くなっている。

川沿いの平坦な道なのに、今日は自転車のペダルが重かった。子供の頃は、十一月ともなると冬の匂いを感じたものだが、地球温暖化のせいか、山々がほんの少し色づき始めたばかりだ。

ショートボブの髪を風になびかせていると、少しずつ気分が上向いてきた。いつの頃からか、風は自分にとって精神を安定させるためにはなくてはならないものになった。

そのとき、向こうから一台の自転車が近づいてくるのが見えた。

「こんばんはあ。お寒うなりましたねえ」

すれ違いざまに挨拶を寄越したのは小野《おの》一郎《いちろう》だ。彼もまたESS部の後輩で、今では母校の県立高校の教頭をしている。ゆったりとしたその物言い。いかにも穏やかで物わかりの良さそうな教師然とした笑顔。猛烈《もうれつ》に腹が立ってきた。

なんなんだ、いったい。小野なんてあんなにバカだったくせに、どうして今はヤツが教頭先生サマで、私が給食センターのオバチャンなんだよっ。

「あら小野くん、お疲れ様」

鷹揚にそう答えてやってから、重いペダルを思いきり踏み込んだ。

玄関前に自転車を置くと、すぐに軽自動車に乗り換えて実家へ車を飛ばした。

今日から夫は一泊二日の出張で、明日の夜まで帰ってこない。

この時間帯は帰宅ラッシュで道路が混む。だが実家へ行くには、この川沿いの県道一本しかないから仕方がなかった。それでも、二十分もしたら実家に着いた。

母が元気でいてくれる限り、自分には帰る場所がある。だが、いつまでこうやって気軽に実家に来られるだろうか。横浜に住む弟の慶一《けいいち》は二歳下だから、定年退職する日も遠くない。慶一夫婦がUターンして実家に同居するようになったら、妻の恵利《えり》さんが台所を取り仕切ることになるだろう。そうなると、そう頻繁には帰ってこられなくなる。少なくとも泊まることはできない。

「お帰り、澄子。晩ご飯できとるよ」

テーブルには、焼き魚や南瓜《かぼちゃ》の煮物などが所狭しと並んでいた。同級生たちの中でも、これほど元気な母親を持つ人は少なくなった。既に両親とも他界した人が多いし、母親が寝たきりや認知症になった人も少なくない。それを考えると本当にありがたいことだと思う。だが元気とはいえ、もう八十歳を超えている。母が死んだら、この世に息抜きができる場所も心の拠《よ》り所もなくなる。自身がもうすぐ六十歳になろうとしているのに、母にはいつまでも元気で生きていてほしいと願ってしまう。

「澄子、城崎《きのさき》の温泉旅館がリフォームされてきれいになったらしいよ。孝男さんが定年退職したら、あんたら夫婦水入らずでゆっくり行ったらええよ」

ニコニコしながら母が言った。

「温泉か……」

想像しただけでゾッとした。夫と同じ部屋に布団を並べて寝るなんて拷問《ごうもん》以外の何ものでもない。

——離婚したい……でも、お金がない。

もう何百回目だろう。同じ言葉が呪文《じゅもん》のように心の中で繰り返される。

「孝男さんに感謝せんといかんよ。今までずっと真面目に働いてきて、ほんにええダンナさんよ」

「は？　あのなあ、母さん、うちは共働きなんだわ。それなのに、あの人は子育ても家事も一切手伝ってくれんかった。そのうえ毎週日曜日には舅姑が遊びに来て、掃除が行き届いとらんとか何とかさんざん文句言われて気が変になりそうやったよ」

「またそんな昔の話を蒸《む》し返して我が儘ばかり言うて。男は働いとるんだもん。家のことはできんよ。澄子は何かというと自分も働いとるっていうけど、所詮はパートじゃろ」

「パートってバカにするけどな、フルタイムだよ」

「ほんでも女のパートなんて気楽なもんじゃろ」

「気楽なんかやないよ。仕事の中身は正社員の男と同じなんやからね。それに、少ない人数でシフトを組んどるから、急に休んだりしたら周りに迷惑がかかるの。つまり責任も重いんだよ。それに、立ちっぱなしで、毎日が体力の限界なんやから」

人間関係にしたって、ややこしくて嫌なことなんか数えきれないほどある。そんなに嫌なら別の仕事に移ればいいと人は簡単に言うが、この町で条件のいいパート仕事などめったに見つからない。それに頻繁にパート先を変えれば、「あの人は長く続かない人だ」と烙印《らくいん》を押され、次の仕事を見つけるのが難しくなる。だから、母が言うほどパート仕事は簡単でも楽でもない。

いや、違う。そんな問題じゃないのだ。

もっと根深い何かがある。正社員とパートという身分の違いで、どうしてこれほどまでに見下されなければならないのか。同じ女である母までが男の味方をする。もともと夫と妻は対等な関係なんかじゃなかった。対等だと思っていたのは自分だけだった。気づくのが遅すぎた。なんておめでたいんだ、自分という人間は。

「澄子は自分では男と同じように朝から晩まで働いとると思っとるかもしれんけど、そもそも給料が全然違うじゃろ」

だったら何なんだ。

給料が多い方が人間として上等なのか。人間の価値は給料の額で決まるのか。

家事育児一切合切を信頼して任せられる同居人がいたなら、自分だって仕事に打ち込むことができたはずだ。そしたら信用金庫を辞めずに済んだ。

こんなこと……誰に話してもわかってくれない。鼻で笑われるのがオチだ。だから もう言わない。

あーあ、本当につまらない。

せっかく実家に帰ってきても、母とは話が合わなくて孤独感に襲われる。母自身が男尊女卑の権化《ごんげ》だからだ。

「結局は稼ぎの多さか」

母が醤油《しょうゆ》を取りに席を立ったとき、無意識のうちにつぶやいていた。

「そりゃそうや。稼ぎが多けりゃ怖いもんなしじゃ」

小さくつぶやいたつもりだったのに、母には聞こえたらしい。

「この前、女優のなんやったか……ナンタラ礼子《れいこ》が離婚したじゃろ」

「山之内《やまのうち》礼子のこと？」

「そうそう、それ。やっぱり稼ぎのある女は自由を選ぶ権利があるっちゅうことだ」

「そうか、やっぱりお金か」

――離婚したい……でも、お金がない。

つまり逆を考えれば、夫と別れるためには、お金さえあればいいということだ。

そうだ、お金を貯めよう。

でも、どうやって？

無理だよ、無理。もう既に五十八歳なんだよ、自分。

だけど、死ぬほど夫が嫌い。本当に別れたい。一人で自由に生きていきたい。

残りの人生が少なくなってきている。元気で動き回れるのはあと十年か二十年か。

一度きりの人生なのに、今のまま屈辱的な生活を送り続けるのか。

いや、今はまだいい。夫は平日の昼間は会社に行っているし、母が元気でいてくれる。だが夫が定年退職して家にいるようになったらどうなる？　今よりもっと精神的に追い詰められるのは間違いない。そして、そう遠くない日に母が亡くなり、夫の介護が始まる。その苦行に耐えた後には、自分も年を取っていて、人生の残りは数年しかないのでは？

ふうっと大きく息を吐いた。

ところで、預金はいくらあるんだっけ。

そもそも、いくらあれば家を出て一人暮らしができるのか。

ダメ元でシミュレーションしてみよう。諦める前にあらゆる手段を考えてみるべきじゃないのか。離婚したいだとか、夫が嫌いだとか言い続けているだけでは埒《らち》が明かない。何ごとも具体的に考え、そして行動に移さなくては。

そう考えると、急にいてもたってもいられなくなってきた。すぐにでも家に帰って預金通帳を確かめ、将来に亘《わた》る生活費を具体的にノートに書き出してみたくなった。

「澄子は相変わらず少食やな。もっとたくさん食べた方がええよ」

「ご馳走さま。美味しかった。さすが料理上手の母さんやわ。私そろそろ帰る」

「えっ、さっき来たばっかりやないの。泊まってけばええのに」

「私も色々と忙しゅうてね、帰ってやらんとならんことがようけあるんだわ」

「忙しいのはええことだわ。ほんなら、南瓜の煮物をタッパーに入れたげる」

「うん、ありがと」

「ゆうべ久しぶりに慶一に電話してみたらの」と、母は台所へ向かいながら言った。

「定年退職したあとも、こっちには帰れそうにないって言うとったわ」

「えっ、そうなん？」

　どういうことだろう。慌てて母を追って台所へ行く。

「恵利さんが、『うん』と言わんらしい」

　母はこちらに背中を向け、南瓜をタッパーに詰めながら言う。

「そうか、そうやろなあ。恵利さんは横浜育ちやもん。こんな田舎では暮らせせんよ」

　母はがっかりした様子だったが、自分は心の中で小躍《こおど》りしていた。

　離婚した後も、自分には帰れる場所がある。この実家がある。

　家さえあれば怖いもんなしだ。食費と光熱費くらいは稼げる。それどころか、離婚した方が、夫の無駄遣いがない分、暮らしは楽になるかもしれない。夫のキャバクラ通いが、定年退職後に止《や》む保証なんてないのだから。

「母さん、仕方ないわ。恵利さんは都会が似合う人やもん」

普段からはっきりものを言う恵利に、心からありがとうと言いたい気持ちになった。

しかし、その夜、怖い夢を見た。小学校のグラウンドの隅っこで、布団を敷《し》いて寝ている自分がいた。布団の周りは雑草が生い茂っている。

将来の路上生活を仄《ほの》めかされたようで、胃がきゅっと縮《ちぢ》んだ。


駅裏の居酒屋に、高校時代の同級生五人が集まった。

それぞれに子育てを終えたあたりから、女子会と称して二ヶ月に一回くらいの割合で集まるようになっていた。

夫には、母の具合が悪いから実家に泊まると嘘をついた。結婚して以降、頻繁に嘘をつくようになった。そのたびに心の中の水晶玉が濁《にご》っていく。若かった頃は透明でキラキラ輝いていたのに、三十数年に及ぶこれまでの結婚生活の数えきれないほどの嘘で、濁りの層が厚くなり、何が本当で何が嘘かなんてどうでもよくなってきて、いつの間にか嘘をつくのに抵抗がなくなった。そうこうするうち、不誠実で軽薄な人間に成り下がった気がする。

「雅代から喪中ハガキ来たやろ？」

乾杯が済むと、待ちかねていたように小夜子が尋ねた。

「うん、来た来た」

「ダンナさん、亡くなったんやってね。うちらと同い年やのに」と広絵《ひろえ》が言う。

「私、雅代に会ったよ。二日ほど前やったかな、郵便局の前で。実家に用があって帰ってきたみたいやった」と、小夜子が話す。

「どうやった？　ダンナが亡くなって落ち込んどった？」と綾乃《あやの》が尋ねると、小夜子はいきなりニヤリとした。

「口では、色々と大変やったって言うてたけど、目がイキイキしとった。黄色のセーターなんか着ちゃってさ」

「ふうん」と、一斉にみんな意味ありげに頷いて目を見合わせた。

「それより、聞いた？　美佐緒が離婚したこと」

小夜子は身を乗り出して、みんなを見回した。

「えっ、私そんなん聞いてないよ。美佐緒の実家はうちの三軒隣やけど、美佐緒のお母さんはそんなこと言ってなかったよ」と広絵が言う。

「わざわざ言ったりせんでしょ。都会に出て行った子は、離婚しても黙っとったら地元にはバレんもん」と、小夜子が得意げに小さな鼻の穴を膨らませる。

「だったら、今回はどうしてバレたん？」と広絵が尋ねる。

「そりゃあ私は事情通だもんでね」と、小夜子が答えた。

「さすが小夜子。それにしても居酒屋の個室ってええね。遠慮なく噂話ができるし」

綾乃が楽しそうに言う。この中で唯一、夫の両親と同居している。夜の外出を許されるのが年に数回しかないらしく、こういう場に来ると浴びるように酒を飲む。酔った勢いと解放感からか、噂話をすることの罪悪感など吹き飛んでしまうらしく、他人の不幸に対しても同情心を装うことすら忘れ、心底嬉しそうに笑うのが常だった。

「今夜は正直に何でも話そうよ。そのために個室を予約したんやから」

小夜子がそう言ったとき、斜め向かいに座っている千鶴と目が合った。気を許してあれこれしゃべったらいかんよ、要注意だよ、という合図なのだろう。

小夜子は欠席裁判が大好きだ。いつだったか綾乃がいない飲み会で、小夜子は綾乃を徹底的にこき下ろしたことがある。そのとき千鶴は無意識のうちに頷いたらしく、千鶴が綾乃の悪口を言ったことにされてしまった。その後しばらくは綾乃と気まずくなったという。まるで小学生だ。いや、それを言ったら小学生に失礼だ。だって小学生だった頃の自分は、正義感に溢《あふ》れていたのだから。

「かわいそうやけど、美佐緒が離婚を隠し通すのは無理やない？　ほんだって旧姓に戻るわけやろ？　同窓会名簿だって書き換えんとならんし」

そう言ったのは広絵だ。唯一の晩婚で、一人息子がまだ高校三年生だ。

「旧姓に戻るとは限らんよ。法律的には、結婚後の名字のままでもええらしいから」と小夜子が言う。

「そうか、だったらバレんかもね」と、広絵は納得したようだ。

「離婚ってそんなに恥ずかしいことかな」と、気づけば素朴《そぼく》な疑問を口にしていた。

「ほんだって女には序列があるじゃろ。一番上が結婚して子供のおる女、離婚した女はそれより下で、独身のままの女はいっちゃん下だわ」

まるでそれが世間の常識ででもあるかのように、広絵が迷いなく答えた。

反論が出ないところを見ると、みんな同じ考えらしい。そういう自分も、実はずっとそう思ってきたのではなかったか。離婚は恥ずかしいものだと。

でも最近になって、考えが百八十度変わった。熟年離婚する女はある意味すごいと思うようになった。こんな年になってから女一人で生きていく覚悟をして、人生をやり直そうとするのだから普通じゃない。経済力と強い精神力を持つ女でないと、やり遂げられない偉業ではないかとさえ思う。

「こん中で誰か、都会に住んどる同級生の家に遊びに行ったことのある人、おる？」

小夜子の問いに、みんな互いに顔を見合わせている。

「なんだ、誰もおらんのか。やっぱりなあ。都会暮らしと聞くと、なんやハイカラで聞こえがええけど、本当は信じられんほど狭いアパートや掘っ立て小屋みたいな一軒家に住んどる人が多いらしいよ。そんなとこに遊びにおいでとは言えんわなあ」

美佐緒がオンボロアパートに住んでいるというのは本当なのだろうか。

でも、それがどうした、とも思う。東京は家賃がびっくりするほど高いと聞いているから、オンボロだろうが独立して生計を立てている美佐緒は立派だと思う。

「しかし、人ってわからんもんだね」

そう言いながら、小夜子がわざとらしく溜め息をついた。

「仲間うちでは美佐緒がいちばん離婚から遠いと思っとったのに」

同意を求めるように小夜子がこちらを見るが、曖昧に微笑むしかなかった。

何をもって美佐緒が離婚から遠いというのか。今夜のメンバーの中で、彼女のことを最もよく知っているのは自分だ。あの多感な時期に何年間も親友だった。あの頃の美佐緒は、正義感が強くて努力家だったが、そのことと離婚に、何か因果関係でもあるというのか。

「美佐緒のダンナさんは東京で生まれ育ったイケメンやって聞いとるよ」と広絵が言う。

「だったらやっぱり浮気かもね」と、綾乃が前のめりになって、みんなの顔を見回した。同意するよう促しているらしい。

さっきから千鶴は、「ふうん」とか「そうなの」と、感心した風を装っているが、決して余計なことは口にしない。今夜の千鶴は、なかなかの演技派だ。

そのとき、ふと思った。どうして自分と千鶴がこの場にいるのだろうと。

小夜子を軽蔑《けいべつ》していて、その取り巻きの綾乃や広絵も好きになれないというのに。

その答えは……考えるまでもない。友だちが少ないからだ。仲の良かった友人たちは、みんな都会へ出てしまった。だから、こんなに気の合わない者同士の女子会でも、田舎では貴重な社交場だった。家とパート先を往復するだけの生活では、新しい知り合いなどできるはずもない。過疎化が進む小さな町ともなればなおさらだ。

「で、結局、美佐緒が離婚した原因は何やったん？　小夜子の耳には入ってきとるの？」と綾乃が尋ねた。

「浮気か暴力か借金かアルコール依存症か……まさかクスリってことはないだろうけどね」

小夜子は、覚醒剤とか麻薬とは言わないでクスリと言った。まるでテレビドラマに出てくる捜査官気取りだ。

「やっぱり浮気だね」と、綾乃がなぜか断定する。

「意外と暴力かもよ」と広絵が眉根を寄せて言った。

そのとき、千鶴の身体が一瞬固まったように見えた。

「暴力？　それはないでしょ」と、小夜子は当然のように言った。

何か情報を持っているのかと、みんなが注視すると、小夜子にしては珍しく、戸惑ったように目をぱちくりさせた。

「えっ、だってさ、そんな男の人って本当におるの？　いや、もちろん世の中にそういう男がおることは知っとるよ。だってニュースで見るもん。でもさ、滅多におらんわけでしょう？　ドラマとか見とっても暴力シーンが大げさすぎて、私いっつも白けるんやけど」

そう言うと、小夜子は「お代わりしようかな」と言いながら、楽しげに飲み物のメニューを開いた。

やはり人間というものは、誰しもごく狭い世界に生きているらしい。そう感じ入って、小夜子の横顔を見つめていた。きっと小夜子の親族には暴力を振るう男は一人もいないのだろう。自分が実際に見たことも聞いたこともない事柄については、「リアリティがない」の一言で笑い飛ばしてしまう。想像力が欠如すると、他人への同情も湧き起こらない。自分にしても、千鶴が夫から暴力を振るわれていると打ち明けてくれるまでは、全くの他人事だった。

「どっちにしろ、こんな年になってから、わざわざ離婚せんでもええのにね」と綾乃が言う。

「だよねえ。何も今さら波風立てんでもさ、見かけだけでも平穏無事にやっていくのが正しい道やないやろか」と、広絵も同意見らしい。

たぶん世間一般の中高年女性のほとんどが同じように考えているのだろう。

千鶴は相槌《あいづち》を打ちたくないのか、さっきからずっと壁に貼られたメニューを見上げている。

「今まで我慢してきたんならさ、もうちょっとの辛抱なのにね」

小夜子がそう言って、同意を求めるように私を見たので、咄嗟《とっさ》に話題を変えた。

「男のおらん同窓会は気楽でええね」

「ほんとほんと」とすぐに綾乃が引き継いでくれた。「ほんだって高校のときは男女平等やったのに、卒業した途端に男どもときたら遠慮なく女を見下すようになったもんね。アホで有名やった三組のポン太に、お前ら女はみんな主婦になって気楽でええのうって言われたときはマジで頭にきて、力いっぱいどついてやったわ」

「うそっ、アイツが綾乃にそんな生意気なこと言うたん？　あのアホのポン太が？　信じられん」と、千鶴が初めて発言した。

「男どもって、なんか嫌な感じだよねえ」と自分も宙に向かって溜め息まじりにつぶやいていた。

「そこいくと、千鶴はええよね。ほんま当たりくじ引いたわ」と小夜子が心底羨ましそうに言って、千鶴を見た。

「そうやわなあ。千鶴のダンナさん見とると、人間は年を取ると人格が顔に表れるっていうんが本当やってわかる」と広絵が言う。

「そうそう。いっつも穏やかで優しそうやし、何よりレディーファーストが徹底しとるもん。夏祭りのときも感心したわ。あんなに思いやりのあるダンナさん、滅多におらん」と、綾乃も言う。

千鶴はうっすら笑っただけで、何も言わなかった。

「それにしても美佐緒、なんで今さら離婚やなんて」と、綾乃が話を蒸し返す。

「きっと美佐緒も今ごろ後悔しとるんやないかな」と小夜子が言う。

「私もそう思う。ほんだって、どう考えたって生活が厳しいわけやろ。せっかく大学まで出とるのに、結局は専業主婦なんやもん。うちらはみんな高卒やけど、パートで頑張っとるもんね」と広絵が言う。

いつものことだが、自分と千鶴は聞き役だった。小夜子たち三人は盛り上がっていて、会話が途切れることがない。

「大学出の女はプライドが高《たこ》うて、スーパーのレジなんかできんのやないやろか」

「できんできん」

「そりゃできんよ」

「年金分割の法律ができたやろ。あれがきっかけで熟年離婚がブームになったらしいけどね」

「ブームに乗って離婚するなんて信じられんわ。ファッションやあるまいし」

「きっかり半分もらえるわけやないって、雑誌に書いてあったしな」

「それ私も読んだわ。分割してもらえるんは、婚姻《こんいん》期間中の、そのまた被扶養者《ひふようしゃ》やったときの分だけやって。それに夫婦で分けたりしたら、夫も妻も貧乏になるって書いてあった」

「そりゃそうや。年金いうのは、夫婦ふたりで暮らすことが前提になっとるからな」

小夜子と綾乃と広絵は、どんどん酒をお代わりし、さらに口が滑らかになっていく。自分と千鶴は黙ったまま相槌も打たなかったが、そのことに気づかないほど三人は夢中でしゃべり続けた。


長女の望美が帰省した。

盆正月を外《はず》して帰るようになって何年も経つ。望美が言うには、地球温暖化のせいで田舎の夏は東京よりずっと暑く、逆に冬は寒すぎて耐えられないらしい。だから時期をずらして帰省することにしたのだと。だが本当は、盆正月は父親が一日中家にいるからではないだろうか。

「母さん、二階のミシン部屋を使っていい？」

「ええよ。ミシン片づけてお布団を出しといたから」

「ありがと」

「望美もお正月に帰ってくればええのに。そしたら香奈たちにも会えるのに」

スーツケースを持ち上げて階段を上る望美の背中に声をかけた。

「だから何度も言ってるじゃん。寒すぎて耐えられないって。雪だって降るんだし」

「昔と違って最近はたいして降らんよ。それに、秋に帰省するんならわかるけど、もう十二月に入っとるやないの。東京と違って寒いやろ」

「だってこれから正月に向けてもっと寒くなるじゃん。今のほうがまだマシだよ」

「それはそうやけど。ほんでも、爽太《そうた》くんに会いとうないの？　もう二歳になったんやで」

そう言いながら、望美を追って階段を上る。

「そりゃ会いたいけどね、でも洋輔《ようすけ》さんも一緒に来てこの家に泊まるんでしょう？」

部屋の真ん中にスーツケースを広げて望美は言った。

「そりゃそうやわ」

「それがウザいんだってば」

「何を言うとるん。この近所で婿《むこ》さんが帰省についてきてくれる家なんて滅多にあれへんわ。ありがたいと思わんと」

「私は香奈が痛々しくて見てられないんだよ。涙が出そうになっちゃう」

「なんで？　痛々しいって、どういうこと？」

驚いて望美を見た。

「香奈は私と違ってすっごく勉強できたじゃん。大学もいいとこ行ったんだし。それなのに今や髪振り乱したオバサンじゃん」

「あのね、香奈はあんたより三歳下で、三十歳になったばかりやで。香奈がオバサンなら、望美だってとっくにオバサンやないの」

「母さん、そういう意味じゃないよ。なんていうか……ああ、もういいよ。何か飲み物ある？」

望美はさっと立ち上がると、階段を軽快に下りていく。その後ろをまたもや追いかけた。望美が冷蔵庫を開けて中を物色しているのが見える。

「ねえ、さっきのどういう意味なん？　香奈が痛々しいって」

「もう、いいってば」

話が通じないとでも言うように吐き捨て、こちらを見ようともしない。

もしかして、自分の言い方がきつかったのだろうか。きっとそうだ。だいたいにおいて、いつも自分が悪い。

「ごめんね、望美」

「何が？」と、望美は振り返ってこちらを見た。

「望美の方が香奈よりオバサンやなんて言うて。ほら、私は昔から柔《やわ》らかな物言いができんのよ。気も利かんし、それに……」

「ストップ。そんなことないってば。母さんはちゃんとした人だよ」

「え？」

「何でもかんでも自分が悪いと思う癖、なんとかした方がいいよ。そんなので生きてて楽しいの？」

望美の話はいつも飛躍する。小学生の頃からそうだった。

「母さんはこれまでずっと父さんに馬鹿にされてきたから、自分に自信が持てなくなったんだよ。だから何かあるたびに自分が悪いと思うのよ」

「……そうかも」

「母さんは給食センターでフルタイムで働いてるうえに、家のこともちゃんとして、私と香奈のお弁当も毎日作ってくれた。母さんのパート収入がなかったら二人とも大学には行けなかった。そのこと、私たち姉妹は感謝してるよ」

いきなり言われて戸惑った。今まで、そんなことを言われたことはなかったから。

次の瞬間、ジーンとして涙が滲《にじ》みそうになったので、悟《さと》られまいと大きな声で言った。「そんなこと、どこの母親もやっとるがな」

「そうかもしれない。でも少なくとも私にはできない。働くだけで精一杯だもん。仕事の帰りにコンビニ弁当と缶ビール買って、部屋に帰ったら風呂に入って寝る。それだけでもうくたくた。それ考えたら、昔のお母さんたちはみんな偉いと思う」

望美は、冷蔵庫から昨夜の残りの里芋と烏賊《いか》の煮物を見つけたらしい。嬉々《きき》として電子レンジに入れている。ゴーッという電子音が台所に響き渡った。

「ねえ望美、さっきの香奈の話やけど、痛々しいってどういうことなん？　母さんにもわかるように説明してよ」

しつこいとは思ったが気になって仕方がない。

望美はこちらをじっと見た。「うん、わかった。だったら今夜、駅前のファミレスに行かない？　サングリアでも飲みながら二人でゆっくり話そうよ」

「それは無理やわ。きっと父さんが俺も行くって言うもん」

「父さんが帰ってくる前に行っちゃえばいいよ」

「まさか。そんなことしたら、途端に機嫌が悪うなってあとが大変やわ」

「たまには女同士でじっくり話をしたいからって父さんに言えば済むことじゃん」

「そんなん……よう言わんわ」

たったそれだけのことが言えない。ものすごく勇気が要る。

「母さんて、奴隷《どれい》みたい」

望美はつぶやくようにそう言って大きな溜め息をついた。「私、絶対に結婚しない」話はもう終わったとばかりに電子レンジから煮物の鉢を取り出し、居間のソファに座って食べ始めた。リモコンを持ち、テレビを点《つ》ける背中が苛々《いらいら》しているのがわかる。夫に言いたいことも言えない母親が情けないのだろう。だが、望美は独身だ。妻の苦労などわかってたまるものか。

お茶を淹《い》れて、望美の隣に座った。

「望美、仕事の方はどうなん？」

「つつがなくやっております」

望美は東京の区役所に勤めている。給料は安いが、公務員だから親としてはひとまず安心していられた。

「さすがの私もコツをつかんだよ。ああいう職場では目立たず真面目にやることだね。つまり没個性が大事」

「そんなんでストレス溜まらんの？」

「そりゃあ溜まるよ。だから休日を楽しみに生きてるんだってば。土曜日は都内の名所旧跡巡りをして、日曜日は掃除洗濯とスーパーに買い出し。三連休のときは遠出するし、年に二回は長期休暇を取って山登りする」

楽しそうに語る横顔を見ると、こちらまで嬉しくなってくる。我が子が日々の暮らしを楽しんでいる姿は何ものにも代えがたい。

最近食べて美味しかったデザートの話やら、外国人店員との心温まるような話など、久しぶりに聞く娘の話が楽しくて、あっという間に時間が過ぎた。

見ると、縁側の向こう側が薄暗くなってきていた。そろそろ夕飯の支度に取りかからねばと立ち上がった。

「今夜はすき焼きにしたわ。望美が帰ってきたから、ええお肉を奮発したの。父さんにも言うてあるから、今日は急いで帰ってくると思うで」

「手伝うよ」

望美と二人で台所に立った。

望美が立派なネギを大量に切る隣で、自分は勢いよく蛇口《じゃぐち》を捻って新鮮な春菊を洗った。阿吽《あうん》の呼吸で、何も言わずとも分担して手際よく作業が進む。

テーブルの上に箸《はし》や取り皿を揃《そろ》え、卓上コンロのぐるりに材料が整った。あとは夫が帰るのを待つのみだ。

夫の帰りを待つ間も、望美は一人旅の計画について話した。三年先まで予定を立てているらしい。なんという自由だろう。勤め先での人間関係には苦労している様子だが、私生活は充実しているようだ。

つい最近までは、望美を一刻も早く結婚させないと将来まずいことになると焦っていた。だが、少しずつ考えが変わりつつある。今の時代は、一人で生活を楽しむ人生もアリかなと思うようになったのだった。

仕事さえあれば結婚なんかしなくても特に支障はないと思い至ってからは、年齢などどうでもいいことに気がついた。一歳でも若いうちに結婚させなければと焦っていたのは、出産年齢のタイムリミットというよりも、女は若い方が好まれるという男性目線を考慮してのことだった。それらを排除すれば、三十三歳なんてまだまだ若い。人生これからだと言ってもいいくらいだ。新しい仕事や趣味に挑戦することだってできる。だが結婚してしまうと自由は奪われる。

もしも人生をやり直せるならば……と宙を睨んだ。

——子供は欲しいが夫は要らない。

それが正直な気持ちだった。できれば子供は馬やキリンのように、生まれてすぐ自立してくれると助かるが、それは時代がどんなに進んでも、さすがに不可能だろう。

「父さん、遅いね」

望美の声が、シャボン玉が弾《はじ》けるときのように、こちらの空想を一瞬で消した。

「そうやね。せっかく望美が帰ってきたのになあ。望美、お腹《なか》空いたやろ？」

壁の時計を見ると、八時を過ぎていた。

「望美、ホットミルクでも飲んで空腹をごまかそうか」

そう言ったとき、携帯にメールの着信があった。

――いま飲み屋。夕飯不要。

呆然《ぼうぜん》と携帯を見つめた。

「母さん、誰から？」

望美が身体を寄せてきて携帯を覗《のぞ》き込んだ。

「マジ？　呆《あき》れてものが言えない。なんでもっと早くに連絡しないかなあ」

こんなことなら望美とファミレスに行けばよかった。

心臓の奥の方で、コトンと音がして、憎しみがまたひとつ積もっていく。

四十半ばくらいからだったたか。それまでは仕方がないと諦めていた様々な事柄に我慢ができなくなった。腹立たしさがいつまで経っても収まらない。更に恨みがましくなり、笑えなくなり、心の奥底にある憎しみの層が厚くなった。

鬼婆《おにばば》だとか意地悪ばあさんなどという言葉があるが、鬼爺《おにじじい》や意地悪じいさんという言葉はない。それがなぜなのか、最近はよくわかる。見下されている側だけが鬼になっていく。同じ人間なのに、下女のように軽く扱われる毎日の中で、真っ直ぐな心を保つことなど不可能だ。

自分はまさに鬼婆に向かってまっしぐらだ。結婚してから三十数年の間にあった数え切れない悔しさや屈辱を日々思い出しては、夫に対する恨みがぶり返し増幅していく。自分でもどうかしてしまったのかと戸惑うほど、怒りのマグマが沸々《ふつふつ》と煮えたぎるようになった。

「そうは言っても望美、父さんだって大変なんよ。会社での立場もあるんやし」

心にもないことを言った。子供の前で父親の悪口を言うのは、教育的配慮に欠けると思う。それもあって、娘の前でも嘘ばかりついてきた。

「上司の前なら連絡できないこともあるやろうし」と、更に嘘を重ねる。

きっと夫は、望美が帰っていることや、すき焼きのことをふと思い出したからメールしたのだろう。いつもなら連絡すら寄こさないのだから。

「このメール打つのに何秒かかる？　トイレに立ってもいいんだし」

「それはそうかもしれんけど……」

「それに、もう飲み屋で飲んでるんでしょう？　少なくとも会社を出る時点で連絡すべきだよ」

「うん、それはそうやね」と声が小さくなる。

「飲み始めて一時間以上経ってるかもよ。思いやりがないんだよ。母さんのこと虫けらくらいにしか思ってないんだよ」

「えっ？」

そんなことは、わざわざ言われなくても心の奥底ではわかっていた。

だが虫けらとは……。

こうやってはっきりと口に出されると、心にズンと重石を載せられたようで、胃の辺りまでが重くなる。

「だから私は結婚しない」

これで何度目だろう。結婚しない宣言は。

「でも、最近の若い男性なら違うんやない？」

「例えば誰？」

思わず黙ってしまった。誰一人として思い浮かばない。夫側の甥《おい》っ子たちや香奈の夫も年齢は若いが考えは古い。

「母さん、却《かえ》って良かったじゃん」

望美が、素《す》っ頓狂《とんきょう》なほど明るい声を出した。見ると、無理して笑顔を作っている。

「だって私たち二人だけで牛肉食べ放題だよ。こんな上等のお肉、久しぶりだよ」

自分はいつの間にか年老いて、娘に慰《なぐさ》められるような年齢になったらしい。

「それもそうやな。父さんはおらん方がええわ」

娘の前なのに、つい本音が出てしまった。

夫と同じ鍋をつつくのが、本当は嫌でたまらなかった。いつの頃からか、夫の直箸《じかばし》に耐えられなくなった。取り箸やお玉を使ってほしいと何度頼んでも、面倒だと言って使わないのだ。

「さっ、食べよ、食べよ」

二人でダイニングテーブルに移動して、火にかけた鉄の鍋肌を牛脂で撫《な》で回すと、白い煙が立ちのぼった。

　望美も向かいの椅子に腰掛けて、卵を割って器に入れている。

「ここに香奈もいればいいのにね」と望美がしみじみと言った。娘たちがまだ家にいた頃、女三人で食卓を囲むときが、最も心穏やかで楽しいひときだった。だが今では香奈には夫がいて子供もいる。あの時代にはもう二度と戻れない。

　黒毛和牛をどさりと鍋に入れると、ジュッと音がした。

「みんな何が嬉しくて結婚するんだろうね」と、誰に問うでもなく望美がつぶやいた。

「自分から進んで奴隷になるなんて、ほんとバカだよね。それに、結婚した途端に自分が選んだわけでもない、ロクでもない血縁関係がいきなり増えるし、そもそも名字が変わるのも耐えられないし」

「でも、子供だけは産んでおいた方がええんやない？」

「母さん、そう簡単に言わないでよ。子供を産むのは命がけだよ。いまだに出産で死ぬ人だって少なくないんだから。自分の命をかけてまで子供が欲しいなんて、私は全然思わない」

「ほんやけど、年を取ってから後悔したって遅いんやで。そこんとこ、わかっとる？」

「後悔してるのは母さんでしょ」

「えっ？」

「母さんも香奈も全然幸せそうに見えない。二人とも後悔してるはず」と望美は決めつけた。

「後悔なんてしとらんよ。だって私の時代は、独身を通すのは特別な資格でもない限り経済的に厳しかったもん。それに、結婚してなけりゃ望美も香奈も生まれなかったわけやし」

「ほうら、父さんのことは一言も出てこない。私と香奈が生まれたことと、お金のことだけ」

「そうよ。それでええのよ。それが大事なんやもの」と開き直っていた。

「父さんみたいな男とよくも長年一緒に暮らしていると思う。私なら絶対無理」

「例えば、どういうところが？」

娘たちが父親に親しみを感じていないのはわかっていたが、実際にはどう思っているのかを聞いたことはなかった。

「昔はもうちょっとマシだったと思うけど、年を取るにつれて異様に威張るようになったよ。何様だと思ってんだか」

「……確かに」

「私なら、自分をアゴで使う人と一緒に暮らすなんて、屈辱的で耐えられない」

「でも、望美の世代の男性は変わったんやない？　種苗《しゅびょう》メーカーに勤めとる人とはどうなったん？」

「あんなの、とっくの昔に別れたよ」

「話が合うって言うてたやんか。望美と同じで、政治に関心があって、よう一緒にデモに参加しとったやろ？」

同棲して一年になろうとしていた頃、そろそろ結婚かと心待ちにしていたことがあった。相手は一流大学を出ているし、勤め先は地味だが隠れた優良企業で給料もいいと聞いていた。

「今でもアイツは難民救済だとか差別撤廃だとかって叫んでるよ。それなのに、家に帰れば何もしない男だった。ほんとバカバカしい。私を飯炊《めした》き女だと思ってたんだよ。『難民を差別するな』って書いたプラカード持って叫んでるくせに、私を差別してたんだ。男は誰しも家に召使いを一人囲ってるんだよ。それなのに差別反対とか言うの、ちゃんちゃらおかしいよ」

　思い出すたびに怒りがぶり返すのか、望美は憎々しげに箸でバットに並んだ焼き豆《どう》腐《ふ》を突き刺した。

「なんであんなのと同棲してたんだか、いま思い出すと反吐《へど》が出そうだよ。集会だとか言っちゃって、何人も家に連れてくるんだよ。それで当然、私もその輪の中に入って意見交換できると思ってたら、私にはコーヒー淹れろだの、サンドイッチくらい用意してないのかって、すごく偉そうにすんの。ぶっ殺してやろうかと思ったよ」

彼の豹変《ひょうへん》ぶりに望美は驚いたという。だがその日は、何か深い理由でもあるのかと思い直し、望美は言われるままに飲み物や軽食を作って振る舞った。

「あとになってわかったの。友だちの前で『この女は俺の言うことなら何でもきく』ってところを見せて威張りたかったたってことが」

憤懣《ふんまん》やるかたないといった表情だ。「古いよね。昭和の小説に出てきそうなのが、いまだにいるとは思いもしなかったよ」

望美は私の影響を受けたのか、かなりの読書家だ。

「望美の気持ちはようわかるけどね、でもやっぱり、私らは先進国の中では類を見んような古い考えの日本っちゅう国に住んどるわけやから、現実を受け止めて妥協せんと、うまくは生きていけんよ」

「母さん、香奈の生活を見てみなよ。仕事と家事育児の両立でつらそうだよ。盆正月に帰省しても子供を母さんに預けて昼寝ばっかりしてるじゃん。どんだけ疲れが溜まってるんだか」

「何もあんなに無理せんと、香奈も専業主婦になればええのに」

間違ったことを言っているという自覚はあった。絶対に女は仕事をやめたらダメだ。まさにこの自分が悪い例だ。パートで収入が少ないために離婚できないのだから。

だがそう思う一方で、香奈の身体が心配だった。疲労の蓄積は大変なものだろう。ストレスや疲労は、精神をも蝕《むしば》んでしまう。

香奈はまだ三十歳だ。しかし既に更年期の夫源病《ふげんびょう》へと向けて、夫に対する恨みつらみの蓄積を始めているに違いない。

「香奈に専業主婦になれって？　母さん、それ本気で言ってる？　もうそういう時代は終わったんだよ。女が仕事を手放したら危うい人生が待ってるよ。女の側に稼ぎがないと、最初は良くても、そのうち惨めな境遇に追い込まれるんだってば」

そんなことは望美に言われなくてもわかっている。現に何十年も惨めさを嚙みしめながら生きてきたのは、この自分なのだ。

「それにしても望美って耳年増《みみどしま》やね。独身のくせして何でも知っとるような顔して」

「だって、旅先で知り合ったオバサンたちが、みんな揃いも揃って亭主の悪口ばかり言ってるから」

「もしかして……」

さっきから気になっていたことを聞いてみた。「香奈が離婚したいって、望美に打ち明けたんか？」

「それはない。でも見てたらわかるじゃん。とっくにダンナに愛想が尽きてるって」

否定できなかった。そのことは、香奈一家が帰省してくるたびに感じていた。香奈が子供の世話で四苦八苦しているとき、香奈の夫は知らぬ存ぜぬとばかり背中を向け、お客さん然として酒を飲みテレビを見ている。自分はといえば、全員の食事作りと掃除洗濯に追われ、孫の世話まで手が回らないこともあり、せっかく娘が実家に帰ってきても、ゆっくりおしゃべりできないことが悲しくてたまらなかった。

「あんなに優秀だった香奈が、縦の物を横にもしないような夫の世話をしてるの、私見てられない。こっちまで屈辱的な気持ちになるよ。母さんは結婚して幸せだった？」

返答できなかった。娘の前で父親を悪く言うのはよくないことだ。とはいえ、望美は何でもお見通しらしい。そしてもう三十三歳の大人である。

「望美、実はね……」

「なに？」と、望美がこちらに顔を向ける。

夫と離婚したいなどと、娘に言うべきではない。事後報告でいいのではないか。そして、理由は性格の不一致と曖昧に濁すのがいい。だが、望美は単に娘というだけでなく、誰よりも気持ちをわかってくれる無二の親友になりつつある。

鍋に白滝と焼き豆腐を入れてから、山盛りのネギと白菜を放り込んだ。椎茸《しいたけ》を入れるとこぼれ落ちそうなほど鍋が一杯になったので、重石代わりにガラス蓋《ぶた》を載せた。

そのときふと、この野菜たちは妻という立場の人間と同じではないかと思った。鍋から溢れそうな瑞々《みずみず》しい野菜を、ギュッと無理やり抑えつけて狭い場所に閉じ込め、水分が出て萎《しな》びて小さくなるのを時間をかけて待つ……それは、まさに女の人生そのものではないか。そう思うと、心が凍りつくようだった。

「もしかして、父さんと離婚したいと思ってるとか？」

びっくりして望美の顔を思わず凝視してしまった。すると、望美はハッと表情を引き締めた。「今の、冗談で言ったんだけどね。へえ、マジで？　母さん、本当に離婚するつもりなの？」

「うん……最近ちょっと考えることもある」

「何なの、今さら」と望美は怒ったように言った。

予想していた答えだった。

――いい年して何考えてんの、まったく。人生をやり直せるような年じゃないでしょう。

聞かなくとも望美が言いたいことはわかっていた。

「私だってわかっとる。無謀《むぼう》だってことは」と、知らない間に気弱な愛想笑いを我が娘に返していた。

「は？　そんなことないでしょ。さっさと離婚しなよ」

「えっ？」

「去年だったかな、うちの部長の親も離婚したよ。七十六歳と七十四歳だってさ」

「ええっ、ほんと？　そんな年いってから離婚する人が世の中におるの？」

「私も最初に聞いたときはびっくりしたよ。でも、なんかカッコいいと思った」

時代の流れは良い方向に向かっているのか、それとも悪い方向なのか。

何歳になっても自由を求めていいという風潮なら大歓迎だが。

「母さん、離婚に年齢なんて関係ないよ」と、独身のくせにこともなげに言う。「だって母さん、病気や事故で早くに死ぬ人だっているんだし、その反対に百歳まで生きる人だってザラだよ」

「そうやな、本当にそれはそうやね。ほんでも、先立つもんが……」

「意外となんとかなるんじゃないの？　貯金だって少しはあるんでしょう？」

「あるにはあるけど、老後も安泰《あんたい》かと問われれば程遠い額やわ。それに、離婚したら町中の話の種になって暮らしにくうなる」

「町の噂なんて無視しなよ。暇でゴシップに飢《う》えている人間をまともに相手にしてどうすんの」

「望美は高校を卒業してすぐに東京の大学に行ったから、田舎で暮らす窮屈さを知らんのよ」

「それは……そうかも」と、望美は素直に認めた。「この町で暮らしたのは高三までだからね、大人として地に足着けて暮らした経験はないから」

「それに、噂が広まったら、あんたらにも嫌な思いをさせてしまうよ」

「私は東京だし香奈は名古屋だよ。私の世代で、親の離婚に興味持つヤツなんていないよ」

「そう？　そういうもんかな。今どきの若い人は違うんかな」

「もしも母さんが噂の的になるのがどうしても嫌だっていうなら、思いきって東京に出てくれば？」

「えっ、本当に本当？　望美のマンションに住まわせてくれるん？」

それなら東京だろうがニューヨークだろうが怖いものなしだ。

いきなりパッと未来が拓《ひら》けた気がした。

「まさか、母さん、冗談やめてよ。うちはワンルームだよ。二人で暮らすなんて息が詰まるってば。母さんもちゃんとアパート借りて自立してよね」

「そら……そうやわなあ」

望美の住むワンルームという部屋は、二十平米しかないのに家賃が月六万円もすると聞いている。自分ならとても払えそうにない。たとえ払えたとしても、大都会で一人暮らしする勇気などない。

やっぱり無理だ。田舎のパート主婦が離婚するなんて所詮は無理なのだ。

そのとき、望美がフフッと悲しげな目で笑った。

「今の母さんの気持ち、わかるよ。若いときと違って、年取ると勇気が出ないよね」

「何言うとるの。まだ若い望美に私の気持ちがわかったりするかいな」

「私が大学時代にバックパック背負って一人でインド一周したの、憶えてる？」

「もちろん憶えとる。心配でたまらんかった。大反対したのに勝手に行ったりして」

「だけどね、今から一人でインド一周してこいって言われても、もう今の私は行けない。想像しただけで怖くなるよ」

「なんで？　大学時代には果敢《かかん》に挑戦できたのに？」

だが、そういうものかもしれないとも思う。それはたぶん、年を取った分だけ色んな経験を積むからだろう。若い頃の何倍も危険を想像できるようになり、何事にも慎重になる。それは悪いことではないとは思うが。

「最近はね、たった一泊二日の出張でも、二十代の頃とは違って荷物が増えたよ。意外に寒いかも、いや暑いかもって、迷いに迷ってカーディガンやタイツを多めにスーツケースに入れてさ。以前は着のみ着のままでどこへでも行けたのにね。年取るごとに用意周到に準備するようになっちゃったよ。まっ、いい面もあるけどね」

用意周到か……。

離婚を無謀ではない人生の選択とするには、いったい何をどう用意すればいいのだろう。

「それにしても結婚って厄介だね。恋人同士のときは、どちらかが嫌いになったり、ほかに好きな人ができたら、フッたフラレたってことで簡単に別れられるでしょう？　それなのに籍を入れると面倒なことになる。それが嫌で外国では事実婚が多いらしいよ」

望美の話によると、日本のように紙切れ一枚にサインしたら終わりという簡単なのは世界でも少ないらしい。

「確かに同棲やったら楽やわな。愛情が冷《さ》めたらハイ終わり。引っ越し費用がかかるだけで、名字もそのままでええし。家やら貯金やら共有財産もないとなれば、本当に簡単やわ」

「独身の私が言うのもナンだけど、愛情が冷めたら終わりってことになると、世の中の夫婦のほとんどが終わりなんじゃないの？」

「そうかもしれんなあ」

若い頃の恋愛を考えてみれば、同じ人をずっと好きでい続けるのは難しかった。それが可能なのは片思いで遠くから見ている場合だけだ。自分が特別に熱しやすく冷めやすい性格だとは思わない。だがそれでもすぐに相手のアラが見えて、三ヶ月で別れたこともある。それなのに、結婚したらそう簡単には別れられない。

相手を見誤ったという思いは、男女双方の胸中にあるだろう。世の中は目まぐるしく変わり、人の暮らしも変わっていく中で、人の心も変わっていって当然だ。みんな子供の頃から親夫婦の仲の悪さや諦めを見て育ってきているのに、若者は浅はかにも永遠の愛を誓って結婚に踏み切る。自分だけは例外だと思い込んで。

結婚以外のことでも同じようなことはたくさんある。自分だけは癌にならない、自分だけは大災害が起こっても逃げおおせる……と。人間というのは、なんと愚かなものなのだろう。

「ほんやけど、夫婦間の愛情ゆうのは、恋愛とは種類が違うから」

こういうことを口にしてしまうのは、心の底のどこかで、独身の望美に絶望してほしくないと思うからだ。今でもまだ望美には結婚してほしいという気持ちが捨てきれない。公務員だから少しは安心だとはいうものの、女一人で生きていくことに不安がつきまとう。それほどまでに日本がいまだに男尊女卑で、先進国の中では遅れに遅れているからだ。

「だったら聞くけど、母さんの知り合いで心から愛し合っている夫婦っているの？」

「えっ？」

「名前を挙げてみてよ」

そんな夫婦は……一組も思い当たらない。

そういうのは、テレビドラマや外国映画でしか見たことがない。

夢の中で、玄関チャイムが鳴っていた。

何度も何度もしつこいくらいに……。

次の瞬間、ハッとベッドから起き上がった。

ああ、まただ。夫がべろんべろんに酔っ払って帰ってきて、鞄《かばん》の中から鍵を出すのももどかしく、チャイムを鳴らし続ける。そういうことが最近とみに増えてきていた。

寝間着の上にパーカーを羽織る間も、玄関ドアをドンドンと叩く音が聞こえてくる。

まったく、もう。近所迷惑やないの。

慌てて部屋を出るとき、向かいの望美の部屋の明かりが灯《とも》ったのが見えた。

階段を駆け下りて短い廊下を小走りになって進み、三和土《たたき》に下りて玄関ドアを開けるなり、夫は怒鳴った。

「遅すぎるやろっ。俺が風邪引いたらどうしてくれるんじゃ」

――すみません。

当然こちらがそう謝るだろうと、夫は思っているようだった。

だが、自分は黙っていた。望美が二階で聞き耳を立てているかもしれないと思えば、ここで謝るわけにはいかない。望美にこれ以上、女の立場というものに絶望感を抱かせるのは罪悪であると思った。

いつもの臭いに、更に酒の臭いが混じっている。自分は知らない間に息を止めて後《あと》退《ずさ》りしていた。黄色く濁った白目に赤い血管が浮き出ている。スーツもよれよれでだらしない。

親しき仲にも礼儀あり、とまでは望まない。ただ最低限のマナーというのはあってもいいのではないか。長年連れ添《そ》ってきた夫婦には遠慮も何もなくなるのが普通なのか。人間というものは、老年を迎える頃になると、それまで長年に亘って取り繕《つくろ》ってきたものが少しずつ剝《は》がれ落ち、本来の卑しい品性が露呈するのだろうか。

「なにジロジロ見とるんじゃ」

夫は吐き捨てるようにそう言うと、こちらを押しのけるようにして靴《くつ》を脱いだ。そのとき、自分の二の腕に、夫の腕が当たった。

次の瞬間、鳥肌が立った。ほんの少しでも触れられることに、我慢できなくなっている。

私、この人のこと、本当にダメみたい。

そう思った途端、今後の生活に耐えていく自信がなくなり、不安でたまらなくなってきた。

——離婚したい。でもお金がない……。

いつもの呪文を唱えながら、二階に上がった。

翌朝、テーブルの上の干し柿がなくなっていた。

隣家の主婦が望美の帰省を知って、顔を見に来たついでにお裾分《すそわ》けしてくれたものだ。実は、これをもらうのを毎年楽しみにしていた。隣家の長男の亮一《りょういち》が香奈と同い年で、小学校に入学したとき、四年生の望美が香奈と亮一をまとめて面倒見てやっていた時期があった。登校時も毎日のように隣家に迎えに行ってやったものだ。だからか、今も望美が帰ってくると、奥さんは声をかけてくれるのだった。手の平ほどもある巨大な柿なのに、カビも生やさず上手にできていて、甘いだけでなく柿としてのうまみが存分に引き出されている。

「お父さん、ここに干し柿あったやろ？」

「昨日の夜、帰ってきて腹減っとったから食べた」

「あら、そうやったの。で、あとの二つはどこにあるん？」

そう尋ねた途端、夫の顔が忌々《いまいま》しげに歪んだ。嫌な予感がした。

「まさか、お父さん、三つとも食べたん？」

「出た出た。その大げさな言い方。干し柿くらいで亭主を責めて、なに喜んどるんじゃ。三つくらいぺろりだわ。バカじゃねえのか」

気配がして振り返ると、いつの間にか望美が背後に立っていた。

望美は大きな溜め息をついた。

結婚を選んだ女はバカだ。そう言っているように見えた。

もらい物の干し柿くらいで目くじらを立てるのを、あまりに愚かだと思う人もいるかもしれない。だが結婚している女なら誰でも感じるだろう。そんな小さなことが、結婚生活すべてを象徴していることを。

妻は常に夫や子供のことを考えているが、夫は自分のことしか考えていない。そうでなければ、干し柿を三つとも食べることはできないはずだ。そして、それを妻が毎年どれだけ楽しみにしているかを察してくれることもない。

「そんなことより、キャベツはどうしたんじゃ」

二対一で形勢不利と見たのか、夫は話題を変えた。

「キャベツって、何のこと？」

「タッちゃんからもらったやろ、大きなキャベツ」

辰彦《たつひこ》というのは夫の従兄弟《いとこ》で、兼業農家だ。

「あのキャベツならとっくに食べたよ」

「あんなに大きいのをもう食べたんか？」

「もらったのは二週間も前やもん。トンカツに添えたり炒《いた》め物にしたりして」

「そうか、そんならええけど」

捨てたと言うのを期待していたらしい。何だか不満げだ。捨てたと言えば、なんてもったいないことをするんだと説教するつもりだったのだろう。もうその手には乗らない。結婚して三十数年も経てば、夫の考えていることくらいわかる。

だが本当は捨てたのだった。あんな大きな白っぽいキャベツは、新鮮さもなく見るからにまずそうだった。四分の一はなんとかして食べたが、そのまま放っておいたら、もったいないと思ってスープにしたり炒め物にしたり工夫を凝らしたところで、「またキャベツかよ」と不平を言うのは夫なのだ。

ああ、また今日も嘘をついた。

嘘ばっかりだ、私の人生は。

千鶴の運転する軽自動車で、カフェ・ムラタに向かった。

助手席からふと山々を見渡せば、水墨画のような色のない冬に、熟した柿の実だけが色を添えている。先週あたりから寒さが身に沁みるようになった。特に今日はどんよりと雲が広がっているので、気分も暗くなりがちだ。

「美佐緒のことやけど、離婚後すぐに外国に行ったらしいで」と千鶴が言う。

「それ、誰に聞いたん？」

「この前スーパーで小夜子に会って、そのとき聞いた。美佐緒は傷心旅行で、飛行機の窓から雲の絨毯《じゅうたん》をじっと見つめてたんやって。まったく小夜子って、どこでネタを仕入れるんかねえ、まるで見てきたように言うとったけど」

「外国って、どこ？」と尋ねていた。小夜子の言うことだから本当かどうか怪しいものだが、外国に行ったというのが気になった。離婚しても美佐緒にはそんなにも経済的余裕があるのだろうか。

「あ、もしかして韓国か台湾？」と畳みかけていた。

それならわかる。二万九千八百円の弾丸ツアーを新聞広告で見たことがある。

「イタリアかカナダだって」

「イタリアとカナダじゃ全然違うやないの。美佐緒って、もしかしてお金持ちなん？」

「そうは思えんけどなあ。たぶん心機一転するためやない？　なけなしの貯金を思いきって使うことって誰にでもあるし」

「そうなんかなあ」

美佐緒とはあんなに仲が良かったのに、自分が意固地になったせいで、今では小夜子を通しての噂で聞くだけになってしまったのが悲しかった。

あの当時は、美佐緒が進学クラスに入ったと聞いて、遠い人になったように感じたし、自分がそれ以上傷つきたくなくて距離を置いた。

——どうせうちは貧乏だよ。大学なんて行けないよ。

美佐緒の前で、いじけているのを悟られないよう平気な顔を取り繕う自信がなかった。素直になれなかった。高校を卒業後は、しばらく年賀状が届いていたが、こちらが出さなかったからか、そのうちそれも途絶《とだ》えた。

今になって考えてみると、あれは切ってはいけない大切な縁だったと思う。あれほど馬が合う友人は、それ以降はできなかった。美佐緒の方はどうだったろうか。大学では友だちがたくさんできたのだろうか。都会は人が多いから、気の合う友人なんて簡単に見つけられるのではないか。

今さらだが、美佐緒に会いたかった。離婚したと聞いて、やっと遠い人ではなくなったのか。自分と同じレベルに下りてきて、同じくらい不幸になってくれたと？

もう三十年以上も前のことだが、美佐緒が里帰り出産したときに、商店街でばったり会ったことがある。そのとき、二言三言立ち話をしたのが最後だった。会いたいと思ったところで、そもそも今の住所を知らないし、美佐緒は一度も同窓会に来たことがない。たぶんもう一生会うこともないのだろう。そう思うとつらくなった。

カフェ・ムラタは、美佐緒の実家の蔵を改造したもので、数ヶ月前にオープンした。さすがに蔵にはクリスマスの電飾は似合わないと思ったのか、いつもと変わらず、白壁のすっきりした威厳のある佇《たたず》まいのままだった。この店は、美佐緒の兄が東京の会社を定年退職したのをきっかけに、実家に戻ってきて始めたものだ。ドライフルーツがたくさん入ったそば粉のパウンドケーキが美味しいと評判らしい。

客としてカフェに行ってみたところで、美佐緒が離婚した経緯や今の暮らしぶりがわかるとは思えなかったが、それでも少しでも美佐緒と近づけるような気がして、千鶴とともに向かったのだった。午後の店に客は一人もいなかった。店の評判云々《うんぬん》以前に、人口減少著しい田舎では仕方がないことなのだろう。

厨房《ちゅうぼう》に近いところにある四人がけの席に、千鶴と向かい合って座った。

「いらっしゃいませ」

美佐緒の母親が水を運んできた。「ご注文がお決まりの頃にまた伺います」

メニューを置いて奥に引っ込もうとする背中に、千鶴が慌てて話しかけた。「ねえ、おばちゃん」

母親は驚いたように振り返り、目を見開いて自分と千鶴の顔を交互に見た。

「あら、千鶴ちゃんやったの。あ、こっちは澄子ちゃんやないの。久しぶりやねえ。いつ以来やろ」

「美佐緒ちゃんは、ときどきは帰ってくるん？」と千鶴が尋ねた。

「忙しいみたいで帰省はなかなかね。もう知っとるかもしれんけど、あの子、離婚したんよ」

母親がフフッと楽しげに笑ったので、驚いて母親を見つめた。

「美佐緒ちゃんは元気にしとるの？　余計なお世話かもしれんけど、心配で……」

思いきってそう言ってみた。

「あの子なら楽しそうにやっとるよ」

母親はまたもやウフフと笑った。「やっぱり人間ちゅうのは嫌なもんからはとっとと逃げた方がええみたいやね。ほんだって、離婚後は見違えるみたいに生き生きしとるもん」

母親は何を思ったか、千鶴の隣の椅子を引くと腰を下ろした。そして厨房の方を振り向いて背伸びするように首を伸ばし、「義幸《よしゆき》、私にコーヒー持ってきて」と大声で叫んだ。「あ、そうやった。あんたら二人は何にするの？」

「私もコーヒーで」「私も」と早口で言う。

飲み物なんてどうでもよかった。もっと母親から話を聞き出したかった。

「あ、私はパウンドケーキも」と、千鶴がつけ加えた。

「私も」と、自分も慌てて言い添えた。長居するためには、ケーキくらいは食べないと間が持たない。

そのとき、厨房から美佐緒の兄が慌てたように小走りで出てきた。腰に黒いエプロンを巻いている姿は、相変わらず細身だ。自分たちより二歳上で、中学時代は男子バスケット部のキャプテンだったので、女子バスケ部の千鶴は後輩にあたる。自分も中学高校時代はこの家によく遊びに来ており、顔馴染《かおなじ》みだった。

「お母ちゃん、ダメやないか。お客さんの邪魔したら」

「ほんだって、この人ら、美佐緒の高校時代の同級生なんやもん」

「それは知っとるけど店では関係ないよ。すみませんねえ。ほら、お母ちゃん、厨房に引っ込んで」

「先輩、いいんです。私らおばちゃんと久しぶりに話したいから」

「本当に本当です。おばちゃんと懐かしい話がしたくてここに来たんやから」

千鶴も自分も、この好機を逃してなるものかと必死だった。

「そうですか、そんなら、まあ……ほんと、すみませんねえ」

後輩とはいえ客であるとの意識からか、丁寧に頭を下げながら、兄は厨房へ引っ込んだ。

「義幸、私もパウンドケーキ食べるからねっ」

母親が奥に向かって叫んだので、思わず千鶴と目を見合わせた。これでじっくり話が聞けるかもしれないと千鶴も思ったのだろう。

「美佐緒はなあ、前は黒い服ばっかり着とったけど、この前はターコイズブルーのセーターを着て帰ってきたんよ。四十代言うても通じるくらい若《わこ》うてきれいやったわ」

「へえ、そうなんですか」

「時代は変わったんよ。今は離婚なんかちっとも恥ずかしいことやないわ」

母親はきっぱりとそう言った。

「ほんだって、今や三分の一強の夫婦が離婚するっちゅうやないの」

「そうらしいですね」

兄がコーヒーとケーキを運んできた。「ごゆっくり」

母親は早速コーヒーに砂糖を二袋入れたあと、ミルクをたっぷり入れた。

「人生はポジティブに生きんとあかんのよ」

「はい……本当にその通りで」と、千鶴が戸惑いつつも相槌を打つ。

自分の母は、ポジティブという言葉をたぶん知らないだろう。そう思いながら、スプーンでコーヒーをかき混ぜる母親のシミのある手の甲をじっと見つめた。

「離婚というのはな、えっと……あれ？　何やったかな。あ、通過点、そうや、通過点。人生を軌道修正するためのもんな」

「おばちゃん、さっきから難しい言葉ばっかり使うねえ。それ、もしかして美佐緒ちゃんからの受け売りなんやないの？」

千鶴が遠慮なく尋ねた途端、母親は大口を開けて笑い出した。

「なんや、バレとった？　なんでバレるんやろ。あんたらは頭がええわ。私の知り合いのばあさん連中なんか、みんな心底感心したような顔で聞いてくれるんやけどね」

「えっ？　おばちゃんが今私らに話してくれたこと、もしかして、ほかの人にも話しとるん？」

心配になって尋ねた。

田舎では、悪い噂は電光石火のごとく広まるが、子や孫が東大に受かったことや一流企業に就職したことなどは広まるのが遅いし、それどころか全く広まらないことだってある。だから、離婚となればすぐに知れ渡る。田舎では離婚は絶対悪で、恥ずかしいことだと思われているからだ。

「美佐緒の離婚のことは誰かれかまわず話しとるよ。ほんだって、間違った噂を立てられる前に、自分から堂々と明るく言うのが、田舎に住み続けるコツだもんでね」

なるほど。さすが年の功だ。

「美佐緒ちゃんは、ほかにはどんなこと言うとった？」と千鶴が尋ねる。

「ええっとね、今度こそなんたらパターンを切り離すとか何とか……」

「パターン？　おばちゃん、そのなんたらって、何？」

千鶴がそう尋ねながら母親の顔を覗き込んだとき、厨房の奥から「ネガティブパターンだよ」と、美佐緒の兄の声が聞こえてきた。三人の話し声は奥まで筒抜けらしい。

「先輩、ありがとうございます。そうか、ネガティブパターンか。あれってパターンやったのか……確かに周期性があるもんね」と、千鶴は確かめるようにゆっくりと続けて言った。「何回も同じ所をぐるぐる回っとるから」

何のことを言っているのか、自分にはさっぱりわからなかったが、なぜか美佐緒の母親はわかったみたいで大きくうなずき、「そうそう、ぐるぐる回って繰り返しとるよね」と言った。

「美佐緒が言うとったよ。ダンナが機嫌がええときは、もしかしてええ人やったんかもしれんと思い直したりする。でもすぐに裏切られる。それをいったい何回繰り返せば気が済むんやろ、懲《こ》りもせん自分ってバカなんやないかって」

「それで、その永遠の繰り返しパターンから抜け出るために離婚したってことか」と、やっと理解しながら言った。「で、美佐緒ちゃんは今どうやって食べとるの？　これまでは専業主婦やったんでしょう？」

不躾《ぶしつけ》だとは思ったが、尋ねずにはいられなかった。美佐緒の姿は明日の自分なのだ。

「美佐緒は仕事しとるよ」

どんな仕事？　給料はいくら？　正社員なの、それともパート？

聞きたくてたまらなかったが、そこまで聞くのは失礼だろうと黙った。

「パートやけど、頑張っとるみたい」

ちらりと千鶴を見ると、目が合った。

「それで……マンションは、もらえたの？」と、千鶴が上目遣いで尋ねた。

「残念ながらもらえんかった。ええ婿さんやと思っとったのに、ああいうときに本性が出るんやわ」

「裁判とか、したんですか？」と尋ねてみた。

「そんなんは、せんかった。夫婦の話し合いで決めたみたいやったよ」

「美佐緒ちゃんは今どんなとこに住んどるの？」と、千鶴が尋ねた。

「東京の郊外にマンションを借りて住んどる」

「でも東京は家賃が高いでしょう？　パートくらいで家賃が払えるん？」

千鶴は遠慮するのをやめたのか、どんどん尋ねる。

「何て言うたかな。ルームなんたらとか言って、二人で……」

「おばちゃん、もしかしてルームシェア？」

「そうそう、それ。２ＬＤＫに大学時代の友だちと二人で住んどる」

東京では、一人で部屋を借りるのは難しいのだろうか。どちらにせよ、離婚後は厳しい生活になるのは間違いないらしい。

「まっ、いざとなれば実家に帰ってくりゃええしね」と母親は言った。

そう簡単に言うが、現に兄夫婦がUターンして実家に同居し、カフェまで開いている。母屋の台所は兄嫁が取り仕切っているのではないか。

「本人は野垂《のた》れ死にしたってええと言ってたけどね」

そう言って母親は明るく笑った。

美佐緒の言葉を冗談と受け取ってのことなのだろうが、自分は笑えなかった。人は簡単に、「野垂れ死にしたっていい」などと口にするが、具体的にどういう状態を指すのか。住む所もなければ食べる物もない。だからといって死ぬのも簡単ではない。状況を想像するだに恐ろしくなる。

つい最近見たばかりの怖い夢を思い出していた。小学校のグラウンドの隅っこで、布団を敷いて寝ている自分……。布団の周りには雑草が生い茂っていた。

だが、美佐緒は野垂れ死にすら恐れないほど夫と別れたかったということか。自分のような漠然とした不満とは違い、暴力などのよっぽどの理由があったのだろうか。

「あのう、おばちゃん」

前もって用意してきていたメモを差し出した。

「私の携帯番号とメールアドレスなんやけどね、もしも機会があったら、美佐緒ちゃんに渡してください。連絡がもらえたら嬉しいんやけど」

「まあ、ありがとね。澄子ちゃんとはずっと仲良しやったもんね。あの子も喜ぶと思うよ。今度、宅配便で野菜を送ってやるときに、このメモも入れてやるわ」

「おばちゃん、ありがとう。よろしゅうお願いします」

カフェを辞したあと、千鶴の車で大型スーパーに向かい、広大な駐車場の隅に駐車した。カラオケボックス以外では、ここが唯一、誰にも怪しまれずに秘密の話ができる場所だ。

「美佐緒ってすごいね。母親まで洗脳しとるんだもん。まるで離婚がカッコええことみたいな言い方しとったよね」と千鶴が言った。

「そうそう。意外にも自慢の娘って感じやったね。でも確かに、おばちゃんの言う通り、美佐緒ってカッコええかも。少なくとも度胸あるわ」

「確かに。生活が厳しくなることがわかっとっても離婚に踏み切ったんやもん。勇気ある。ほんで、今は楽しそうに暮らしとるっていうんなら、おばちゃんも安心だわ」

と千鶴は言った。

「うん、でも……本当のところはどうなんやろ」

そう言いながら、フロントガラス越しに空高く舞うトンビを目で追った。「お母さんを安心させるためにカラ元気を出すことだってあるやろうし」

年老いた母親を落胆させないためにも、離婚した今の方が何倍も幸せだと言わざるを得ないのではないか。口先だけでなく、実際に明るく振る舞ってみせなければならない。母親のためだけではない。自らを納得させるためにも、奮い立たせるためにも、自分に言って聞かせる必要があるのではないか。

美佐緒に直接会って確かめてみたかった。

だけど……確かめてどうするの？

美佐緒が後悔しているなら、自分は離婚を踏みとどまるのか。逆に美佐緒が幸せそうだったら、自分も離婚に踏み切る勇気をもらえるとでもいうのか。

なんなんだ、それ。まるで主体性がないやないの。

自分に限って言えば、十代の頃の方がマシな人間だった気がする。もう少し筋の通った、骨のある人間ではなかったか。長年に亘って屈辱に耐えて夫に仕《つか》えてきたから、飼い馴らされて骨の髄まで奴隷根性が染みついてしまったのだろうか。常にご主人様のご機嫌をうかがうことが最優先になり、自身で物事を決断する勇気が消失してしまったのか。

「あ、そろそろ買い物して帰らんと」と千鶴が言った。

「えっ、もうこんな時間？」

結婚して以来、常に夫の帰宅時間に合わせて行動してきた。休日となれば、朝から晩まで夫の気まぐれに振り回される。夫はどうだろうか。妻の都合など気にしたこともないに違いない。

夫は風邪を引いて熱が出ると、重病人のように大騒ぎする。そして妻が仕事を休んで看病するのが当然だと思っている。だが、こちらが体調を崩すと、途端に機嫌が悪くなるのが常だった。

実家の父は戦前の生まれで、「男尊女卑の見本」といってもいいくらい考えが古かったが、母が熱を出したときは、母のためにおかゆを作ったものだ。それを思い出すたび、夫の不機嫌さが不思議でならなかった。

だが、今ではその理由がよくわかる。五十代という年齢は面白く、そして切ないものだ。今までわからなかった様々なことが明白になってくる。誰に教えてもらったのでもない、ふとした瞬間に頭の中でパッと答えが思い浮かぶのだ。

つまり、夫にとって妻というのは病気知らずで、いつでも役立つ下女でなければならない。だから、妻が病気になると、同情するどころか腹が立つ。なんと恐ろしいことだろう。こういうことがわかるようになると、やはり別れたくてたまらなくなる。一日も早く夫の顔を見ないで済む生活がしたい。

千鶴はエンジンをかけ、スーパーの入り口に近い駐車スペースまでゆっくりと車を動かした。

車を降り、千鶴と二人でスーパーの自動ドアを入っていくと、そこには明るくてきらびやかな世界が広がっていた。クリスマスの飾りつけが賑《にぎ》やかだ。行ったことはないが、都会のスーパーもこんな感じなのかなと思う。

ここは町一番の品揃えで、広大な売場面積を誇っている。様々な調味料やパンを見て回るだけでも楽しい所だ。娯楽施設がほとんどない田舎町に住む身としては、ここに来るのが数少ない楽しみのひとつだった。

野菜売り場を通り過ぎようとしたとき、どこからか子供の泣き叫ぶ声が聞こえてきた。

見ると、三歳くらいの男の子が大声で訴えていた。

「買って……よう。一個だけで……ええから」

ヒックヒックとしゃくり上げている。

若い母親はと見ると、苛々全開といった感じの表情で、子供の小さな手を無理やり引っ張り、引きずるようにして出口に向かおうとしていた。

切なくなって思わず足が止まった。

そのとき、千鶴に肘を強くつかまれた。そのままの状態で、千鶴が早歩きで前方へ進んでいくので、引っ張られるようにして歩いていった。

――母親を無視してあげて。じっと見たりしたらかわいそう。

千鶴の言いたいことはわかるつもりだった。

喉元《のどもと》に込み上げてくるものを我慢していた。大変だった子育て時代がまざまざと蘇ってくる。夫は我関《われかん》せずで、子供が夜中に泣くと「泣かせるな」と怒鳴ったものだ。きっと千鶴にも同じような情景が浮かんできたのだろう。

千鶴が小さな声でぼそりと言った。

「私は悪い母親やった。子供が小さかったとき、大声でうるさいって叫んで、頭を叩いたことなんて数えきれんよ」

その横顔が今にも泣き出しそうだった。

「……うん、わかる。私も同じ」

こんな罪悪感を一生抱えて生きていくのは女だけだ。思い出すたび子供に申し訳ない思いで涙が滲んでくる。そのときどきの部屋の様子まで、まるで昨日のことのように、脳内の精密な録画機能が繰り返し再生する。いつまで経ってもセピア色になってくれない。娘たちは既に三十歳を過ぎているというのに、いまだに夜中に思い出してはハッと目を覚ましてしまうことがあった。胸の辺りに重石を載せられたように苦しくなり、胃までずっしり重くなっている。そういったフラッシュバックが一層ひどくなったのは、五十代に入ったあたりからだ。

これは一生涯続くのだろうか。

だが、夫はそんな罪悪感など皆無だろう。

最近は、夫に対する恨み節がいくらでも出てくる。若い頃は心の奥に封印できていたのが、今となっては不思議なくらいだ。

五十代とは、人生の総決算の時期なのか。否応なく来《こ》し方を振り返らせて反省させるのは神の意志なのか。

しつこい女だ、恨みがましい女だ、女ってヤツはいつも被害者意識で凝り固まっている、そう批判したいヤツは言えばいい。年を取るごとに、止めどなく恨みが溢れてくるのを自分では抑えようがなかった。

そのとき、ふっとある情景が頭に浮かんだ。

家事と育児で疲れ果て、泣き叫ぶ赤ん坊を放ったまま、頭から布団をかぶって一人泣いた日々……。夫は仕事が忙しいの一点張りで毎日帰宅が遅かった。酒の臭いのする日も多かったことを思えば恨みが募《つの》る。

「ねえ千鶴、赤ん坊が言うこと聞かんとき、布団かぶって声出して泣いたこと、ある？」

「母親なら誰だってあるやろ。私なんか数えきれんわ」

ああ、よかった。一度もないよ、などと言われたら、さらに落ち込むところだった。

「やっぱりダンナさんは手伝ってくれんかったよね？　うちは見て見ぬふりやったけどね」

「うちのダンナは見て見ぬふりなんかせんよ」

「えっ、そうなん？」

千鶴の夫は、意外にも若い頃は子煩悩な一面もあったのだろうか。

「うちのダンナは私を殴った。子供を静かにさせろって」

「そんな……」

「卑怯《ひきょう》なヤツ。絶対に許さん。殺してやりたい」

千鶴は宙を睨んでいた。


カフェ・ムラタを訪れて以来、美佐緒のことが頭から離れなかった。

美佐緒に会いたい。そして話を聞きたい。

そんな思いが募りに募った夜だった。美佐緒からメールが届いたのは。

――お久しぶりです。澄子、元気にしてる？　先日はカフェ・ムラタにご来店くださったそうで、ありがとうございます（笑）。あの母のことだから、きっと余計なことまでベラベラしゃべったんでしょうね。私が離婚したことも聞いたんでしょ？　また会えるといいね。

それだけだったが、嬉しくて何度も読み返した。

――メールありがとう。本当に嬉しかった。美佐緒に相談したいことがあるんだけど、今度、東京に会いに行っていいかな。

あっ、と思ったときには、思いきったことを書いて送信してしまっていた。

考えてみれば、美佐緒と親友だったのは高校二年生までだった。その後の暮らしぶりは互いに知らないまま四十年が経過している。田舎暮らしと都会暮らしでは、考え方や感じ方にも、きっと大きな隔たりができてしまっているだろう。それとも、この年になっても、十代の頃のように馬が合うものなのだろうか。

メールを送信してしまってから後悔が襲ってきた。いったい自分は美佐緒に会ってどうするつもりなのか。数十年ぶりに会って、いきなり離婚について相談するのか。

そもそも一人で東京へ行けるだろうか。東京へは中学の修学旅行以来行ったこともないし、右も左もわからない。駅に降り立った途端、途方に暮れるのではないか。大都会の中でいい年をしたおばさんが迷子になれば、悪い人に首を絞められて金品を奪われることだってないとは言えない。いや、それ以前に山陰本線で京都駅に着いたあと、新幹線乗り場まで行き着けるだろうか。

想像しただけで怖くなってきた。

そのとき、メールの着信音が鳴った。

――私も久しぶりに会いたいです。大学時代の同級生とルームシェアしているから、残念ながらうちに泊まってもらうことはできません。でも、ゆっくりおしゃべりができるレストランならいくつか知ってるから、そこで積もる話をしましょう。澄子の上京を楽しみに待っています。日にちの候補が決まったら早めに教えてね。パートの休みを申請して、レストランも予約しておきますので。

えっ、泊めてくれないの？

てっきり泊めてもらえるものだと思っていた。

どうしよう。どこに泊まる？

望美のマンションは行ったことはないが、狭いワンルームだと聞いている。仕事で疲れきっている望美には迷惑をかけられない。

だったら安いホテルに泊まろう。女性専用のホテルを、この前テレビで見た。確か一泊三千円くらいだった。シャワールームも明るくて清潔そうだった。

そう決めた瞬間から、またもや不安に襲われた。一人でホテルに泊まった経験がなかった。そもそも東京駅に着いてから、自力でホテルに辿《たど》り着けるのか。想像しただけで不安になって身が竦《すく》んだ。

おい、澄子、そんな弱気でどうする。

自身にカツを入れてみた。五十八歳にもなって上京するのが不安だなどと、そんな恥ずかしいことを他人に言うわけにはいかない。不安な気持ちは自分でなんとかするしかない。離婚して一人で生きていこうと思うのなら、もっと勇気を出さなくては。

給食センターのシフト表を広げてみた。月曜日に休みをもらえば、週末を使って上京できる。

よりによって、年の瀬が押し詰まったこんな時期に上京しなくても、年明けでも良さそうなものだが、夫から解放されたいという気持ちが日に日に強くなっていて妙に気が急《せ》いていた。

その後、美佐緒と望美と何度か連絡を取り合い、上京の日程を決めることができた。二泊三日の予定で、一日目は望美に会い、二日目は美佐緒と食事をする。望美の部屋も見てみたかった。どんな暮らしをしているのか、親として知っておきたい。

美佐緒は早速レストランを予約してくれたらしい。望美は東京見物の計画を立ててくれ、東京駅まで迎えに来てくれると言う。

——母さんが迷子になったら大変だから、東京駅からホテルまで送ってあげるよ。

望美がそう言ってくれたので、もう百人力だった。考えてみれば、一人で新幹線に乗ったことさえなかった。こんなので一人前の大人と言えるだろうか。どうしてこれほど情けない人間に成り下がってしまったんだろう。まるで翼をもぎ取られた鳥みたいに、一人ではどこにも行けない。

千鶴ならどうだろう。小夜子や綾乃や広絵は？

彼女らは、一人で東京に行って、約束のレストランまで辿り着けるのだろうか。婦人会で貸し切りバス旅行をした話はよく聞くが、単独で遠くへ出かけた話は聞いたことがない。

自分のような情けない田舎者の女が、果たして離婚して暮らしていけるのか。無謀なことではないのか。だったら、今のまま夫の庇護《ひご》の下《もと》で暮らしていくしかない。

母のように、夫が先立ったあとの一人暮らしなら、それほど不安はないはずだ。住まいも地縁もそのままで、スーパーも美容院もそれまでと同じ店に通える。つまり、生活に変化はほとんどない。だが、自分はどうなるのだろう。離婚したらこの町に居づらくなり、隣の町に引っ越してアパートを借り、知らない人たちの中で、一から暮らしを築きあげなければならない。考えれば考えるほど自分には無理な気がしてくる。性格も社交的とは程遠いし……。

でも、行動を起こさなければ現状を打破することはできない。それに、自分の性格から考えても、このままでは精神を病んでしまうだろう。夫の顔を見ただけで、ゾッとするようになっているのだ。

とにもかくにも、エイヤッと上京してみよう。望美が出迎えてくれるという言葉に今回だけは甘えさせてもらおう。

その夜、夫が酒の臭いをさせて帰ってきた。

何やら機嫌が良さそうだから、東京行きのことを切り出してみよう。

「はい、お茶どうぞ」

返事もせずに夫は湯呑みに口をつけた。自分の湯呑みにも注いでいると、夫がこちらの横顔をじっと見ているのが視界に入った。気味が悪い。

「お前って……」

「なに？」

「いや、お前って鼻が低いんやなと思って」

そう言って下卑《げび》た笑いをする。

どこかの女と比べているらしい。たぶん飲み屋の女だろう。どうやらその女は鼻筋が通った中高《なかだか》の顔であるようだ。最近の若者は男も女も彫りの深い顔立ちが多くなった。

夫は本当に変わってしまった。それとも、これまで見せなかった一面を、あからさまに表に出すようになっただけなのだろうか。女房など空気のような存在という言葉通り、最低限の気遣いもなくしてしまったらしい。

そんなことより、上京のことを言わなくちゃ。

めげるな、自分。

すうっと息を吸い込んでから、勢いをつけて一気に吐き出しながら言った。

「今度ね、高校の同級生の家に遊びに行ってみたいんやけど、ええかな？」

「同級生って誰や？」

夫は煎餅《せんべい》を齧《かじ》りながら尋ねる。黄色く濁った目はテレビの画面に向けられたままだ。夫の咀嚼音《そしゃくおん》に鳥肌が立つ思いがした。普段ならすぐさま二階に逃げるのだが、今日は頑張って話をしなければならない、と自分に言い聞かせた。

「千鶴の家に行くんか？」

千鶴……自分の友人を夫に呼び捨てにされるたびに、心がささくれ立つ。

「千鶴やないよ。村田《むらた》美佐緒っていうんやけどね」

「その名前、初めて聞くな」

「ほら、カフェ・ムラタっていうのができたやろ」

「ああ、あの家にもお前の同級生がおるんやったか。勝手に行きゃあええだろ」

そう言って、不思議そうにこちらを振り返った。

「あのカフェは実家やわ。美佐緒は今は実家に住んどるわけやなくて……」

「だったらどこに住んどる。ここから遠いんか？　和田山《わだやま》とか福知山《ふくちやま》とか？」

「もっと遠いんか？」

五十キロくらい離れた地名を出す夫に、東京に行くとはなかなか言い出せなかった。

なんともまどろっこしい会話だった。

「えっと、東京……なんやけどね」

思いきり息を吐き出しながら言った。

「はあ？　東京？　バカバカしい。やめとけやめとけ。交通費がもったいない。どうせ糞《くそ》の役にも立たん話を女同士でべらべらしゃべりまくるだけなんやろ？」

吐き捨てるようにそう言うと、話は終わったとばかりに再びテレビに向き直った。

早く死んでほしい……一日も早く。

悔しさと悲しさで心の中がいっぱいになって、何も言い返せなかった。

まるで父親と中学生の女の子の会話みたいだ。

給食センターのパートで、月に十二万円は稼いでいる。その中から新幹線代やホテル代を出すのはいけないことなのか。なぜいちいち夫の許しを得なければならないのか。どうして自分の好きなように行動できないのか。

「そもそも、お前一人で東京に行けるんか？　東京駅とか新宿駅って、ごっつい複雑で、わけわからんようになって目眩《めまい》がするって聞いたことあるぞ。お前、電車の乗り換え方とかわかるんか？」

「迷ったら人に聞くつもりやけど」

そう答えると夫は噴《ふ》き出した。おかしくもないのに無理してアハアハと大声で笑う。バカにしたくてたまらないらしい。妻を徹底的に貶《おとし》めることが夫のストレス解消に役立つとでもいうように。

どす黒い憎しみが顔に出そうになったので、うつむいてお茶を飲んだ。

「俺はな、大学時代の四年間、大阪で一人暮らしをしとっただろ。ほんやから都会のことはよう知っとる。だけどお前はさ」

そう言うと、新しい煎餅を頬張《ほおば》った。その咀嚼音に、両手で耳を押さえたい衝動にかられた。夫の臭いや発する音に嫌悪感が日々大きくなっている。相手に好感を持っているなら臭いも音も気にならないとは、人間とはなんと精神的な生き物なのだろうと、今さらながら驚いてしまう。

「やっぱり人間ちゅうのは一人暮らしの経験が必要だわ。あの四年間で俺は大きく成長したからな」

また始まった。何かというと、一人暮らしの経験を自慢する。

「お前はずっと実家暮らしやったからダメなんやわ」

何度も聞いた。耳にいくつタコができたかしれない。いったい実家暮らしの何がダメなのか。田舎を出て都会暮らしがしたかったが、親が許してくれなかった。進学もさせてくれなかった。夫は大学の四年間アパート暮らしをしただけで、卒業後はすぐに親元に帰ってきた。

――学生時代の一人暮らしなんて気楽なもんだよ。

望美がそう言って慰めてくれたことがあった。

――親に仕送りしてもらって都会生活を満喫して、まるで天国だよ。本当に大変なのは就職してからだよ。私も一人暮らしの大変さが身にしみたのは働き出してからだもん。父さんの言うことなんて話半分に聞いておきなよ。

ああ、もっと優しい男と結婚すればよかった。

少なくとも、頭ごなしにお前はダメだと言わない男と。

「まっ、とにかく一人で上京なんていう冗談はやめてくれ。絶対にダメやからな。なんなら定年退職したら俺が連れてってやってもええぞ。だいたい自分だけ東京に遊びに行くなんてズルいやろ。俺だって遊びに行きたいわ」

夫と一緒ならどこにも行きたくない。きっと家庭の延長となり、温泉だろうが観光地だろうが、アゴでこき使われるのは経験済みだ。そして、ことあるごとに「そんなことも知らんのか」とバカにされ、屈辱感が募る。

その翌日、メールした。

――美佐緒、ごめん。行けなくなった。レストランまで予約してくれたのに、本当にすみません。

朝一番に送信したのに、午後になっても返信が来なかった。怒ったのだろうか。こちらから言いだしておきながら断るなんて、いい加減な人間だ、優柔不断だと呆れて嫌気が差したのか。

また再び大切な友人を失ってしまう。

――了解です。

夜遅く届いた返信は、たったそれだけだった。望美にも同じようなメールを送ったのだが、何日経っても返信がなかった。

泣きたくなった。


いつものメンバーで女子忘年会をしようと声がかかった。

毎年のように参加しているから、顔を出さないと一年が終わった気がしない。そんなどうでもいい理由で、性懲《しょうこ》りもなく出かけて行った。

それにしても年齢を重ねると、一年があっという間に過ぎる。今年もあと十日で終わるなんて信じられない気持ちだ。だけど、新しい年が始まると思うと、なんとなくそわそわするのも毎年のことだ。ただ単にいつもと同じように時間が過ぎるだけなのに、何か新しい希望が待っているかのような錯覚に陥《おちい》る。「忘年」というだけあって、妙な解放感があり、みんなはいつにもまして饒舌《じょうぜつ》で、よく食べ、よく飲んだ。

「私ね、ダンナが死んだら香港《ホンコン》に行ってみたい。もちろんツアーで。なんせ英語できんもんで」と綾乃が言う。

「私はフランスがええわ。でも、お金かかるしなあ」と小夜子が言う。

「私は有馬《ありま》温泉がええなあ」と広絵が言った。

「は？　有馬温泉なんて、今だって行けるやろ」

「行けると思う？　ダンナ抜きで？」

「あ、そういう意味か。そりゃ無理だわ」

「ダンナ様はどこへでも漏《も》れなくついて参ります」

誰の物真似なのか、広絵が鼻にかかった声でそう言うと、場がどっと沸《わ》いた。

「やっぱりダンナが死んでからやないと自由は取り戻せん」

「そうやわなあ。お前だけ温泉に行くなんてズルい、俺も行くって絶対に言うもん」

「自分も誰かと行けばええのに。なんせダンナは友だちが一人もおらんもんやから」

女たちのおしゃべりは軽快に続いた。一瞬さえ間が空くことがない。

「でも」と、思いきって口を挟んでいた。「ダンナが先に死ぬとは限らんよね？」

そんな当たり前のことを聞いてどうするのだ。そう思いながらも、あまりに能天気に夫の死後の楽しみを話す面々を見ていると、そこのところをどう考えているのかを確認せずにはいられなかった。

夫が必ず先に死んで、妻に一人の時間をたっぷり残すという人類の掟《おきて》でもあるのならば、このまま我慢して夫婦生活を続けてもいい。夫の命が、あと一年とか三年とか期限が決まっていれば、なんとか辛抱もできるというものだ。

だが現実は、妻の方が先に逝くこともある。これからの時代は、妻に先立たれる夫が急増するはずだ。親の世代とは違って夫婦の年齢差が小さくなった。同い年の夫婦などざらにいるし、夫の方が年下というのも増えた。そのうえ、昔はほとんどの男がタバコを吸っていたが、最近は吸わないし、山登りやジョギングをしたり、サプリメントに詳しい健康オタクの男も増えている。

「ちょっと、澄子、自分の方がダンナより先に死ぬかもしれんなんて禁句やわ」

「そうやわ。そんなこと考えたないわ」

「そうなったらお先真っ暗やん。何のための人生やったのかって思う」

小夜子、綾乃、広絵が次々に言う。

考えたくないことは考えない。それを言う女は多いが、それで済んでしまう思考回路が、自分には以前からどうしても理解できなかった。

つらくなることは極力考えないようにしないと、余計につらくなる。つまり、そういうことなのだろうか。一人で生計を立てる道がないとすれば、自分の気持ちを直視せずにごまかしながら生きていくしかない。それが女の処世術なのかもしれない。いま三十歳ならば別かもしれないが、人生が残り少なくなったこの年齢となれば、その方が賢明なのだろう。

「ほんでも、夫婦のどっちが先に死ぬかを考えると……」

「そうそう、考えたって意味ないわ。なんせ神様が決めることやから」と広絵も言う。なおも食い下がろうとすると、綾乃が遮《さえぎ》った。「そんなこと考えたって埒明《らちあ》かん」

「結局な、結婚というのは我慢と忍耐の連続やわ」と小夜子が結論づけた。

「そうやわ。結婚は修行やで。特にうちはダンナの親と同居やから、私の修行は半端やないで」と言う綾乃は、少し自慢げにも見える。

「うちだって大変やわ。なんせダンナが定年退職してずっと家におるんだから」

広絵の夫は先月、長年勤めたJRを定年退職したのだった。

「うちは高齢出産やったから、息子にまだまだ学費がかかるんよ。ほんやから、嘱《しょく》託《たく》であと五年はJRに残ってほしかったのに、もう働きたくないって言うんやもん」

「ダンナさんが家にずっとおる生活って、どんな感じ？」と、尋ねてみた。それが知りたいこともあって、今日ここに来たことを思い出した。

「最悪やで」と、広絵は苦い物を飲み下すときのような顔で言った。「退職したんやから朝はゆっくり寝とればええのに、勤めとった頃より早起きするんよ。ほんで、朝メシはまだかって、私の部屋を何度も覗きにくる」

「ええっ、やだあ」と小夜子が声をあげる。「ほんで、お宅のダンナ、日中は何しとるん？」

「朝から晩まで寝転んでテレビ見とる。それだけならええんやけど、今までは古女房なんかに全く関心なかったくせに、私が鞄を手に持った途端にソファからガバッと起き上がって、どこ行くんや、誰と会うんや、何時に帰るんや、俺のメシはどうなるんやって……ああ、もう」

広絵はふうっと大きな息を吐き出した。そして、ぽつりと「早《はよ》う死んだらええのに」とつぶやいた。その途端、小夜子と綾乃が噴き出した。

「笑いごとじゃないんだってば。うちのダンナは、今まで家族のために頑張って働いてきたっていう自負がすごく強いの。こう言っちゃナンですけどね、私だってかなり根性出して頑張ってきたんやで。息子を育てて、家のことも全部やって、町内会の役員までやらされて。そんで今だって週に五日もパートに出とる。ダンナは家でゴロゴロしとるのに、やで」

「うん、うん」と全員が頷いた。

「それやのに、百パーセント俺の方を見てくれ、残りの人生は俺に尽くすのがお前の務めやろって、アイツ絶対そう思っとる」

「マジ？　鳥肌が立つわ」と小夜子が言った。

「他人事やないよね。遅かれ早かれ誰しも定年退職するわけで」

平気な顔をして言ってはみたものの、そうなる日を想像するだけで気分が悪くなった。朝から晩まで夫と顔を突き合わせる覚悟などない。

「うちは酒屋で良かったわあ。定年がないから、ダンナには死ぬまで働いてもらお」と小夜子が言う。

「ええなあ、自営業って」と、広絵が溜め息交じりで続ける。「ほんでも私はな、結婚するときに絶対に離婚はせんと誓ったわけよ。ほんやから離婚なんかしたら昔の自分を裏切るような気がする」

別に裏切ってもいいのでは？

若かりし日の未熟な考えに、中高年になっても縛られ続けることに何の意味があるのだろう。そう思ったが、口にはしなかった。

もしかして、前を向いて生きているのは、離婚した美佐緒だけではないのか。

みんなは離婚しないのではなくて、離婚できないのだ。

だってお金のない生活が怖いから。

女一人で生きていく自信と強さを兼ね備えていないから。

世間の人に不幸な女だと思われるのを恥だと思っているから。

本当に恥ずべき人間は、離婚した美佐緒ではなくて、夫の死を待ちわびている自分たちの方ではないのか。美佐緒は自ら解放される道を選んだ。それも、まだ三十代というならわかる。四十代半ばでもぎりぎりわかる。でも自分たちは、もうすぐ還暦を迎える。就職ひとつとっても厳しいだろう。つまり、既に人生をやり直せない年齢になっている。それを考えると、美佐緒はやはり潔《いさぎよ》いと思う。

そのとき、どこかで聞いたことのある曲が有線放送から流れてきた。

「なんだか懐かしいね、このメロディ、何だっけ」と誰かが言った。

「ええっと、何だっけかな。確か、スリー・ディグリーズ？」

「そうだ、スリー・ディグリーズだ。ダンスを真似したことがあるよ」

「天使のなんたら」

「ささやきだよ。天使のささやき」

次の瞬間、あれほど饒舌だったみんながシンとなった。

耳を澄ませているうち、高校生の頃の情景がまざまざと脳裏に蘇ってきた。山に囲まれ電波が悪い田舎町ではラジオを受信しづらかった。だがＦＭ放送だけは鮮明に聞こえたので、放課後の教室で誰かが持ち込んだラジカセを囲んで聞き入ったものだ。

輝かしい未来があると疑いもしなかったあの頃……。

「なんか、涙出そうやわ」と、綾乃が言う。

「あの頃はよかったよね」と、広絵も頷いている。

曲が終わると、みんなが溜め息をついた。

今日は大晦日《おおみそか》だ。

昼食を済ませると、昨夜から今朝にかけて煮含めておいた煮〆《にしめ》やら黒豆やらを重箱に詰める作業を始めた。

夫は会社が三日前から正月休みに入っていて、居間で朝からずっとテレビを見ている。望美は、いつものことながら帰省の予定はない。香奈一家だけは帰ってくると思っていたのに、直前になって、今年は婿の実家にだけ帰省すると連絡があった。

自分も早く実家に帰りたかった。弟が恵利を連れずに一人で帰省してくると母から聞いていた。母と弟と親子三人水入らずで大晦日を過ごせたら、昔話に花が咲いてどんなに楽しいだろう。二歳違いの弟は優しい性格で、子供の頃から仲が良かった。なんとか時間を見つけて実家に帰りたい。

それにしても、今年は孫にも会えないとは……。

寂しい正月になりそうだった。一人きりなら気ままに過ごせる楽しさもあるだろうが、夫がずっと家にいるとなれば、気分的には最悪の年末年始になりそうだった。

望美も香奈も帰省しないのなら、本当は正月料理などどうでもよかった。自分一人なら味噌汁《みそしる》とご飯だけでもいいくらいだ。だが、夫だけのために、大晦日の年越し蕎麦《そば》から始まって、年が明けて三が日の朝昼晩を用意しなくてはならない。お節料理ばかりで飽きたと夫が文句を言い出すのも毎年のことだ。うんざりする。ああ、本当にうんざりする。

夫に向かって大声で叫んでやりたい。

——自分の食べるものくらい、自分で作ってよっ。

たぶん、こういうのは夫婦関係の末期症状だと思う。それともこんなのは普通のことで、どこの妻も我慢しているのだろうか。

テレビは年末年始の特番で大騒ぎだ。町の商店街も賑わっている。それに反比例するように、自分の気持ちはどんどん沈んでいった。

「さてと、今日は早めに一年の垢《あか》を落とすかな」

夫はこちらをちらりと見てから浴室に向かった。

——今年一年間、ご苦労様でした。

そう言ってほしいと夫は思っているに違いない。長年夫婦をやっていれば、単純な夫が求めている言葉くらい、手に取るようにわかる。

誰がご苦労様などと言ってやるものか。夫も同じように労《ねぎら》いの言葉を返してくれるのならわかるが、そんなことはありえない。こっちだって働いている。腰を痛めても辛抱して働いている。給料は少ないがフルタイムだ。そのうえ家事すべてを受け持っていて休日がない。どう考えたって夫より長時間働いている。実際の労働だけでなく、家庭を運営するためのあらゆること——家計管理を始めとして、近所づきあいや町内会の当番など——の段取りを四六時中考えている。

夫が風呂に入っている間に夕飯の用意をした。といっても、重箱に入りきらなかった黒豆や煮〆や紅白なますなどを密閉容器から皿に移してテーブルに並べただけだ。あとは箸と取り皿とグラスを置いておけばいい。日本酒は一升瓶《いっしょうびん》ごと置いた。

あっ、そうだ。まだ玄関の掃除をしていなかった。年始の挨拶に近所の人が顔を出さないとも限らない。それに、新しい年になると思えば掃き清めておきたかった。

玄関の引き戸を全開にすると、思った以上に冷たい空気が入り込んできた。急いで望美のお古のダウンジャケットを二階に取りに行き、エプロンの上から袖を通した。三和土《たたき》を箒《ほうき》でざっと掃いたあと、捨ててもいいボロタオルを熱い湯で絞《しぼ》ってから水拭きすると、気分もさっぱりした。そのときふと、竹炭が頭に浮かんだ。つい先日、職場の同僚がくれたのだった。消臭効果があるから靴箱に入れておくといいと言った。

天井まである大きな靴箱の扉《とびら》を開けてみると、うっすらとカビの臭いがした。ふと見ると、靴箱の隅に置いておいたエコバッグが、なぜかしわくちゃになっている。災害などの緊急避難用に備えて、懐中電灯やラジオや非常食などを入れておいたものだ。避難所生活が長引いて耐えきれなくなったときのことも想定して、交通費やホテル代にと考えて三十万円の入った財布も入れてある。

エコバッグを取り出して中を確認した。夫が勝手に電池か何かを持ち出して使ったのなら、補充しておかなければならない。そう思って見てみたが、新品の電池パックは未開封のままだった。

何気なく財布を開けてみた。

「えっ？」

思わず声が漏れた。二万円しかない。あとの二十八万円はどうしたの？

「ああ、さっぱりした」

夫の声が浴室の方から聞こえてきた。

「ちょっと、お父さんっ」

玄関に立ったまま、夫を呼んだ。

「何じゃ、大声出して。おお寒っ。玄関は冷えるなあ」

夫はバスタオルで頭をごしごし拭きながら玄関先に出てきた。

「ここにあった三十万円、知らん？」

夫はギョッとした顔を晒《さら》したが、すぐに平静を取り繕った。

「ああ、それか。言わんかったか？　ちょっと借りたんや」

「借りた？　いつ？　何に使ったん？」

「いろいろあるんじゃ。男が社会で働いとるってことは大変なんやから」

そう言って、くるりと背中を向ける。

「返してよっ」と、大声になる。

「わかっとる」

「いつ、返してくれるの？」

「そのうちな。そもそも俺が稼いだ金やろ。大騒ぎしやがって」

ああ、もう二度と戻ってこない。

残っていた二万円をダウンのポケットにねじ込んだ。玄関先に現金を置くのは金輪際《こんりんざい》よそうと心に決めた。

一人暮らしがしたい。明日からでも、いや、今日の夜からでも。

夫なんか要らない。

自分一人なら無駄遣いはしないし、きちんとお金を管理できる。たまの贅沢《ぜいたく》にしても、限度というものを心得ている。

どうせキャバクラか何かで使ったのだろう。そして、会社の後輩にも気前よくおごってやったに違いない。なんせ無類の見栄っ張りだ。おごってもらった後輩たちが、夫を尊敬するとでも思っているのだろうか。「俺らと同じ安月給のくせに、あのおじさんカッコつけちゃって」と軽蔑されたに決まっている。「しかし、奥さんもよう黙っとるなあ」と、こちらのことまで見下しているだろう。

娘が二人とも独立したあとは、どんどんお金が貯まるはずだった。結婚当初からずっと、夫は預金通帳もキャッシュカードもこちらに渡し、家計を任せてくれていた。

その中から夫に小遣いを渡していた。それなのに、香奈が大学を卒業して就職した頃から、夫は給料から自分の小遣いをごっそり抜き取り、その残りを渡すようになったのだ。

なぜそんなに多くの小遣いが必要なのか、何に使っているのかと、何度問い詰めても夫は返事さえしなかった。それどころかキャッシングにまで手を出すようになり、そのことはカード会社から来る利用明細で知った。

こんなことでは、定年退職後の暮らしはどうなってしまうのか。人間というのは、いったん贅沢に慣れてしまうと、元の節約生活に戻るのは難しいと聞く。この分では年金生活になっても、少ない年金の中から先に自分の小遣いを好きなだけ抜き取り、残りをこちらに渡すのではないか。そうだとしたら、とてもじゃないが暮らしていけない。

考えれば考えるほど不安が募る。

心身ともに清らかで小さな暮らしがしたい。自分一人なら食費など二万円もあれば十分足りる。ときどき千鶴と行くカフェのコーヒー代など、キャバクラ代に比べたら微々たるものだ。

あれ？

自分だけなら食費が二万円で足りる？

ということは、離婚しても食べていけるのでは？

シンとした寒い玄関に突っ立ったまま、頭の中で忙《せわ》しなく計算していた。

光熱費や水道代にしたところで、一人暮らしなら一万五千円くらいあれば十分だろう。洋服だってもともと安いのしか買わないし、携帯電話があれば家の電話は要らないし、洗剤やティッシュペーパーやラップなどの日用品はどんなに多めに見積もっても一万円くらいだ。美容院は三ヶ月か四ヶ月に一回として……なんなら自分で切ってもいいんだし。

やはりネックとなるのは家賃か。実家に住めればいいのだけれど……。

弟夫婦が退職後にUターンしないというのは本当だろうか。そこのところをはっきり確かめておかなければ。

だが、実家に住むとなったら、狭い町のことだから「出戻り」という噂がすぐに広まるだろうし、町で夫と顔を合わせることもあるだろう。それを考えると躊躇《ちゅうちょ》してしまう。でも、だからといって都会に出て行く勇気もお金もない。いや、都会ならまだいいが、縁もゆかりもないどこかの田舎町に住むとしたら、その町での疎外感はかなりのものだろう。

居間で寛《くつろ》ぐ夫の背中をちらりと見てから二階に上がった。

今朝は夫が起き出す前に、二階に食べ物を運んでおいたのだった。手のひらサイズの二段重ねの小さな重箱には、自分が作ったお節料理が入っている。老舗《しにせ》の和菓子や、ベーカリーの美味しいパンも自分のために買っておいた。インスタントコーヒーも電気ポットもある。北側のミシン部屋には牛乳やケーキが置いてある。北向きの部屋は底冷えがするので、冬は冷蔵庫代わりになって重宝《ちょうほう》するのだった。

正月は、自分にとっても年に数回しかない連続した休みだ。身体を休めたかったし、誰にも邪魔されずに自由に時間を使いたかった。自分にだって、のんびり過ごす権利はあるはずだ。夫と違って酒を飲まない分、少し値段の張るパンやケーキの一つや二つ買っても罰《ばち》は当たらないだろう。

――今年一年間、本当にご苦労様でした。腰が痛いのによく頑張ったよ、自分。

心の中で、そう言って自分を慰めた。

二階に一人で引きこもってしまうことに関しては、夫は文句を言わなかった。酒と肴《さかな》さえあれば、古女房などいない方がいいらしい。いや、いてもいなくても、どちらでもいいのだろう。

美佐緒のことや叶わなかった上京のことが頭をよぎるたびに気持ちが沈むので、そういうときはすぐに頭を切り替えて全く別のことを考えることにしていた。たとえば、昨日までなら正月準備の段取りに集中した。お節料理が出来上がってからは、紅白歌合戦に出る歌手のことを思い浮かべるようにした。

これまでの人生で、嫌なことがあるたび頭のスイッチを切り替えて他のことを考えるという訓練をしてきた。それができなければ、心の病になっていたのではないかと思う。

テレビを点けてチャンネルをＮＨＫの紅白歌合戦に合わせた。それをＢＧＭとして聞きながら、図書館で借りてきた推理小説を開く。

一行目からいきなり惹《ひ》き込まれた。女が殺人現場から逃げ去る場面で始まっていたからだ。それも、若くてスタイル抜群の美人という定番の設定なんかじゃない。五十代の丸顔の主婦が夫をメッタ刺しにしたとなれば、その理由が知りたくて頁《ページ》をめくる手が止まらなくなった。

考えてみれば、今まで何度も小説に助けられてきた。つらい現実を忘れられる本の存在は本当にありがたい。

いつの間にか、テレビの音が全く気にならなくなるほど読書に没頭していた。次の瞬間、本を持つ手に思わず力が入った。主人公が警察に捕まりそうになったのだ。

早く逃げて、早く。

そう思ってドキドキしているときだった。携帯メールの着信音が鳴ったのは。

なんと、美佐緒からだった。

——昨日から帰省しています。正月四日までいます。都合が合えば会いましょう。

連絡お待ちしています。

本を放り出し、携帯の画面を穴が開くほど見つめた。

嬉しかった。数週間ぶりに心の中がぱあっと晴れ渡った思いだった。途端に、小説の中の中年女の行く末なんかどうでもよくなった。

てっきり美佐緒は怒っているものだと思っていた。軽蔑されてしまったに違いないと落ち込んでいたのだ。それなのに、まさか向こうから会おうと言ってくれるなんて。

短い文章を何度も繰り返し読んだ。ああ、やっと美佐緒に会える。

――美佐緒、メールありがとう。私ならいつでもオッケーです。

正月三が日は、夫にはお節料理を食べさせておこう。飽きたと言われたときのために鍋いっぱいにカレーを作っておけばいい。夫は一日中テレビの前でちびちびと酒を飲む。寒いからか、どこにも出かけたがらない。

五年ほど前までは、夫の実家に挨拶に行かなければならなかったが、舅も姑も亡くなり、今は代替わりして夫の兄が継いでいる。盆正月は義兄の子供たちが都会から帰ってくるらしく、こちらには声をかけてこない。義兄嫁《あに》にしても、家族水入らずで過ごしたいのだろう。

舅姑が亡くなったあとも、夫の実家とは関わり合いたくない気持ちでいっぱいだった。姑が大腿骨《だいたいこつ》を骨折してリハビリ中に脳梗塞で倒れたとき、仕事を休んで姑の世話をしたのは自分だった。義兄嫁は実家の母親が倒れたと言って、隣県に里帰りしてしまった。その後、義兄嫁は姑が亡くなるまで戻ってこなかった。聞けば実家の母親は快復して元気になったという。義兄嫁の話のどこまでが本当なのか、不信感が消えないままだ。夫も義兄も、嫁が世話をして当然と思っているのか、最後まで「ありがとう」の一言すらなかった。

「おい、おーい、聞こえんのかっ」

階段下から、夫の切羽詰まったような大声が響いてきた。

何ごとかと驚き、階段を駆け下りながら尋ねた。「どうしたの？」

「テレビのリモコン、取ってくれ」と、アゴでしゃくる。

「え？」

夫は三人掛けのソファに寝そべってテレビから目を離さないままだ。リモコンはと見ると、テーブルの端の方にあった。夫が手を伸ばしてもぎりぎり届かない位置だ。夫は、自分がソファから起き上がるより、下女を呼んだ方が楽だと判断したらしい。

腸《はらわた》が煮えくり返る思いがした。

「自分で取ればええやないの」

「なんかだるうて。一年分の疲れが出たっちゅうか、今年一年頑張って働いたからかなあ」

こちらを振り返り、フフッと明るく笑う。

……早く死んでほしい。

人間はストレスで早死にすると聞いたことがある。

これ以上ストレスを溜めるんじゃないぞ、自分。

鬱屈《うっくつ》を吐き出すように、今日何度目かの深呼吸をした。

コイツより先に死んでたまるか。


カフェ・ムラタの前に美佐緒が立っているのが見えた。

若い頃と比べて、身体が全体的に丸みを帯びていた。羨ましかった。同年代の女性のほとんどが、痩せたいだとか、今ダイエット中だとか言う。同級生の中で痩せているのは胃下垂《いかすい》の自分くらいだ。もうすぐ六十歳。ついぞ女らしい身体つきになれないまま人生を終えるらしい。

——女はもっとグラマラスやないとな。

そんな夫の言葉に何十年も傷つけられてきた。グラマーじゃない自分が悪いのだと己《おのれ》を責め続けてきた。

——もっと太れよ。

夫は何かにつけてそう言った。だけど、自分は太れない体質なのだ。頑張って食べ過ぎると、決まってお腹を下す。本屋に行けばダイエット本はこれでもかというほどあるのに、太る本はなぜか売っていない。だがその一方で、夫はテレビに太った女が出てくると、自分のことは棚に上げてこき下ろすのだった。

――ああなったら、女もオバサンだな。ぶくぶくじゃねえか。

つまり、夫は太った女が好きなのではなく、痩せているのに胸とおしりだけが異様に大きい女が好きなのだ。中世以降のヨーロッパで流行したコルセットも、男のそういった嗜好《しこう》をもとに作られたらしい。

――自分は自分のままでいい。

そう思えるようになったのは、つい最近だ。そもそも腹の出たオヤジに、こちらの体形のことなどいちいち言われたくない。

夫は四十歳早々に禿《は》げ始めた。そして太り始めた。髪などさっさと剃《そ》ってしまってすっきりすればいいのに、夫は禿《はげ》を少しでも隠そうと九一分けにしている。何とも汚らしくて、正直言って一緒に歩きたくないと思うこともあった。だが、そんなことを思う自分を恥じてきた。自分は優しさが足りない妻だと反省もした。

だが、夫は遠慮なく言う。

――本当は俺、肉づきのええ女が好きやったんや。

ああもう、夫のことなど考えたくない。時間の無駄だ。

頭から夫の姿を追い払おうと深呼吸していると、美佐緒がこちらに気づいたらしく、大きく手を振った。

更にスピードを落とし、美佐緒の横に軽自動車を滑らせるようにして停めた。

「お久しぶり」と、微笑みながら美佐緒が助手席に乗り込んでくる。

「びっくりしたよ。澄子って若いのね。高校時代と全然変わらないじゃないの」

「まさか、冗談やろ。もう孫もいるおばあさんやのに」

「だって澄子、高校時代と体重変わらないでしょう？」

実は、高校時代が人生の中で体重のピークだった。今はあの当時より更に四キロ少ない。

そんなことより……「あのな、美佐緒、この前ごめんね。東京に遊びに行くなんて言っときながら、勝手にキャンセルして、本当にすみませんでした」

一気に言った。ずっと謝りたくてたまらなかったのだ。

「あんなの気にしなくていいの。澄子のせいじゃなくて、ご主人に上京を反対されたからでしょう？」

「えっ、なんで知っとるの？」

「そりゃわかるわよ。どこの家庭も似たり寄ったりだもん」

「そうか……そう言ってもらえると助かる。ありがとう」

そう言いながら、車を発進させた。

隣町にあるカラオケボックスに行く予定だった。誰にも話を聞かれない場所となると、カフェやレストランではまずい。こちらが顔を知らなくても、向こうが知っていることもある。美佐緒とのおしゃべりの中で、離婚などという単語が聞こえてきたら、誰しも耳をそばだてずにはいられないだろう。

「澄子も離婚したいと思ってるの？」

「えっ、どうしてそう思うん？」

「だって私が離婚したって聞いた途端に会いたくなったんでしょう？　小夜子みたいに興味本位で根掘り葉掘り聞きたがるとは思えないし」

「うん……実はそうなんよ。ダンナと別れたいんやけどね、そのあとの生活が不安でね。食べていけるんかどうか」

「ふうん」

えっ、それだけ？

反応が冷たい気がして、運転しながら美佐緒を横目でちらりと見た。

きっと呆れているのだ。久しぶりに会った、かつての親友があまりに子供っぽいことに。

だから、自分から言った。会ってまだ数分しか経っていないのに、既に嫌気が差してしまったらしい。

「美佐緒の言いたいこと、わかるよ。私のこと甘いと思って呆れとるよね？　別れようか別れまいかと迷っとること自体、おかしいもんね。普通は暴力とか借金とか浮気とか、そういうはっきりした理由がある人が離婚するんやもん。私みたいに、傍《はた》から見てこれといって問題のない場合は、女の我が儘やと言われたって仕方がないわ」

「それは違う」

美佐緒は前方を向いたまま、きっぱりと言った。「私も澄子と同じだよ。元夫は暴力もギャンブルも浮気もなし。そのうえ酒もタバコもやらない人だった」

「えっ、そうやったの？」

「だけど、毎日が屈辱的で耐えられなかった。モラハラってやつ」

「そうやったん。私も美佐緒と同じだ」

「こういうことは、人はなかなか理解してくれないよ」

「でも、美佐緒のお母さんはわかってくれたでしょう？　美佐緒に洗脳されとる感じもしたけど」

そう言うと、美佐緒はアハハと愉快そうに笑った。

「うちの母はね、人の意見にすぐ影響される人なの。だから私の考えに瞬時に染まったわけよ」

「そうやったんか。うちの母はどう言うやろ」

「親がどう言おうが関係ないよ。だってさ、私たちもうあと二年で還暦だよ。大人どころか、おばさんどころか、おばあさんだよ」

「うん、確かに」

「ねえ、澄子、私たちが健康で自由に動き回れるのって、あと何年くらいだと思う？この前、女優の結城《ゆうき》ローラが癌で死んだでしょ。タレントの鈴原夏代《すずはらなつよ》なんて、私たちより五歳も若いのに脳梗塞で半身不随になったんだよ」

「知っとる。あのニュースは私もショックやった。あれを見たときも、今すぐにでも離婚して新しい生活を始めたいと思った」

「私が思うにさ、ダンナの浮気や借金で離婚する人だって、本当の理由はそれじゃないと思うんだよね。浮気や借金がきっかけになっただけで、もうずっと前から嫌いだったんだよ」

「なるほど、そうかも」

「例えば、ダンナはあのとき人前で自分を馬鹿にしたとか、自分より舅姑を優先したとか。そういったひとつひとつの出来事は、男からしたら些細《ささい》なことに感じるかもしれないけど、屈辱感が積もりに積もっていくのよ。そういうのって時間が経っても忘れたりできない。いわば永久不滅ポイントよ」

「わかる。イジメと同じやね。イジメられた方は一生忘れないって聞くもん」

「そう、そういうこと。だから女が特に恨みがましいわけじゃない。男だってイジメられた経験のある人は、一生恨みが消えずに苦しむんだもの。で、ダンナにはもう言ったの？　離婚したいって」

「まだ言ってない」

「それはよかった。まだ言わない方がいいわ。作戦を練《ね》って、自分の老後のことをしっかり考えて、うまく財産分与の方向へ持っていかないとダメよ。わからないことがあったら何でも相談してね」

カラオケボックスに着いた。

いつもはガラ空きなのに、正月だからか駐車場はほぼ埋まっていた。受付の学生アルバイトに会員カードを見せると、「一部屋だけ空いとります」とにっこり笑った。

「今年は幸先《さいさき》がいいね」と、美佐緒が言ったが、今年一年の運をこんなことで使い果たしてしまったような嫌な予感がして気持ちが沈みそうになった。ここ最近、なんでもかんでも悪い方へ考えてしまう癖がますますひどくなった。

「ご利用時間は？」とアルバイトが尋ねた。

美佐緒は何も言わずにこちらを見た。本人は意識していないだろうが、こちらに向けた目が語っていた。

――私は何時間でもいいのよ。だって私は離婚したから今は自由の身だもの。でも澄子はそうはいかないんでしょう？　ダンナ様からお許しをもらった時間はどれくらいなの？

とはいえ、美佐緒だって母親や兄夫婦と積もる話もあるのではないか。久しぶりの帰省だもの。そう思って、念のために尋ねてみた。

「美佐緒は、何時までええの？」

「私は何時まででもいいよ。今日はカフェ・ムラタを開けてるから母も兄夫婦も働いていて、私とおしゃべりしている暇はないの。なんなら朝まででもいいくらい」

息を呑んで美佐緒を見つめた。そんなのこっちは無理に決まってるのに、美佐緒は平然としている。その表情からは何も読み取れない。

朝までか……。

夫は飲み会があると二次会、三次会と際限がなくなり、午前様になることなどしょっちゅうだった。だが、自分は一度だってそんな経験はない。給食センターでの忘年会も一次会だけで帰ってくるのが常だった。

午前様になるまで飲むなと夫に言われたことは一度もない。一次会でさっさと切り上げて帰って来いと言われたこともない。だが、無言のプレッシャーは確実に存在する。それを、考えすぎだとか錯覚だとか思い過ごしだなどと言う人がいたら、抑圧下で生活した経験のない人だと思う。

「だったら……一時間半で、どうかな」

無意識のうちに、上目遣いになって美佐緒の顔色を窺《うかが》っていた。

二時間では長すぎて、夫に「遅かったな」と文句を言われることは避けられない。自分は夫が怖いのではないし、夫に気を遣っているのでもない。ただただ接触を極力避けたいだけなのだ。痛くもない腹を探《さぐ》られて、睨まれて、屈辱的な思いをし、早く死ねばいいのにと憎悪を燃やし、腹立ちがいつまで経っても収まらないから好きな本も集中して読めない。貴重な人生の残り時間をそんなつまらないことで浪費することにほとほと嫌気が差しているだけなのだ。

家を出てくるとき、テーブルの上に重箱やつまみを並べておいた。お節料理に飽きたかもしれないと思い、カレーも作り、カップラーメンも置いてきた。もうそれで今日は勘弁してもらいたい。

美佐緒とは数十年ぶりに会ったのだ。本当は声が嗄《か》れるまで語り合いたかった。

「ねえ美佐緒、さっき車の中でも言ったけどね、離婚に踏み切れんのは先立つもんがないからやの」

部屋に入ってソファに腰を下ろした途端に話し始めていた。一時間半しか一緒にいられないと思うと、焦って早口になる。

「夫婦の財産は半分ずつに分けるって法律で決まってるよ。夫婦の給料の差にも関係ないし、家や預金の名義も関係ないの。ともかく結婚してから今まで築いた財産は半分ずつと決まってるのよ」

「そうなん？　ほんなら……」

あの家はいくらで売れるだろう。中古の一戸建ては夫の親戚から買い受けたものだ。だが田舎の地価はどんどん下がっている。預金は三百万円ほどしかない。娘を二人とも大学へ行かせたからだ。学費よりも生活費の仕送りの方がずっと高くついた。その頃、女子大生を食い物にした怪しげなアルバイトがテレビで話題になっていたこともあり、パート代の全額を仕送りに充てた。望美が大学四年生になったとき、三歳下の香奈が入学した。二人の大学生を抱えたあの一年間が最もしんどかった。平日はそれまで通りのパートを続けながら、土日祝日にはスーパーのレジ打ちの仕事に就いた。

自分が進学できなかった悔しさを思い出し、娘にはそんな思いはさせたくないと頑張って働いたし、みっともないほど倹約した。あの時期、自分の洋服は一枚も買っていないし、口紅も百円ショップで中国製品を買って恐る恐る塗ってみたこともあった。

そんなこんなで、この年になっても情けないほど貯金が少ないのだった。

「つまり、美佐緒は離婚するとき、財産の半分をもらったんやね？」

東京のマンションなら、田舎とは比べ物にならないほど高く売れるだろうし、東京のサラリーマンの給料は多いと聞いている。折半《せっぱん》したなら、美佐緒は経済的には安泰ではないか。それなのに大学時代の同級生とルームシェアをしているのは、将来を考えての節約なのだろうか。

「私はもらわなかった。何ひとつ」

「なんで？　ほんだって今さっき法律で半分ずつって……」

「だから今になって後悔してんのよっ」

いきなりの大声だった。びっくりして体がびくっと震えた。

「ごめん、大声出して」

「……ううん、大丈夫」

大声が恐ろしかった。夫が声を張り上げるときがたまにあるからだ。手は出さないものの、恐ろしくて心も体も硬直したようになってしまう。食事中のことが多かったから、ただでさえ少食の自分は、ますます胃が受けつけなくなって箸を置いてしまうのが常だった。

「本当にバカだったよ、私」

何のことだかわからず、美佐緒を見た。

「実はね」と、美佐緒は離婚を決心してからのことを語り出した。

防音壁になっているという割には、他の部屋から音楽が漏れ聞こえてきていた。正月だからか、みんな浮かれて大騒ぎしているのだろう。

「えっ、そうやったん？」

聞けば、冷めきった夫婦だったのに、美佐緒の夫は離婚を承諾しなかったという。埒が明かないので弁護士の無料相談に行くと、一日も早く家を出ることを勧められたらしい。別居して五年経てば、夫婦関係の破綻《はたん》が認められるからだと。

「ということは、五年間は離婚できないままなん？」

「相手がやり直したいと言った場合は、そうなるらしいよ。なんせ浮気だとか暴力だとか重大な原因がないしね」

「そんな……」

自分が離婚を切り出したら、夫はどう言うだろう。絶対に離婚には同意しないと言い張るのを想像しただけで、閉所恐怖症の発作《ほっさ》に襲われそうになった。逃げたくても逃げられない籠《かご》の鳥の気持ちになり、いきなり部屋の空気が薄くなった気がして、無意識のうちに深呼吸を繰り返していた。

五年後と今とでは状況が大きく違う。今はまだ辛うじて五十代だ。だが定年後は家計も違ってくるし、生活面でも精神面でも、夫の妻への依存度がぐっと大きくなるのは目に見えている。だとすれば、定年後の夫は、更に離婚を拒否するようになるのではないか。

「だったら美佐緒、モラハラを訴えれば良かったのに。そしたらすぐに離婚できたんやない？」

どうして美佐緒はそうしなかったのか、不思議に思って尋ねた。

「モラハラの証拠がどこにある？　それとも澄子は録音したものを持ってるの？」

「それは……ないけど」

たぶん録音しても無駄だろう。微妙な力関係をモラハラだとわかってくれる人は少ないに決まっている。経験のある女にしかわからない。もしも裁判に発展した場合、裁判官が男だったら絶対に理解できないと思う。

「つまり美佐緒は、別居して五年経ってやっと離婚できたってこと？」

「ううん、私はすぐに離婚したよ。夫にどういう条件なら離婚してくれるのかを尋ねたの。そしたら、マンションも預金も家財道具も全部置いて出て行くんなら別れてやるって」

「そんなことって……」

心臓がびくんと波打った。自分の夫もそんなことを言うのだろうか。

「ああいうときって人間の本性が出るよね。いやらしい言い方だけど、言い争いになると、育ちのいい方が負けるよ」

「育ちか……確かに、そういう面はあるやろうけど」

本当は育ち云々ではなくて、女が男に負けるのではないか。ほとんどの場合、逆恨みを恐れるのは女の側だ。となると、そこまで容赦ない要求を突きつけることができるのは男だけではないのか。

「それにしてもあんまりやないの。長年生活を共にしてきた妻にビタ一文やらんなんて、思いやりに欠けるにもほどがあるわ」

そう言うと、美佐緒はハハッと乾いた笑い声を上げた。

「私も最初は澄子と同じこと考えてた。今の澄子と同じで考えが甘かった」

「そんな……甘いやなんて。私の考え方は常識の範疇《はんちゅう》やと思うけど」

「考えが甘いってのは悪いことじゃないよ。考えようによっては、人間味があるってことだもん。私はね、離婚した後も、数年に一回は子供や孫を交えて、ダンナと一緒に食事ができるくらいの緩《ゆる》い関係を保っていられたらなって考えてたの」

「うん、それは理想的やわ。私もそれはええと思う」

離婚したら二度と会いたくないと思うのは当然だろう。だが、それでも自分は子や孫のためなら我慢しようと思っていた。数時間だけならニコニコしてその場を取り繕える。あとで思い出すたびにゾッとするだろうけれども。

「私は夫に対して恨みもたくさんあったし、なんせ大嫌いだった。だけど、それでも私は互いが老後に困らないよう、うまく財産分けをして、それぞれが幸せに暮らすことを願っていたのよ」

もしも離婚後に夫が生活に困ってストーカー行為に及んだり、借金を申し込んできたりしたら本当に困る。妻にも余裕がないと知れば、夫は娘たちに迷惑をかけるかもしれない。そういう意味では、夫には貧乏になってほしくなかった。

「わかるわかる。私も美佐緒と同じこと思っとったから」

そう言うと、美佐緒は思いきり口を歪《ゆが》めてニヤリと笑った。それまで見たことのない表情だった。高校時代の印象を大きく変えてしまいそうなくらい、どす黒い何かがあった。

美佐緒も自分と同じように、結婚後に人格を否定され、歪められて生きてきたのだろうか。あの誇り高かった美佐緒に、こんな表情をさせる美佐緒の夫が憎くてたまらなくなった。一回も会ったことはないけれども。

「女という生き物はね、お人好しが過ぎるのよ。離婚後もウィンウィンの関係でいようなんて考えているのは、私の方だけだったもの。相手は私を無一文で追い出そうとしたんだよ。本気でね」

「そうは言っても三十年も生活を共にしてきたんやから、ダンナさんにも情ってものがあるやろ?」

「ない」

美佐緒は間髪《かんはつ》入れずに答えた。「想像以上に残忍な男だったよ。あんな男だとは知らなかった。それまで私、アイツのどこを見てたんだろうね。いま思い返してみても人間不信がぶり返す。あんなのと三十年も一緒に暮らしてきたのかと思うと。だから、澄子には私の失敗を繰り返さないでほしいの。そのためには、ダンナに離婚を切り出す前に、弁護士に相談に行った方がいいと思う。無料相談をやっている事務所がたくさんあるから」

「弁護士？」

そこまでしなければならないとは思っていなかった。弁護士の知り合いなど一人もいないし、そういう職業の人と接することは一生涯ないと思っていた。

大ごとになってしまう。そう思っただけで、いきなり怖気《おじけ》づいた。このまま我慢して結婚生活を続けた方がいいのではないかと心が揺らぐ。あんな夫でも、なんせ娘たちの父親でもあるんだし……いつの間にか、心の中で自分に言い訳していた。

「私が離婚を切り出すと、夫はしつこいほど尋ねたわ。お前、本当は男ができたんだろうって」

美佐緒は勢いよくストローを吸った。グラスの中の琥珀《こはく》色のジンジャーエールがぐんぐん減っていく。

「男ができた？　どこからそんな発想が浮かぶんやろうね。こっちは男なんてもうこりごりやのに」

「だよね。だけど女の人にも言われることがあるの。私の職場には七十代の女性が何人かいるんだけど、私の顔を見るたびに、早く再婚した方がいいわよって。あの年代の人から見たら、私もまだ若い部類なのかと思うと、なんだかおかしくてね」

「再婚なんて考えられん。したいとも思わん」

「私も冗談じゃないと思った。奴隷生活は二度とゴメンだもん。女友だちといる方が何十倍も楽しいし、困ったときに本当に頼りになるのは女友だちだもの。とはいっても、私には親友と呼べるほどの友だちはいないんだけどね」

ルームシェアをしている大学時代の友人とはそれほど仲がいいわけではないという。だからこそ、互いに干渉することなく、家賃折半のためと割りきって一緒に暮らせているらしい。

「私は再婚どころか恋人も要らんし、男友だちだって要らんよ」

「だよね。私も離婚した当初はそう思ってた」

「えっ、ということは、今は違うの？」

「少しだけ変わってきた。世の中には女をバカにしない善良な男もいるんじゃないかって思うようになった。それに、男だとか女だとかに関係なくつき合うのはいいことだしね。知識や経験の豊富な男性なら話す分には楽しいし」

「そうか、そういうものか。うちのダンナばっかり見とるから、男はみんなロクでもないと思いがちやけど、そうやない人もきっとおるよね。当たり前か」

「知的で優しい男性はいくらでもいるよ。でも、一緒に暮らしたらどうなるかは保証できない。こちらがお世話係になるのは避けられない気もする」

「だったら……やっぱり要らん」

水滴のついたグラスを持ち上げ、コーラを飲んだ。氷が溶けて炭酸も飛んでいた。

「ところで美佐緒の職場って、どういうとこ？　さっき七十代の女性も働いとるって言ったよね」

気になっていたが、なかなか聞けなかった。職種を聞けば、生活レベルがわかってしまう。だから不躾《ぶしつけ》な気がして。

「蕎麦屋だよ。お運びさんとレジやってる。なんなの澄子、そんなに驚いた顔しないでよ。カッコいいキャリアウーマンだとでも思ってた？」

「……そうやないけど、でも美佐緒は大学を出とるわけやし」

「オバサンに学歴は関係ないよ。却って邪魔になるくらいだよ。その証拠に、履歴書を出すときは高校卒業までしか書かなかったもん。大学出てるオバサンなんか、蕎麦屋のオヤジが採用してくれると思う？」

返事ができなかった。なんだか無性に泣きたくなってきた。

「私が働いている店は独身の女性が多いけど、みんなそれなりになんとか暮らしてるよ。他人からは貧乏で惨めに見えるかもしれないけど、本人たちは至って元気で明るくやってる」

「それを聞くと心強いよ。部屋で餓死して発見されたなんていうニュースをたまに聞くから不安で」

「一人暮らしをしている女の人って、私が思っていたよりずっと多かったよ。それまではママ友や近所の奥さん同士のつき合いばかりで、独身女性とのつき合いがほとんどなかったせいだと思う。一人で夕飯を食べたり、クリスマスや正月を一人きりでも楽しく過ごす女が自分以外にもたくさんいると知った途端に平気になった」

「一人は気楽でええやろね。ダンナの好き嫌いを気にせんと、自分の好きなもん食べられるし」

「それにしても不思議なのは、うちの元夫は、私が説明した離婚理由が全く理解できなかったことなのよ。こっちは三十年も前から爆発寸前なのを辛抱してきたのに、夫にとっては寝耳に水だったみたい。こっちの気持ちに全く気づいていないのが信じられなかった。世間では、妻のことを空気みたいな存在って言うけど、本当にそうだったとはね」

逆に、自分の夫が空気みたいに気にもならない存在なら、どんなにいいだろうと思う。

「私、言ったのよ。もうあなたから解放されたい、自由に生きていきたい、目の上のたんこぶから逃れたいって」

「そしたらダンナさんは何て？」

「今だって十分自由だろ、子供も独立したし、自由時間はたっぷりあるだろ。もう少しで定年だから待っていてくれ、そしたら二人であちこち旅行しようって」

思わず溜め息が漏れた。

「男も想像してみてほしいよ。常に上司がそばにいて見張られているのを」

「まさか自分が、妻から見て上司みたいだなんて考えたこともないんだろうね」

美佐緒はそう言うと、メニューを開いた。「なんだか甘いものが食べたくなった」

「私も」

真冬だというのに、二人ともチョコレートパフェを注文した。暖房が効いているし、夫への怒りでカッカしていたからか、冷たくて美味しかった。甘いものは、一瞬だがつらさを忘れさせてくれる。

「澄子には別居という選択肢はないの？」

それも考えないではなかったが、それでは心が重苦しいままなのだ。

「美佐緒こそどうだったの？　別居を選ばずに離婚したんでしょう」

そう尋ねると、美佐緒はフフッと寂しげに笑った。

「きっぱり離婚して一日も早く夫と縁を切らないと、精神をやられる予感がしたから。でも、世の中には離婚はせずに別居している夫婦が案外多いみたいだよ」

「らしいね。この前、テレビでも卒婚の特集しとった」

一階と二階に分かれて暮らして、ほとんど口をきかない夫婦が昨今は多いらしい。定年退職と同時に夫だけが田舎暮らしを始めるというのもよく聞く話だ。または、それぞれの親の介護のために、夫は北海道へ帰り、妻は九州に帰って実の親と暮らしているというのも聞いたことがある。

「だけど、澄子は今まで一度も一人暮らしをしたことがないよね？」

だから、何なの？

思わず挑発的な目を向けてしまった。そのことで何十年もの間、夫にバカにされてきた。その一瞬の目つきには気づかなかったのか、美佐緒はそのまま話を続けた。

「熟年離婚で初めて一人暮らしをする人は、不安になるって聞いたよ」

「そんなことない。少なくとも私は平気やわ」

何の確証もないのに言いきってしまっていた。素直になれなかった。

独身の頃、好んで実家住まいをしていたわけではない。できれば自分も都会で暮らしてみたかった。たった一度の人生なのに経験できなかったことがたくさんある。ありすぎる。

「美佐緒が東京に住んどるのが羨ましい。田舎じゃすぐに離婚の噂が広まって、好奇や同情の目で見られて住みにくくなるに決まっとるから」

「はあ？　なに言ってるのよ」

同情してくれると思っていたのに、美佐緒は呆れたような声を出した。

「あのさ、澄子、私たちが中学高校時代に仲が良かったのはなんでだと思う？」

「え？　それは……馬が合ったからでしょう。考え方とか感じ方とか」

「例えば、どういった考え方？」

「そんなのいきなり聞かれても思い出せんよ」

「私たちはさ、他人がどう思おうと何を言おうと、我関せずだったじゃない。そういうところが似てたから気が合うんだと私はずっと思ってきたけどね」

絶句していた。

ずいぶんと長い間、忘れていたことだった。

「私が落ち込んだときも、澄子は他人の目なんて気にするなって言って励《はげ》ましてくれたじゃん」

「そういうこともあったかも。でも……」

世間の目なんか気にしないと言いきれたのは、高校生だったからじゃないのか。それも、同級生に陰口を叩かれたのを気にしないでおこうといった程度のたわいもないことだった。

だが一瞬にして、あの頃の空気がカラオケボックスのこの部屋に戻ってきた気がした。懐かしさで心はいっぱいになっていた。

あの頃の自分……。

会えてよかった。美佐緒は、十代の頃の真っ当な気持ちを思い出させてくれた。もっと早く会えばよかった。女は結婚するとどんどん歪んでいく。本来の自分を見失ってしまう。中年になれば、天真爛漫《らんまん》だった頃の欠片《かけら》も残っていない。夫や舅や姑の機嫌を取るために、年がら年中、愛想笑いをして、自分を守るために嘘ばかりついている。

小夜子や綾乃や広絵などはその最たるものだ。高校時代は友人の悪口を言うことがあっても、今と違ってたわいなくてあっけらかんとしていた。少なくとも、今のように悪意のある陰湿さはなかった。

「小夜子から聞いたけど、美佐緒は離婚してすぐにイタリアだかカナダだかに旅行したんだって？」

いきなり話題が変わったからか、美佐緒はぽかんとした顔でこちらを見た。

「ねえ、美佐緒って英語できるの？　それとも添乗員つきのツアー？」

自分なら添乗員がついている団体ツアーでさえ一人で参加する勇気はない。美佐緒はどうなんだろう。もしかしてツアーでなく個人で行ったのだろうか。だとしたら、もっと落ち込みそうだったが、確かめずにはいられなかった。

「イタリアもカナダも行ったことないけど？」

「え、そうなん？」

「そんな噂、どこから出るんだろうね」と、美佐緒は屈託なく笑っている。

「あのさ、宝くじが当たったっていう噂もあるんだけどね」

「はあ？　私、宝くじなんて一回も買ったことないよ」

「本当？」

びっくりして美佐緒を見つめた。噂とは、なんといい加減なものだろう。火のない所に煙は立たぬという諺《ことわざ》が、いつだって当てはまるわけではないらしい。小夜子の言うことは話半分どころか信用しない方がよさそうだ。

「北海道なら行ったけどね」

「そうか、北海道だったのか。それは、えっと、友だちと一緒に？」

恐る恐る聞いてみた。自分は一人旅なんてできそうにない。

「一人で行ったの。そんで二ヶ月間かけて北海道を回った」

「ええっ、二ヶ月間も？　一人で？」

素早く頭の中で計算してみた。安い宿で一泊五千円としても宿泊費だけで三十万円、食費や交通費を含めると結構な金額になる。

　財産分けをしてもらえなかったという割にはお金はあるらしい。いや、いくらなんでもそれくらいのへそくりはあってもおかしくはない。だが自分なら、そのなけなしのへそくりを後生《ごしょう》大事に取っておくだろう。旅行ごときにパッと使ってしまうなんて考えられない。

「離婚するとき、車だけは私にくれたのよ。もう十五年も乗ってたし、年内に次の車検が来るから、そろそろ買い替えたいと向こうは思ってたみたい。要は廃車費用を浮かすために私に押しつけたわけ。その車に乗って横浜からフェリーで行ったの」

　自分で運転してフェリーで？　それもたった一人で？

　そんな行動力は自分にはない。そう思うと、いきなり気分が沈んできた。

「ホテル代だって結構かかるでしょう？　なんせ二ヶ月ともなると」

「ホテルになんか泊まらないよ。道の駅とか、コンビニや温泉施設の駐車場に車中泊したの」

「えっ、本当？　コンビニの駐車場に？」

「こっちのコンビニを想像しないでよ。北海道はね、どこの駐車場もびっくりするほど広大なの。図書館の駐車場もすごく広くて、そこには二晩もお世話になったよ」

「美佐緒って、すごいね。ほんとにすごい」

すごいという言葉しか出てこなかった。そういった荒技《あらわざ》は、男子学生の専売特許だと思っていた。

美佐緒の話によれば、朝はコンビニで買ったパンを食べ、ランチタイムには地元の美味しい店に入り、夜はカップラーメンや道の駅で買ったトマトなど洗っただけで食べられる野菜や豆腐を車の中で食べたという。

聞けば聞くほど叩きのめされていた。

自分はと言えば、上京することを考えただけで緊張したのだ。それも新幹線という安全な乗り物を使い、あらかじめホテルを予約し、そのうえ望美が東京駅まで迎えに来てくれるというのに。

あのとき夫に反対されて、内心ホッとした部分もあったのではなかったか。

なんなんだ、自分って。まるで子供じゃないか。

「美佐緒って、すごい行動力やな。本当にすごい」

またしても、「すごい」を連発してしまっていた。

一人で北海道に、それも車中泊……自分にはとても真似できない。

「そんなにすごいことでもないよ。北海道は道が空いてて真っすぐだから運転しやすいのよ。一直線の道が十八キロ続く所があってね、天に続く道と呼んでるらしいの。きれいだったよ」

高校を卒業して四十年。それぞれに違う人生を歩んできた。自分は地元で暮らし、美佐緒は都会暮らし。しかし場所は違えど、互いに平凡な暮らしをしているものとばかり思っていた。高校時代は似たもの同士のような感覚があったが、本質は全く異なっていたらしい。美佐緒が持つ冒険心や大胆さを自分は微塵《みじん》も兼ね備えていない。

「車中泊やなんて、危険な目には遭わんかった？」

「遭わないよ全然。五十代というのは、ある意味、女としては最も安全な年齢なんじゃないかな。七十代くらいになると、金品目的で狙われやすくなると思うし」

「……なるほど」と言いながら、溜め息が漏れた。「私にはそんな一人旅、絶対に無理だ」と正直に口に出していた。「美佐緒は自分で車を運転してフェリーに乗ったり、北海道を車で走ったりすることに慣れとるんやね」

そういった行動的な暮らしをしてきたとは想像もしていなかった。

「は？　冗談でしょ」

美佐緒はパフェから目を上げてちらりとこちらを見た。「あのさ、一人で車を運転してフェリーに乗って遠くへ行って、二ヶ月間もあちこちで車中泊して放浪するのに慣れてる中年女って、日本にいると思う？」

「えっ？」

「そりゃあドキドキしたよ。出かける前日は緊張して眠れなくて、やっぱりこんな計画立てなきゃよかったって後悔して涙が出そうになったし、出発の日は横浜の港まで高速道路を運転していくだけでも極度の緊張で死にそうだった。フェリーに乗るのも初めてだったし、手続きする場所がわかんなくて泣きそうになったよ。どうにかこうにか北海道に着いたはいいけど、駐車場に車中泊するのだって生まれて初めてで心臓バクバクで、最初の夜はめっちゃ疲れてるのに、怖くて一睡もできなかった」

「一人では初めてでも、ダンナさんとは何度か行ったことがあるんでしょう？」

「一回もないよ。だってあの人、インドア派だもん。信じられないことに、風に吹かれたり太陽に当たったりするのが大嫌いな人なの。子供連れでキャンプに行く家族が羨ましかった。あの人はキャンプよりエアコンの効いたカフェが大好きだった。それを知っていたら、絶対に結婚しなかったよ」

そういえば、千鶴が美佐緒の夫をすごく色白だと言っていた。そんな理由があったのか。

「北海道は本当に良かったよ。知床《しれとこ》の大自然を見ているだけで心が洗われたっていうか、あの二ヶ月間で心をリセットできたと思う。外見はオバサンでも、あれ以来、心は高校生だもんね」

そう言って朗《ほが》らかに笑う。

「ねえ、澄子、ひとつ質問してもいい？　澄子が結婚する直前に商店街でばったり会ったことがあるでしょう？」

「うん、憶えてる」

あれは結婚式の二ヶ月前のことだ。

「そのとき確か、澄子は言ったよ。夫になる人は男尊女卑のダの字もない人だって」

「……うん、言ったかも。あの当時は、そう思っとったし、実際にそうやった気がする。ダンナの同級生で女医さんと結婚した人がおってね、ダンナはいつも『アイツの奥さん、カッコええなあ』って羨ましがっとったし」

「つまり、女をバカにしたりはしない人だったんだね」

「うん、少なくとも考え方は封建的ではなかったと思う。やけど、家事も育児もやらんかった」

「同年代の男としてはマシな方なのかな」

「かもしれん。でも四十代半ばくらいからかな、徐々に変貌したよ」

「具体的には、どういう？」

「中年の女っていうだけで見下すようになった。自分だって中年のくせに、若くない女なんて、女としての価値がないってはっきり口に出しとった」

「最低だね」

「その頃から、私に対する態度が本当に変わってしまったよ。若いときはあんなんやなかったのに」

「本当にそうかな」と美佐緒はぽつんと言った。

「え？　どういう意味？」

「女なら誰しも結婚前に気づく瞬間があったはずだよ」

「気づくって、何に？」

「この男、ちょっと変かもって」

あ。

「それ……鋭いかも」

心当たりがあった。

結婚前に、夫の会社の同僚に紹介されたことがある。そのときは居酒屋に五人ほど集まったが、後輩の男の子に対する夫の態度が、それまで見たこともないほど思いやりに欠けるものだった。一発芸をしろだとか踊れなどといきなり命令し、後輩男性が困っているのを見て楽しんでいた。新入社員の若い女の子の前で恥をかかそうという意図が見え見えだった。

「もしかして美佐緒も、何か心当たりがあるの？」

「あるよ。でももう思い出したくもないから言わない。職場の女性陣にも聞いてみたんだけど、六人中五人が思い当たることがあるって言ってたよ」

「だったら結婚するのを思いとどまればええのにね。どうしてみんな結婚してしまうんやろ」

「女は二十五歳までに結婚しないとヤバイって焦ってた時代だったもの。そのうえ式場も押さえて招待状も送ったあととなれば」

式場を予約し招待状も送った……その時点でも、まだ後戻りはできると言える人は少ないだろう。恥の文化を持つ日本人だけじゃない。イギリス王室のダイアナ元妃だってそうだ。皇太子に愛人がいることが判明し、結婚するのをやめたいと実姉に相談したら、「世間がこれほど騒いでいるのに、もう遅いわよ」と言われたことは有名だ。

洋の東西を問わず、人間てなんてバカなんだろう。

大切な自分の人生を世間体に振り回されて、取り返しのつかないことになってしまうなんて。


美佐緒と別れたあと実家へ向かったのは、予定外の行動だった。

あとで夫に帰りが遅いと文句を言われたとしても、それがどうしたと開き直れるような気がしていた。美佐緒と話したことで気持ちが高ぶっていたからだ。

久しぶりに弟の慶一に会って話をしたかった。恵利を連れずに一人で帰省しているはずだ。

った。


「姉ちゃん、久しぶり」

　台所に入っていくと、慶一が袖をまくり上げて大根をすり下ろしていた。

　ああ、こういう種類の男と結婚すべきだったのだ。慶一をひと目見た途端にそう思った。

　五十六歳にもなるのに、どうしてこうも清潔感があるのだろう。すっきりとした短髪も、ハードルの選手だった高校時代のままではないか。皺《しわ》と白髪が増えた以外は何ら変わりない。これほど爽やかな笑顔を見せる中高年男性など、自分の周りにはほとんどいない。

「慶一だけ帰ってきたんよ、まったくもう」

　慶一の隣に立つ母は不満げにそう言いながら、湯気の上がるだし巻き卵を切り分けている。窓からは、夕暮れのオレンジ色の光が差し込んで、湯気を照らし出していた。

　聞けば、恵利は正月を横浜の実家で過ごすのだと言う。

「誰だって自分の実家がいちばん寛《くつろ》げるんだよ」と慶一が恵利を庇《かば》った。

「ほんだって、恵利さんは堀内《ほりうち》家の長男の嫁じゃのに」と、母はなおも言い募る。

「恵利ちゃんだって、せっかくの正月休みなんだからさ、ゆっくりさせてあげてよ」

　慶一はいまだに妻をちゃんづけで呼んでいる。二人は同じ大学の出身で、慶一が入学したとき、恵利は三年生だった。演劇サークルの先輩と後輩の関係が、そのうち恋愛に発展し、慶一が就職するのと同時に結婚した。

「情けないったらありゃせんわ。尻に敷かれっぱなしで」

母がそう言うと、慶一はアハハと軽快に笑った。

「尻に敷かれるくらいがちょうどいいんだよ。夫婦円満のコツさ」

「またそんなバカなこと言って」

「だって、恵利ちゃんの方が優秀だし、そもそも稼ぎも多いんだから」

恵利は、神奈川県にある私立大学の理学部の教授になった。教授の給料はそれほどでもないが、講演会や本の出版などで副収入がかなりあるらしい。

「稼ぎが亭主より多かったとしても、男を立てるのが女の道やないの」

「えっ？」

慶一が大根を下ろす手を止めて、ぽかんとして母を見た。「女のみちって……母さんて、ぴんからトリオみたいだね」

思わず噴き出したが、母はぶすっとしたままだ。

「ねえ慶ちゃん、定年退職したら、ここに戻ってくるの？」

そう尋ねると、母の「当たり前じゃろ」と、慶一の「わかんねえ」が同時に返ってきた。

「何を言うとるの、長男は戻ってこんといけんよ」

「別に俺はいいけどさ、恵利ちゃんは無理だよ。恵利ちゃんが言うにはね、田舎は空気がきれいで自然がいっぱいだから大好きだけど、そういう場所でのんびりするのは、年に二回で十分だってさ。どう考えたって、都会で生まれ育った人間にとって、ここは退屈すぎるよ。近所づきあいだって鬱陶しいし」

「そんなこと今さら言うとは信じられん。慶一と結婚する前から覚悟はできとったはずじゃ」

母の剣幕をよそに、慶一はふうっと息を長く吐いた。

「田舎の人って、いまだにみんなこんなに古い考えなの？」と、こちらに顔を向けた。

「だったら、恵利ちゃんだけじゃなくて俺もここに住むの、厳しいかも」

「年寄りを一人にする気か」と母が血相を変えた。

「姉ちゃんに母さんの面倒みてくれっていうのは都合がよすぎるかな。俺って親不孝でしょうか」と、わざとらしく神妙な顔を取り繕ってこちらを見る。

なんという素晴らしい弟なのだろう。嬉しくて思わず満面の笑みになった。

「慶ちゃんは親不孝なんかやないよ。勉強もできてスポーツ万能で、母さんにとっては自慢の息子だもん。慶ちゃんが大学に受かったとき、近所で評判になって母さんが鼻高々だったことだけでも、もう十分に恩を返しとる」

子供のいない慶一には、こういった感覚はわからないだろうから教えてやった方がいいのだ。

「そうだったのか、俺なんかが自慢だったとは知らなかったよ」

「慶ちゃん、母さんの面倒は私がみるよ。任せといて」

この家を手に入れるためなら、何でも引き受けようと思った。

「そうか……澄子がそばにいてくれるんか」

母は、そうつぶやくように言うと、安心したように庖丁《ほうちょう》を握《にぎ》り直して、だし巻き卵に向き直った。

「慶一には子供がおらんからの。慶一の次にこの家を継ぐもんはおらん。だけど澄子には娘が二人おる。香奈は嫁に行ってしもたから無理じゃが、望美がまだ残っとる。誰ぞええ婿養子を世話してくれんかのう。そしたら望美がこの家を守っていけるのに」

溜め息が漏れそうになるのをすんでのところで呑み込んだ。家を継ぐとはどういうことなのか。百歩譲って、この家が三百年も続く老舗の和菓子屋だとか、代々特定郵便局長をつとめた家柄だというのならわかる。だが、我が家は父の代から平凡なサラリーマンなのだ。それ以前は農家だったと聞いている。

慶一夫婦に子供がいないのは、恵利のせいだと母は思っている。不妊の原因は男女半々にあるのだと何度説明しても納得しなかった。時代が変わって医学的に解明されてもなお、心の奥底まで染みついている考えはこうも変わらない。

あれは何年前だったか、慶一がこっそり教えてくれたことがあった。子供を作らない約束で結婚したのだと。それは恵利の強い希望だったという。

いつ会ってもざっくばらんで明るい恵利が私は大好きだった。彼女は仕事が趣味と言ってもいいほど早朝から深夜まで研究に没頭している。自分のように夕飯どきが近づくとそわそわと帰り支度をするといった生活ではない。夫婦揃って食事をするのは休日くらいで、普段はそれぞれで済ませているらしい。そして、毎年一回は夫婦で海外旅行を楽しんでいる。慶一は洗濯もすれば掃除もするし、子供の頃から料理が得意だ。

「姉ちゃんが母さんの面倒をみてくれるんなら、俺は遺産は何も要らないよ」

慶一はあっさりと、そう言った。

嬉しさのあまり、声が出なかった。

「遺産なんていう大層なもんはありゃせんよ。預金は雀《すずめ》の涙で、財産ゆうたらこの家と小さな畑と草ぼうぼうの田んぼだけじゃ。家は古うて値段はつかんし、バブル弾けてから田舎の土地はびっくりするほど安うなった」

そんな冷静な判断ができるくせに、なぜ家を継げと母は言うのか。母の思考回路が理解できなかった。だが、それを言い出すと、ご先祖様に申し訳ないと言い出して話がややこしくなるのがわかっていたので黙っていた。

「最近はどんなに値段を下げても売れないって聞くから、姉ちゃんに引き継いでもらえれば俺は助かるけど。でも本当に、姉ちゃんはそれでいいの？」

心配そうにこちらを見る。

「もちろん、もちろん」

ここにもしも幼かった頃の弟がいたら、抱きしめていたことだろう。小学生の頃から自慢の弟だった。優秀なうえに素直でかわいくてサッカーが上手くて、一人っ子の小夜子が大層羨ましがっていたっけ。

あれは確か、慶一が小学校二年生くらいのときだった。

――一回でええから、そのかわいいほっぺたに触らせてくれん？

小夜子がそう言いながら人差し指を立てて、小さな慶一に近づこうとしたことがあった。慶一は後ずさりしながら「嫌です」ときっぱり言って、澄子の背中に隠れた。

その光景を懐かしく思い出していた。

「でも姉ちゃん、この家は老朽化してるから、十年後か二十年後にはリフォームしなきゃならないと思うよ。結構金がかかると思うし、固定資産税も払い続けなきゃならないけど、本当に大丈夫？」

「……うん、大丈夫ってことにしとく。十年後のことは、今は考える余裕ないけど、なんとかなると思う。雨漏りしたらバケツで受けるとか、ホームセンターで材料買ってきて自分で補修できるところはやるし」

「そうか、姉ちゃんは手先が器用で日曜大工も得意だったね。すっかり忘れてたよ」

「ちょっとあんたら、私が死んだ後の話なんて縁起でもない。それも澄子、そんな嬉しそうな顔して、親が死ぬのを待っとるんか、この親不孝者めが」

「そうじゃないってば。母さんには長生きしてもらいたいと思っとるよ」

「うん、俺も」

「……そうか、それならあんたらに嫌がられても百歳まで生きてやるからの」

そのあと、母はお手製のお汁粉《しるこ》を振る舞ってくれた。

懐かしい味だった。

慶一は「まだある？」と聞き、嬉しそうにお代わりした。


正月ムードはとっくに終わっていたが、いつものメンバーで新年会をすることになった。それというのも、暮れから正月にかけてが最も稼ぎ時である酒屋の小夜子が家を空けられなかったからだ。

乾杯が終わると、それぞれが家で準備したお節料理の話になった。年々手抜きがひどくなるというのが共通した話題だった。小夜子は、出来合いのお節料理を生協で注文していたという。

「ねえ、今朝の新聞、見た？」と、千鶴が思い出したように言った。

「見た、見た。リンダのことやろ？」と小夜子が即答する。

「私も見たで」と広絵が言った。

「私、見とらん。リンダの新刊が出たん？」と尋ねてみた。

「そうなんよ。三十万部突破とか書いてあってさ、なんだかねえ」と、小夜子は思いきり顔を顰《しか》めた。

星川《ほしかわ》リンダというのも高校の同級生で、漫画家になった。本名は林田《はやしだ》よし子だが、ペンネームでは林田をリンダと読ませている。いつものことだが、リンダの話題になると、みんなの顔つきが険しくなる。

リンダは目立たない生徒だった。同じクラスになったことがないから彼女のことはそれほどよくは知らないのだが、小夜子たちの話によれば、リンダは勉強も今ひとつで、スポーツはからきしダメだったという。それでも当時、美術部にいて、絵を描くのが好きだという噂は澄子の耳にも入ってきていた。だが、文化祭の展示でリンダが描いた絵を見たが、幼稚園の子が描いたのかと思うほど下手だった。

その頃、母が趣味で編み物教室に通うようになり、そこでリンダの母親と仲良くなった。母に誘われて編み物の展示会に行き、帰りにリンダ母子《おやこ》と四人で喫茶店でお茶を飲んだことがある。向かいに座ったリンダは気恥ずかしそうな顔で、こちらをちらちらと見ていたのを憶えている。物静かで優しい感じの子だった。

「リンダは私より成績悪かったから、相当なバカだったはずやで」と広絵が言う。

「それやのに今は漫画家先生だってさ」と綾乃も憎々しげだ。

「ゲッ、世の中どうなっとるんやろ」と小夜子もリンダの活躍が気に入らないらしい。

「ああいう絵はヘタウマって言うらしいけどさ、要は下手なだけやん」

「あんな絵なら私でも描けるで」

「ほんでも」と、千鶴が口を挟む。「コンクールで賞を取ってデビューしたくらいやから、ある程度は評価されとるんやないの？」

「私はそうは思わん」

「私も思わん。運が良かっただけやわ。ほんだって、どう見たって下手やもん」

「ストーリーにしたって平凡すぎてつまらんしな」

小夜子たち三人が口々に言う。

「同窓会には一回も来たことないやろ。気取っちゃって、感じ悪いったらないわ」

リンダは高校卒業と同時に、両親とともに大阪に引っ越していった。もともと大阪で生まれ育ったことや、父親の転勤で中学高校の六年間だけこの町に住んでいたことを知ったのは高校を卒業してからだ。今は東京に住んでいるし、実家が大阪にあるとなれば、同窓会のためだけにわざわざこんな田舎町まで足を運ばないのではないか。たぶん多忙を極める生活をしているのだろうし、泊まる実家もこの町にはもうないのだから。

そうは思ったが、口にするのも面倒だった。どうせ反発を食らうに決まっている。だが、自分には小夜子たちを非難する資格はない。自分だって十分に嫉妬深い。人の幸せを心から喜ぶなんていう芸当はできない。だから、五十歩百歩なのだ。

女というものは、結婚生活が長くなるにつれて性格が歪んでくる。自分にしても、夫の機嫌を取るために、または舅姑に非難されないために、年がら年中嘘ばかりついてきた。だから……リンダのように楽しげに自由に暮らしていそうな女が憎くなる気持ちはよくわかる。

――成功しているように見えても裏があるはず。本当は不幸に決まっている。

みんなそう思いたくてたまらない。

「リンダはいまだに独身やもんね」

「そうそう、自由で好きなことができて当たり前やわ」

「だけど、子供もいないんじゃあ、女として一人前とは言えんよね」

そう思わないと、自分たちがあまりにかわいそうだ。

「それに比べたら瞳《ひとみ》は偉いよ。お金持ちの奥さんやのに、全然ツンとしとらんもん」

と小夜子が言う。

「だよね。同窓会にも毎回来とるしね。車で一時間半もかかるのにね」

「いつもニコニコしとって謙虚やわ」と、綾乃も広絵も同意する。

瞳は短大時代にテニスサークルを通じて知り合った医学部の学生と結婚し、専業主婦になった。

小夜子たち三人は、リンダには手厳しいが瞳には優しい。いつものことだが、その感覚が澄子には摩訶不思議《まかふしぎ》だった。リンダは自分の力で成功したが、瞳は金持ちに嫁いだだけのことだ。それなのに、瞳のことを話すときは、三人ともまるで自分のことのように誇らしげなのだ。

「瞳は今やお医者さんの奥さんやもん、立派やわ」

「大きな家に住んどるよね」

小夜子たち三人は、お茶に招《よ》ばれたことがあるらしい。

「素敵やったよね。インテリアも」

「ご主人のご実家はもっとすごいんやって聞いたで」

瞳のことを話すときは、「ダンナ」が「ご主人」になり、「実家」が「ご実家」になる。

この集まりでは口にできないが、自分は高校時代から瞳が苦手だった。なぜ苦手なのか当時はわからなかったが、今ならわかる。彼女は高校生のときから女そのものだった。成績は中の上といった感じだったが、既に歪んだ大人の女だった。封建社会の枠にきっちり収まっていて、女としてうまく生きる術《すべ》を身につけていた。見るからに良妻賢母になりそうで、しかも控えめで楚々《そそ》とした雰囲気が、男たちに安心感をもたらす。そんな女だった。

自分たちのような、まだ男でも女でもない未熟なガキとは全く違う生き物だった。瞳が自分たちを見下していたことに、今になって気づく。成績優秀な女子が勉学に励んで男子と張り合っている姿さえも、きっと冷めた目で見ていたのだろう。

瞳は、男の目で品定めされることに、誇りさえ持っていたように思う。「見られる性」であることを当然のように受け入れ、男たちから少しでも高値をつけられるよう、「男受けする女」を演じることに余念がなかった。

「瞳は高校時代から男にモテたし、あの当時、瞳のお父さんは町長やったもんね」

「ああいった育ちのええ女の子が玉の輿《こし》に乗れるのは当然やわ」

「ご主人の病院の評判がええのは、瞳の内助《ないじょ》の功《こう》が大きいって聞いたで」

内助の功か……。そんな言葉を素直に受け止められる女でないと、結婚には向かないのではないか。自分はダメだ。自分には自分の人生があるという思いを、どうしても捨てられない。

良妻とは、内助の功を尽くし、夫に従順につき従う女をいうのだろう。自分はそんな女になりたいと思ったことは一度もない。従順な女だなんて言われるくらいなら死んだ方がマシだとさえ思う。

そんな自分にとって、この社会は生きにくい。本当に生きていきにくい。

「瞳は偉いわ。私なんて酒屋の女房がええとこやもん。それも、最近は郊外に大型店が続々とできたせいで、今にもつぶれそうやし」

小夜子は自虐的に笑うが、言葉とは裏腹に表情は明るかった。夫の親があちこちでアパートを経営していて家賃収入で潤っているからだろう。

人の幸福に嫉妬するだけならわかる。自分にもそういう面はある。いや、人一倍あるといってもいい。だが小夜子たち三人の感覚――瞳の幸福は称《たた》えるが、リンダの成功は許せない――の違いは、いったいどこから来るものだろう。それがどうしてもわからなかった。


パートの帰りに、図書館に予約しておいた本を取りに行った。

タイトルに離婚の二文字がある本ばかり何冊も借りたら目立つと思い、ヘルマン・ヘッセの『車輪の下』も久しぶりに再読しようと手に取り、本の一番上に置いた。

カウンター内の若い女性をちらりと見たが、知らない顔だったのでほっとした。こういうときだけは、市町村合併は悪いことばかりではなかったとしみじみ思う。他の公共施設でも、職員の中に地元の人間が見当たらなくなった。この様子なら離婚届を出しても守秘義務が守られるのではないか。都会では当たり前のことかもしれないが、田舎ではそうはいかない。すぐに町中に知れ渡ってしまうのが今までだった。

母のかかりつけ医の妻にしたってそうだ。彼女は看護師なのだが、馴染みのカフェに行っては患者の病状をぺらぺらしゃべる。そのことは町内では有名で、小夜子も怒りまくっていたことがあったが、いまだに誰一人として本人に注意していないらしく、相も変わらず常識がない。

自分が離婚したら、きっと恰好《かっこう》の噂の種になるのは間違いないだろう。

帰宅すると、二階の自分の部屋に直行し、借りてきた本をベッドの中に潜《もぐ》り込ませた。夫が二階に上がってくることは滅多にないが、「離婚」の二文字は目立つから用心するに越したことはない。すぐにでも読みたくてウズウズしたが、夕飯の支度をしなければならなかった。もしも一人暮らしならば、そのままベッドに寝転んで本を読み始めるだろう。夕飯なんてどうでもいい。なんなら、おでんを一週間分作っておいて、毎日それを食べてもいい。

いつか夫が死んだら、どんな生活になるのだろう。階段を一段二段と下りていきながら、この家で自分一人だけで生活することを想像してみた。すると次の瞬間、思いもかけないほどの喜びが体中に溢れてきた。今まで経験したことのない、有頂天《うちょうてん》といってもいいような気持ちだった。

もしかして、これがテレビの健康番組で言っていたドーパミンという物質だろうか。なんという爽快な気分だろう。重石《おもし》が取れたように心が軽くなり楽に息ができる。目の前の霧《きり》がパッと晴れたようだった。

夫がいないと想像しただけで、これほど明るい気持ちになれるとは。

次の瞬間、ハッと我に返り、急いで台所へ向かった。そんなバカなことを妄想している場合じゃなかった。昨夜と違う惣菜《そうざい》を作らなければならない。夫の機嫌が悪くなるから三品は必須だ。魚を焼き、鶏モモ肉と大根を煮て、チーズ入りサラダを手早く作った。

自分の分は、トレーに載せて二階に運んだ。自分用におにぎりも作った。夫は一人で食べればいい。自分は風邪気味で食欲がないから二階で横になると言っておこう。

ああ、私はしょっちゅう嘘をついている。なぜ嘘をつくようになったのか。嘘をつかないと、自分の魂《たましい》が自由になる時間も空間も確保できないからだ。

二階に上がりさえすれば一人になれる。子供たちが家にいた頃には自分の部屋などなかった。それを思えば今は精神的にもずいぶん楽になったはずなのだが、それでもまだ苦しい。

大判の寿司海苔《すしのり》ですっぽり包んだ真っ黒なおにぎりを頬張りながら、離婚のハウツー本を開いた。「離婚するには」の項から始まっている。

――離婚に踏み出すには、同じ空気を吸いたくない、触られると鳥肌が立つ、そういった嫌悪感が必要です。そうでなければ、もう一度考え直しましょう。

自分の場合は、この文章にぴったり当てはまる。ということは、「もう一度考え直す」必要はないということだ。だが、当てはまらない人は考え直せと書かれている。本当にそうなのだろうか。生理的嫌悪感がなければ婚姻関係を続けるべきだと著者は言いたいのだろうが、離婚して気持ちが晴れる生活を求めることは、いけないことなのか。忍耐や我慢を必要とする関係を続けることが、果たして立派なことなのだろうか。根性を試すために人間は結婚生活を続けるのか。

読み進めていくと、夫の借金癖、アルコール依存症、暴力など、わかりやすい例ばかりが出てきた。それらが習慣や癖ではなく「病気」であり、そう簡単には治らないことは今や常識とされている。だからなのか、夫を更生させるための方法などは一切書かれていない。とにもかくにもすぐ家を出ましょうと勧めている。つまり、そんな夫はさっさと捨てろ、今すぐ見限れということだ。

意外なほどあっさりしている。夫が手に負えなくなったら、妻は自身を守ることを最優先するのが正しい生き方なのだと説いている。夫婦なんて、元を正せばアカの他人なのだとつくづく思う。

だが、自分は実家の両親をそういう目で見たことはなかった。父と母は家族という共同体の中では最重要メンバーだった。どこの家庭でもそうだろう。それでも夫婦間にいったん亀裂《きれつ》が入ると、他人同士に戻ってしまう。そして、子供たちが独立した今となっては、親権や養育費について考える必要もない。

お茶を一口飲んでから、今度は女性誌を開いてみた。「熟年離婚を考える」と表紙に大きく書かれたバックナンバーを借りたのだった。有名な離婚カウンセラーと、半年前に離婚した四十代の女優との対談が載っている。

――先日、マリさんは四十歳で離婚されたんですね。それはいいご判断だったと思いますよ。経済的なことを考えますと、五十歳を過ぎてからの離婚は避けた方が賢明ですから。家や預金を分割したら二人とも貧困に陥ることは確実なんです。

五十歳をとっくに過ぎているあなた、バカなことを言ってないで考え直した方がいいですよ、と言われているのも同然だった。

自分はやはり無謀なことをしようとしているのか。年金を分割したところで、たいした額にはならないと聞いている。それならば、このまま我慢して夫婦を続けていった方が経済的には得策だ。夫が亡くなってからもらえる遺族年金の方がずっと多いのだから。

――私は離婚する前に別居期間を設けたんです。

――さすがマリさんですね。離婚を切り出す前にお試し期間を設けるのは、とても大切なことです。それによって、今まで見えなかった様々なものが見えてくるはずですからね。

お試し期間か……。

もう若くはないのだから、結論を急がない方がいい。世間の女たちのように、夫が死ぬのをひたすら待つという方法もある。美佐緒も言ったはずだ。いきなり離婚するのではなくて、しばらく別々に暮らしてみたらどうかと。

確かに、今はまだ一人で生きていくことに自信が持てないでいた。生活費の計算をしてみたら、なんとか食いつないでいけそうだとわかったが、それでも不安がしつこくつきまとう。そのうえ、自分の考えが日々コロコロ変わることにも翻弄《ほんろう》されていた。昨日と今日では考えがまるで違う。前向きな気持ちの日には、世間なんて関係ないと心の中で豪語《ごうご》するが、気分が沈んでいる日は世間の目が気になって仕方がない。心が揺れ動いて定まらず、苦しくてたまらなかった。

それに現実問題として、どうやって別居にこぎつけるのか。どこにアパートを借りればいいのか。アパートを借りたら一気に噂が広まるだろう。かといって、遠くの町で借りれば通勤が不便だ。

やっぱり実家しかない。母が弱ってきたことにして、母の面倒をみるという名目で実家で暮らすことにしたらどうだろう。狭い町だから母が元気でいることは早々に夫にバレるかもしれないが、そうなったら恢復《かいふく》しそうだと言えばいい。

その夜、思いきって夫に切り出した。

「なんだか最近、母の具合が悪いみたいやの」

「どこが悪いんだ?」

「もう年やもん。あちこち弱ってきとる。明日、パート帰りに見てくる。もしかしたら泊まってくるかもしれん」

「えっ、泊まるんか?」と、夫は顔を顰《しか》めた。「一泊か?」

「うん、まあ……」と口から勝手に出てしまっていた。本当は永遠に戻ってきたくなかった。

「一泊ならええけど、この家の家事に手え抜いたらあかんで」

「というと?」

「近いんやから、俺の晩メシを用意しに帰ってこんとあかん。それが主婦の務めゆうもんやろ」

夫が、こちらの心を見透かそうとするかのようにじっと見つめている。

「そんなこと……わかっとるがな」

いつの間にか、愛想笑いまで添えていた。

こんな自分勝手な男、早く死ねばいいのに……。


翌日から忙しくなった。

パートの帰りに家に立ち寄り、洗濯物を洗濯機に放り込んでから、夫の夕飯を超特急で作った。昨夜干した洗濯物を取り込んで畳み、代わりにその日の洗濯物を干した。そして、「母の体調がまだ良くならない」と夫にメールして、その日は実家に帰って泊まった。

そんな息つく暇もない生活をするようになって疲れが溜まっていたが、それを差し引いても実家での生活は快適だった。誰にも監視されない生活が、こんなにも心が晴れやかになるものだとは想像以上だった。

結婚以来、夫はこちらの実家には滅多に顔を出さない。それがわかっているから、心の底から寛《くつろ》ぐことができた。夫が出張に行くたびに、自宅でも解放感を味わっていたはずだが、実家には夫の臭いも痕跡もない。そんな場所で過ごす毎日は、自宅の何倍も爽やかなものだった。

「こんなに何日も孝男さんを一人にしておいてええのかえ？」

母が心配そうな顔で尋ねた。

「ええよ。ほんだって、あの人、長期出張なんやから」

「そうか。そういや、そうやったの」

料理上手の母と台所に並んで食事を作るのは楽しかった。夫の偏食に翻弄されることもなく、野菜の多い健康的な惣菜ばかりだ。母娘ともに手早く阿吽の呼吸で次々に作っていった。

実家に帰って一週間が過ぎたころ、驚いたことに体調がすこぶる良好になっているのに気がついた。ご飯が美味しくてお代わりするなんて、少食の自分には珍しいことだった。いつもに比べて食べすぎているのに、不思議と胃腸の調子がいい。体重が二キロも増えたのが何より嬉しかった。そのうえ身体のだるさが、薄紙を剝ぐように少しずつ取れてきていた。

――家事は気づいた方がやればいい。

この言葉は男にとって便利な言葉だ。台所の生ゴミ処理も浴室の排水口の掃除もトイレ掃除も、そういった誰にとっても嫌な場所の掃除は「気づかなかった」で済まされる。夫は結婚してから一度も「気づいた」ことがない。だが、母と二人の生活だと、まさに「気づいた方がやる」という原則が生きていた。気づいたのにやらないという選択肢がなかった。相手を思いやるとは、こういう細かなことから始まるのだとしみじみ思う。

――女性は男と違って濃《こま》やかな気遣いができる。それが女性の特性だ。男性教師や勤め先の男性上司から、いったい何度聞かされてきたことだろう。何でもかんでも男の側に都合のいい言葉に翻弄されて傷つけられて生きてきた。そんな環境から早く脱したい。いくつもの迷信や呪縛《じゅばく》から解き放たれたい。だって人生はあっという間に終わる。自分の残り時間は少ない。折り返し地点をとっくに過ぎたのだから。

それにしても、今日は本当に驚いた。パート先の給食センターのエレベーターに乗れたのだ。それまで階段を使っていたのだが、なぜか今朝は閉所恐怖症にならない予感がして、思いきって狭い箱の中に足を一歩踏み入れてみたら、予想通り平気だった。閉所恐怖症は更年期障害の一種だと本に書かれていたはずだ。それなのに、夫と別居した途端に治ってしまうとは、いったいどういうことなのか。世の中には、更年期をことさら自覚することなく、それまで通り快適に五十代を過ごせる女性が少なくないというのも、聞くたびに不思議だった。誰しも女性ホルモンが減っていくのは同じなのに、その違いはどこから来るのか。

もしかして、この体調の悪さは更年期から来るものではなくて、やはり夫源病だったのだろうか。そうであれば、あれもこれも説明がつく。二十代の頃から鬱積した屈辱が、なんと三十年も後に病気となって顕《あらわ》れるのか。人間の気持ちというものは、人生のどこかで必ず清算しなければならないようにできているらしい。

――まだ帰ってこんのか。

夫からのメールが今日も届いた。これで何度目だろう。自分はこんなにも夫に会いたくないというのに、夫は便利な下女を失って苛々している。この両者の大きな溝に、夫婦の絶望を見た思いがした。

もう二度と帰りたくなかった。夫と暮らさないことが、自分の心身の健康を保つためには必要なのだ。その証拠に、体重も増えて体調がよくなった。

自身の健康のためだと思うことで、初めて自分の行動を正当化できた。主婦の甘えや我が儘なんかではないのだ。堂々と顔を上げて歩いてもいいような気分になった。

そのうち、洗濯しに帰るのは週に一度になり、惣菜もまとめて作り置きをしておくようになった。夫は好物のトンカツさえあれば満足だろうと、五日分五枚まとめて冷蔵庫に入れておいたこともある。夫と鉢合わせしないよう、なるべく滞在時間を短くするために、惣菜は実家で作ってから持って行くことにした。

そうこうするうち、夫の存在をまるきり忘れてしまう時間が長くなり、心がますます穏やかになっていった。

そんな日々の中で、夫からメールが届くのが今まで以上に嫌でたまらなくなった。夫の顔を思い出すだけでゾッとする。それほどまでに嫌っていたのかと、自分でも驚くほどだった。

だったら、なんで今まで我慢してきたんだろう。いや、それは自明のことだ。お金がないと離婚できないと思っていたし、世間の妻がみんな耐えているからだ。

その夜、どういう話の繋《つな》がりだったのか、母が言った。

「昔は今ほどお金はかからんかったよ。携帯電話もなかったしパソコンもなかった。洋服も季節ごとに二枚か三枚あれば十分じゃった。取っ換え引っ換えして洗濯さえ間に合えばよかったんだ。食事にしたって、炊きたてのご飯と味噌汁と卵か豆腐でもあれば御《おん》の字じゃった」

最低限の暮らしならたいしてお金は要らないよと、母は娘を勇気づけようとしてくれているのだろうか。夫の長期出張というのが嘘で、本当は夫が嫌で家を出てきたことを見破っているのか。

そして、母はこうも言った。

「どうしても金がないとなりゃあ、携帯電話も解約したらよかろ。電気代が払えんとなったら、テレビも見んでもええし、電気も点けんでええ。外が暗《くろ》うなったら寝りゃええんよ。その方がよっぽど健康的だわ」

戦中戦後の質素な暮らしは、そんなに昔のことではない。そして、その世代の人々は総じて長生きだ。それを考えたら怖いものなんかないじゃないか。

自分も質素で清潔な暮らしを目指そう。
離婚できるなら、新しい服なんか要らない。

夫に離婚を切り出す前に、弁護士に相談した方がいいと美佐緒は言った。とはいえ、この田舎町には弁護士など一人もいないので、隣の大きな町まで行かざるを得なかった。車で三十分ほどだが、調べてみると、その町でさえ弁護士事務所はたったの二軒しかなかった。

あらかじめ道順をグーグルマップで調べておいた。隣町にある駅前から延びる商店街ならよく知っているが、それ以外の道はほとんど運転したことがない。知らない道を走るというそれだけのことで緊張していた。

いくら何でも、若い頃はもう少し行動的だったと思うが、長い年月の間に恐《こわ》がりになってしまったらしい。ずっと同じ町で暮らし、いつもの店で買いものをし、同じ仲間としかつきあってこなかった。そこからほんの少し踏み出すことが、こんなにも不安だとは……自分が情けなくなる。

でも頑張らなきゃ。

美佐緒が離婚したことよりも、二ヶ月間も北海道を一人旅したことの方が、胸の奥底にある魂の塊みたいな物に、ドスンと大きな衝撃を与えていた。あれ以来、気弱になったときには美佐緒の旅を想像することにしている。行動的な人を見るたびに、もともとそういう性格の人なんだとか、自分と違って世慣れた人なのだと思ってきたけれど、どうやら違うらしい。稀《まれ》にみる能天気な人間でもない限り、みんな初めはドキドキものなのだ。だから自分も勇気を出して、ひとつひとつ乗り越えていかなければならない。そうしなければ、そのうち美佐緒に軽蔑され、愛想をつかされてしまうぞと、自分を叱咤激励《しったげきれい》した。

信号待ちをしているとき、遠くの山に梅が咲いているのが見えた。そういえば、実家の畑にも福寿草《ふくじゅそう》が咲いたのだった。冬枯れの中で、鮮やかな黄色い花々が春遠からじと告げている。それらを見るたび、自分にも晴れやかな春が来ますようにと祈る気持ちになった。

予約しておいた弁護士事務所に入っていくと、小さな個室に案内された。しばらくして三十代後半と思われる女性が入ってきた。

「わたくし弁護士の坂口愛子《さかぐちあいこ》と申します」

慣れた手つきで名刺を渡されたが、自分には名刺などない。立派な肩書きもない。同じ女でも、こうも身分が違う。相手は弁護士先生で、こちらは高卒のパート主婦だ。相手が男性なら、その違いを意識しなかっただろうが、女同士だと思うと格差が身に染みた。だが、比べること自体がおこがましいのだ。唯一の共通点は女ということだけなのに。

「どうぞ、お掛けください」

名刺をじっと睨んでいたからか、弁護士は怪訝《けげん》そうな顔で言った。

「今日は離婚のご相談ということでしたね。どういった理由か聞かせてもらえますか?」

「性格の不一致です」

「ああ、そうなんですね」

一瞬にして顔つきが変わった。真剣味を帯びた目つきが、ふっと緩んだように見えた。暴力からの避難といったような緊急性がないと判断したのだろうか。

「具体的にはどういったことですか?」

「夫は横柄な人間で、私は下女のように扱われるのがもう本当に嫌になってしまって。それで、残りの人生を一人で自由に生きていきたいと思いまして」

「なるほど、そういうことですか」

顔つきが更に緩んだだけでなく、信じられないことだが、いきなりニヤニヤし出した。どう見ても、ニコニコではなくニヤニヤだ。見間違いかと思って目を凝らしてみたが、人をバカにして楽しんでいるようにしか見えなかった。

「別れた後は経済的に大丈夫ですか?」

「まあ一応。パートですけど、フルタイムで働いてますので、何とかなるかと」

「離婚のこと、相手方にはもうおっしゃったんですか？」

「まだです」

「相手が離婚に同意しない可能性はありませんか？」

「それは、言ってみないとわかりません」

「その可能性があるなら、今すぐにでも別居した方がいいですよ。五年別居すれば夫婦関係が破綻したと判断されますから離婚しやすくなります。で、性格の不一致というだけですか？　何か他に原因があるんじゃないですか？」

「浪費が多くて……たぶん女性のいる店に通っているのだと思うのですが」

「ご主人、浮気してるんじゃないですか？　一応調べてみましょうか。専属の探偵《たんてい》がいるんですが、どうします？　少しお金がかかりますけれどもね。あ、そうだ。ついでに料金をお知らせしますね」

そう言うと、目の前に立派なパンフレットを広げた。

「手付金が二十五万円プラス消費税です。弁護士の報酬《ほうしゅう》は十パーセントになります」

「十パーセントというのは、何の十パーセントですか？」

ネットを検索すると、ほとんどの弁護士事務所で報酬は十パーセントと書かれていたが、意味がよくわからなかった。

「例えばあなたが家をもらえたとして、それが三千万円なら、三百万円をお支払いいただきます」

「えっ？」

あまりの高額に驚いて、次の言葉が出てこなかった。

その帰り道、なんとも言えない嫌な気持ちになった。表情だけで人を判断するのは間違っていることは知っている。自分だって感じのいい人間じゃないと思うし、顔つきや目つきひとつで相手に誤解を与えたことなど数えきれない。

だが、どう考えてもあれはニヤニヤしていた。楽しそうに見えた。こんな田舎で弁護士に頼むのは法人がほとんどかもしれない。自分のような個人客、それも中高年の主婦となれば滅多に来ないのだろうか。「よくある夫婦喧嘩《げんか》」程度で「離婚したい」と訪れた浅はかな主婦だと思われて、バカにされたのかもしれない。そう思うと落ち込んだ。


翌週は、別の弁護士に相談に行った。

無料相談よりも有料相談の方が、もっと親身になって話を聞いてくれるのではないかと考えた。一時間一万円もするが、それくらいは思いきって支払おう。そうでないと、いつまで経っても前に進めない。

事務所を訪ねると、すぐに個室に通され、老齢の男性弁護士が現れた。七十代くらいだろうか。骨と皮ばかりに痩せていて、顔にはシミがいくつも浮き出ている。

「子供が小さいときは親権や養育費で揉めるんですよ」と、弁護士は座るなり、そう言った。

「うちの子供たちはもう三十歳を過ぎてますので」

「ああ、そうでしたね。お宅は関係ないですね、しかしね、子供が小さい場合はですね」とまた話が戻る。親権や養育費の問題解決を得意としているのかもしれない。

「で、離婚の原因は、結局は何なんです？」

嗄《しゃが》れた声が非難めいて聞こえるが、気のせいだろうか。

「性格の不一致と言いますか……」

「だって、ヤったんでしょう？」

「やったというのは、何を、ですか？」

「セックスに決まってるじゃないかっ」

目の前で、突然大声で怒鳴られた。

自分が本当に世間知らずだと思うのはこんなときだ。世の中には色んな人がいることは、テレビのニュースで見て知っている。名誉ある職に就いている男性のセクハラや盗撮などを見聞きするたび、最初の頃は驚愕《きょうがく》していたが、最近はまたかとウンザりするようになった。

この老弁護士の心の中は、昭和時代の偏見で固まったままらしい。司法試験に受かるような立派な人なのに……。エリートの代名詞と言えば、医者か弁護士だと思っていたが、そういったことも、もう遠い昔の話なのか。

実家の母のように、今にも「女の道」を説きそうな顔つきの男から思わず目を逸《そ》らしていた。さっきから視線を外《はず》さず、じいっと見つめてくるのが、気持ちが悪くて仕方がなかった。

「あのね、子供が小さいときは親権や養育費で揉めるんですよ」

何が男の気分を変えたのか、いきなり柔らかな顔つきになった。いや、それ以前にその話はいったい何度目なのか。

「ですから、うちの娘たちは既にもう三十代ですので」

「お宅は関係ないとしてもね、しかしね」とまた話が戻る。ひとしきり得意げに親権の問題を話したあと、その弁護士は腕時計を見た。「あ、そろそろ一時間ですね」

そう言って、プラスチックのトレーをこちらへ差し出した。

なんだろうと戸惑っていると、「一万円プラス消費税になります」と言った。

財布を出しながら、無駄金だったと歯ぎしりする思いだった。一万円を稼ごうと思ったら、給食センターで腰を庇いながら十時間以上も働かなくてはならない。

心身ともに疲れた身体を引きずって駐車場まで行った。自販機があったので、滅多に飲まない甘い缶コーヒーを買って車に乗った。一口飲むと甘味で緊張が緩んだのか、悔しくて涙が滲んだ。

弁護士というのは、もっと親身になってくれるものだと思っていた。ドラマに出てくるのは正義感溢れる弁護士ばかりだし、ニュースで見る弁護士だってみな善意の人だ。だが、記者会見を開くような弁護士は、多くの場合、冤罪《えんざい》や公害訴訟《そしょう》を担当しているのではなかったか。

手弁当の人権派弁護士……そんな印象を勝手に抱いていた。考えてみれば彼らだって霞《かすみ》を食って生きているわけではない。司法試験に受かるための教育費にも大金を使っている。

せっかく美佐緒と再会して闘う勇気を得たというのに、出鼻を挫《くじ》かれた思いだった。

あの老弁護士に会って以来、ひどい便秘になった。

以前から体質的に下痢はよくするが、便秘になることは本当に珍しかった。人生で何度目かというほどだ。

——だって、ヤったんでしょう？

あの目つきを思い出すたび気分が悪くなった。思い出さないようにしようと思えば思うほど、その言葉がぐるぐると頭の中を回り続ける。

その夜、気が変になりそうになって、思わず美佐緒に電話した。

――澄子、負けちゃダメだよ。これは一世一代の闘いなんだから。

離婚経験のある友人がいてくれて本当に助かる。

――都市部の弁護士に相談してみたら？

離婚の相談件数ともなれば、都市部の方が圧倒的に多いのは間違いない。そもそもの人口が比べものにならないから、離婚訴訟に慣れている弁護士も多いだろう。

ネットで検索してみると、田舎とは違い、数え切れないほどの弁護士事務所があった。これだけ多いと、何を基準に選んでいいのか皆目見当がつかない。離婚訴訟の経験の多さを前面に出している事務所もたくさんある。もうこうなったらカンで選ぶしかなかった。

平日に休みを取り、思いきって姫路《ひめじ》まで出かけてみることにした。

子供たちが幼かった頃、家族で姫路市立動物園に行ったことがあった。そのときは夫が運転したので、自分一人で百キロも遠出するのは初めてだった。本当なら、自宅の最寄り駅前に車を置いて電車で行きたかったのだが、駅前駐車場に車があるのを知り合いに見られたらまずいと思い直した。それに、姫路に車で行くくらいのことで怖気づいてどうするのだとも。美佐緒の北海道放浪旅に比べたら、どうってことない。

姫路の街に入ると、あらかじめグーグルマップで場所を調べておいたのに、ビルがぎっしり立ち並んでいて目眩がしそうで、何が何だかわからなくなった。目的のビルを見つけたはいいが、交通量が想像以上に多く、途中で車線変更ができずに同じ道をぐるぐる回ってしまった。

やっと地下駐車場に車を入れたときには、疲れ果ててぐったりしていた。

受付にいたのは、紺色の制服を着た女性だった。通された個室には重厚なテーブルと革張りのソファが置かれていて、田舎の弁護士事務所とは何もかもが違った。かなり儲《もう》かっているのか、事務員を何人も雇っている。

制服姿の若い女性がお茶を運んできてくれたあと、ほどなくして、ベージュのスーツを着た四十代と見える女性が部屋に入ってきた。

「初めまして、太田《おおた》と申します」と名刺を差し出された。にこやかで物腰が柔らかい。

「私は離婚訴訟の経験が豊富にありますので、何でも相談してください」と胸を張る。

こういう人に最後まで面倒を見てもらえたらいいのだが、一回限りの無料相談しか自分には無理だ。だから、この一時間のうちに知りたいことをすべて聞いてしまおうと思い、家でしっかり質問事項をメモしてきていた。

「ご主人には離婚したい旨をおっしゃったんですか？」

「いえ、まだです」

「そうですか、それはよかった。切り出す前に作戦を練った方がいいですからね。そうでないと、財産を隠されてしまう可能性もありますから」

そのことは美佐緒からも聞いていた。

「ご存じかもしれませんが、夫婦の財産は半々と法律で決まっています。名義がどちらであろうが関係ありません」

「家も預金も、ですか？」

「そうです。お宅は持ち家ですか？」

「そうです」

「住宅ローンはありますか？」

「いえ、もうありません。ですが老朽化してますし、地価も下がっているらしくて、たぶん二束三文だと思います」

「ご住所から考えてもそうでしょうね。で、預金はいくらありますか？」

「三百万円ほどです」

「他に何か財産と言えるものは？」

「ありません」

「だとすると、ご自宅の評価額と預金を足して二で割るといった感じになります」

それは美佐緒も言っていたし、ネットでも調べたから知っていた。

「年金分割は可能でしょうか」

「あなたが第3号被保険者であれば、夫の同意がなくても婚姻期間中の半分はもらえます」

「でも、その法律が施行されたのは平成二十年で、それ以前の分はもらえないと日本年金機構のホームページに書かれていたんですが」

最も気になっていたことを尋ねた。

「それ以前の分は、夫の同意を得るか、裁判所の決定を得ることで分割してもらえますよ」

「そんな……」どちらも無理な気がした。

裁判官はたいてい男で、男の味方をすると聞いたことがある。例えば、夫の浮気には寛大だが、妻の浮気には容赦ないというのは有名だ。裁判官が女だったらいいが、確率的には低いだろう。

「大丈夫ですよ。相手が同意しなくても最終的には裁判所の決定で半々になるのが通例になっていますから」

「裁判、ですか。やっぱり裁判を起こさなくてはならないということですか？」

いきなり勇気が萎《しぼ》んでしまった。裁判となれば大ごとだ。身が竦《すく》む。

「そうではありません。離婚後に家庭裁判所に審判を申し立てれば、書面と電話確認なんと明快な弁護士だろう。淡々《たんたん》と答えてくれて、妙な詮索《せんさく》をしてこないのがありがたかった。

腕時計をちらりと見て残り時間を確認しながら、メモの順に次の質問に移った。

「もしもこちらの事務所に依頼すれば、どういった段取りでやってもらえるんでしょうか」

頼むつもりはもとよりなかったが、方法さえ教えてもらえれば、それを自力でやろうと思っていた。

「まず私がお宅のご主人に連絡を取って話し合いをします。そして財産分割をきちんと進めるために、家を不動産鑑定士に査定してもらいます。ただ問題は……」

そこで、言葉を切った。「相手が離婚に同意しないという可能性はありませんか？」

「それは……言ってみないとわかりません」

夫が仮に同意しないとしても、それは愛情ではない。女房がいなくなったら不便だからだ。自分でスーパーに買い物に行かなければならないし、庭で洗濯物を干している姿を近所の人に目撃されたら恥だと思うタイプだ。あの男は、それに耐えられるだろうか。妻に捨てられたという評判が立って笑い物になることを恐れるだろう。

——そんなこと考えてやる必要はないの。

美佐緒の言葉を思い出した。

——女っていうのはね、思いやりがありすぎるんだよ。ダンナの今後の生活を考えてやる必要なんかないんだからね。だって、ダンナは澄子の今後のことなんてこれっぽっちも考えていないはずだよ。

本当にそうなのだろうか。長年ひとつ屋根の下で暮らしてきたのだ。夫はそこまで薄情な人間なのだろうか。

「もしかして、離婚するかどうかをまだ迷っておられますか？」

「えっ？」

絶対に離婚するつもりですよ、ときっぱり答えることができなかった。

「あ、いえ、もちろん離婚するつもりです。だから、その、ここに来たわけで」

しどろもどろになってしまった。

「若い女性の場合は、いったん離婚を決意したら気持ちは決して揺るがないようですが、中高年の女性の場合は少し違うようですよ」

弁護士によると、中高年女性は離婚すべきかどうか自体を相談に来ることが多いという。今後の生活の不安もあるし、長年連れ添った情もあるだろう。ふとした瞬間に、夫が優しくしてくれた場面が、幸せな思い出として脳裏に蘇ることもある。それに何より、今まで何十年も我慢してきたのだから、これからもできるかもしれないと考えても不思議ではない。

「正直言って……私も今ひとつ踏ん切りがつきません。離婚した後で食べていけなくて後悔したっていう話もよく聞きますし」

「そういった噂や他人の経験談には、惑わされない方がいいと思いますよ」

意外だった。きっと、「我慢できるなら離婚しない方が得策ですよ」と諭《さと》されるのだろうと思っていたからだ。

「私は何も離婚を勧めているわけではありません。でもね、ここに来られる女性はみんな今まで苦労して、もう金輪際、こんな生活は嫌だと思っておられる。だからこそ勇気を振り絞って、今まで縁のなかった弁護士事務所のドアを叩かれるんです。長い間悩み抜いて、やっと決心が固まりかけた人に対して、軽々しくも、あなた離婚したら後悔しますよ、なんて水を差すようなことを言う人は、心ない人だと思います」

「そうですね、そうかもしれません」

「それにね」と、弁護士は打って変わって明るい声を出した。見ると、優しく微笑んでいる。

「最近は我慢しなくなった女性が増えました。自分の気持ちに従って正直に生きていくことに目覚めたんでしょう。そうなると、もう後戻りはできないようですよ」

それなら覚えがあった。もしも夫がいなかったらと想像したときの、あのドーパミンの噴出を一度でも経験したら、ほかの道は選びようがない。すぐにでも夫と別れて自由を取り戻さないと、精神を司《つかさど》る神経細胞が日々死んでいくのが目に見えるようなのだ。

「夫は妻の変化に気づかないことがほとんどです。離婚を突きつけられて、今まで妻に甘えてきた夫がうろたえるというケースが多いですね。しかし女性は違います。離婚を決意したとき、すごいパワーを発揮しますよ。いきなり外国へ移住してしまうとか、有り金はたいて商売を始める人も少なくないです」

そんな成功物語は、自分を鼓舞しなかった。だってうまくいった人はほんの一握りと相場が決まっている。その他大勢の失敗した女性たちの方が自分に近い気がするから、行く末が心配になる。

そもそも、思いきった行動に出るのは、バイタリティがあるというよりも、パート収入では生活費が足りないからではないのか。子供を養っていけない女性も少なくないだろう。もしくは、高年齢や低学歴のせいでパート仕事にさえ就けないから、仕方なく小さな商売を始めざるを得ないのではないか。それこそ野垂れ死に覚悟で、イチかバチかの勝負に出るしかない。

「ご存じかもしれませんが、いきなり裁判はできません。まずは家庭裁判所に調停を申し立てるのですが、弁護士なしでやれば費用は数千円で済みます。調停で双方の意見の一致が見られない場合にのみ裁判に進むんです」

「離婚まで、どれくらいの期間かかりますか？」

「ケースバイケースですね。私が担当したものですと、平均すると一年半くらいでしょうか」

「えっ、そんなにかかるんですか？」

思わず大きな声が出てしまっていた。

一年半か……この先の長い道のりを思って一気に気が滅入《めい》った。現在五十九歳の夫は定年退職を迎えてしまう。嘱託で五年は残るとしても給料は激減して生活も大きく変化する。キャバクラ通いを止《や》めなかったら預金はあっという間になくなるだろう。嘱託なら残業が減るに違いない。家にいる時間が長くなれば、妻への依存度がさらに増し、頑として離婚に同意しなくなる……だからこそ、その前になんとか別れたいと思っていたのに。

女優たちが家も財産も男に譲って急いで離婚する気持ちが、初めてわかった気がした。

——逃れたいのに、そう簡単には逃れられない。

それを思うと、暗くて狭い地下のレストランに行かずとも、青空の下の広々とした原っぱであっても閉所恐怖症になりそうだった。

「法テラスだと安いですよ」

こちらの懐《ふところ》具合を心配してくれたのか、弁護士はいきなりそう言った。

なんと良心的なのだろう。安いところを紹介してくれるとは。

「あそこは手数料や着手金などが安いんです」

「そうですか。で、報酬はどれくらいですか？」

「やはり一割ですね」

唖然《あぜん》とした。貧乏人の味方と言われている法テラスでも一割も取るのか……。貧乏人は弁護士なしで離婚に漕《こ》ぎつけるしか方法はないのか。

だが帰り道、運転しながら心は少しずつ軽やかになっていった。だって最近の自分ときたら、今までの生活では考えられなかった経験を次々にしている。今日にしたって車で遠出をし、馴染みのない街で目的のビルを探し出し、都会の弁護士などという、それまで縁のなかった人種と話をした。

つい最近までは想像さえしたことがない出来事ばかりだ。

勇気あるぞ、自分。

偉いぞ、自分。

車の窓を閉め切り、ドリカムの「晴れたらいいね」を大音量で流した。

そして、声が嗄れるほど大声で歌った。

夫のいない時間帯を狙って家に帰り、着替えなどを少しずつ運び出した。

――すみませんが、今週は忙しくて夕飯の作り置きができません。

夫に面と向かって言うのが怖かった。どうしてこんなに怖いのか。暴力を振るわれたこともないのに、恐ろしくてたまらない。自分より身体が大きく腕力の強い人間に対する本能的な反応なのだろうか。

だからメールで連絡した。なぜこうもいちいち夕飯の連絡をしなければならないのか、考えるほどにわからなくなる。子供じゃあるまいし、夫が自分で寿司を買ってくるなり外食するなりすればいいじゃないか。本当なら、いい大人なんだから料理の一つも作れて当然ではないのか。

昼休みに送信したのに、夕方になっても返事が来なかった。こういうところも嫌だった。返事がないと、こちらはぐずぐずと考え続けてしまう。夫の機嫌を損ねてしまったのだろうか、そんなに怒っているのかと。想像するだけで、金縛りにあったように身体が固まって、知らない間に歯を食いしばり息を止めてしまっている。

実家の母の具合が悪いことになっているのだ。それは嘘ではあるが、普通なら「お大事に」とか、「こちらの心配はしなくていいから」などと返信するのが、人としての常識ではないだろうか。それとも、そんな気遣いは対外的なもので、妻だけでなく妻の親族も人間の数には入っていないのか。

——いったいいつ帰ってくるんだ。洗濯物が溜まっとるぞ。

やっと返信が来たと思ったら、そんな内容だった。

次の瞬間、気持ちはさらに固まっていた。もう二度と帰らないと。

自分の意思で決めたのではなく、勝手に決まってしまったという感じだった。それは自分では翻《ひるがえ》せない種類の感情だった。

千鶴と待ち合わせたカフェに向かった。

店に入ると、店内を素早く見回した。千鶴の姿を探すよりも、夫やその知り合いがいないことを確かめる方が先だった。

まるで警察に追われる犯人みたいだ。万が一見つかっても、「母の世話をする合間の、たまの息抜きです」と言い訳まで考えて、口の中でブツブツ言いながら練習した。堂々と開き直ればいいのだと、心の準備もしてきたはずだった。それなのに、緊張してしまう。

だったら……やっぱり離婚するしかない。

離婚しない限り、植えつけられた奴隷根性は一生ついて回る。

迷いがあるときと、吹っ切れるときが、一日のうちに交互に訪れた。その気分の高低差が苦しくてたまらなかった。吹っ切れているときは、身体中の血管をアドレナリンが駆け回っているのが自分でもわかるくらい爽快な気分だったが、迷いがあるときは、胃のあたりが重苦しいままで鬱症状に陥りそうになった。

離婚を決意してからというもの、過去を思い出すことが多くなった。棚からアルバムを一冊抜き取り、実家に持ち帰ったのがいけなかった。確かにいいときもあったと感じ、ふと自分が恩知らずの極悪人《ごくあくにん》みたいに思えることがあった。だが、あの生活に戻るのは、どう考えても絶対に嫌だった。

結婚式などのスピーチで、「長い人生、いいときも悪いときもある」と言う人が多いが、最近になって、それは家庭から逃げ出そうとする妻を諭《さと》す言葉ではないだろうかと思うようになった。つまり、少しくらいのことは我慢しろと言っているのではないか。女にとってそれらは決して「少し」ではないのだが、男から見ると取るに足らない不満と映るのだろう。

ふと、自分の結婚式のときのことを思い出した。あのとき牧師は、「女は男の肋骨《ろっこつ》の一本からできている。汝《なんじ》は生涯夫につき従うことを誓うか」と、こちらをじいっと見て問うたのだった。そのときは、あまりに男尊女卑的な言葉に思わず息を呑んでしまい、返事がずいぶん遅れてしまった。自分の思っていた夫婦像とはかけ離れた言葉でもあり、ショックを受けたのだった。

古い考えであるはずの母や叔母たちも憤慨し、式が終わってから口々に言った。

――なんぼなんでもあの言い方はないわ。

――若造の牧師のくせに女をバカにしくさって、本当に腹が立った。

――あの坊主《ぼうず》は偽者《にせもの》に決まっとる。

坊主じゃなくて牧師ですよと誰かが言っても、そんなもん、どっちでもおんなじじゃ、信用でけんのには変わりないんじゃ、と叔母は息巻いたのだった。

それから何年も経って、当時のことについて夫に尋ねてみたことがあったが、夫は牧師の言葉など全く覚えていなかった。

気持ちが揺らぐとはいうものの、夫と話し合ってヨリを戻そうとは思わなかった。相手が親兄弟だとか友人なら、あるいは腹を割って話そうとしたかもしれない。だが夫が相手だと心が拒絶してしまう。それは、自ら拒絶しようとしているのでなくて、自分ではコントロールできない、見えない何かが心のシャッターを下ろしてしまっていて、自力では上げられないといった感じだった。

もう頑張れなくなっている。

店の奥の方で、千鶴が小さく手を振るのが見えた。

中年になってもすらりとしているからか、細身の洋服がよく似合っている。

「私、本気で離婚しようかと思っとるんよ」

注文を取り終えて店員が去っていくのを見届けてから小声で告げた。

「はいはい、澄子さん、それは何度も聞きましたよ。今度は何があったん？　夕飯のおかずのことで、ダンナに嫌みでも言われたん？」

からかうような千鶴の笑顔を見た途端、息を止めていた。冗談で言ったんじゃないのに、どうして千鶴は当然のように冗談だと捉えるのか。

そんなことは考えるまでもない。この手の会話を今まで数えきれないほど繰り返してきたからだ。今日が何度目かわからないほどに。

千鶴と親しくなったのは、香奈が中学に入学してバレーボール部に入ったのがきっかけだった。その香奈も三十歳になった。千鶴と会えば、互いにダンナの悪口のオンパレードで、「離婚したいねえ」「そうやなあ」「腹が立つわあ」「ほんと屈辱的やわ」で終わるのが常だった。香奈が三十歳になったことを思えば、もう十八年もグジグジ言い続けてきたことになる。

その間、夫婦関係になんら進展がないどころか悪くなる一方だった。自分と千鶴には成長が見られなかったのに、千鶴の娘や香奈には十二歳から三十歳までの間に様々な人生のステージがあった。

自分たちは家事にパートに忙しく、てんてこ舞いの毎日で、パートで稼いだお金も家族のために役立てた。その間の人生が無意味だったとは思わないし、十代だった香奈たちと、四十代だった自分たちの成長を比べること自体が間違っている。だけど……本当にそうなのだろうか。十二歳の少女にも四十歳の女にも、同じように十八年の歳月が流れたのではないか。

この調子でいけば、今後も年単位で人生を浪費するだけのような気がする。偉業を成し遂げようとしているわけではない。輝かしい人生を送れるとも思っていない。ただ単に、自分を押し殺さずに暮らしたいだけなのだ。

今日の自分は本気だったはずだ。だからわざわざ千鶴をカフェに呼び出したのだ。だけど、千鶴はまた例のヤツかといった調子で笑った。つまり、千鶴も自分も離婚に対して真正面から向き合おうとしていなかったということだ。自分としては、そのたび真剣に悩んできたつもりだったが、具体的に打開しようとはしていなかった。

ふとそのとき、高三のときの光景が頭に浮かんだ。

進学クラスに入った美佐緒には明るい未来があるのに、自分は地元で就職し田舎に埋もれて死んでいく。そう思って苦しんだ日々があった。母や祖母や近所のおばさんたちのように、年がら年中人の悪口を言いながら、年を取って図々しくなって、汚くなって死んでいく……。そんな人生のどこが面白いのか。そう考えて絶望したのではなかったか。そして、まさにあのとき思い描いた通りの人生を自分は歩んでいる。友人と会えば、飽きもせず夫の愚痴《ぐち》を言い合って、いつの間にか年を取った。それだけの人生だ。

ああ、脱出したい。こんな鬱々とした人生からイチ抜けしたい。

「あのな、千鶴、私な……」

話すことが山のようにあった。

美佐緒に会ったことや、弁護士に相談に行ったこともまだ話していなかった。今は実家にいて、今日もそちらに帰る。そのことも話さなければ。

ひとつひとつ順を追って話していくと、徐々に千鶴から笑みが消えていき、表情が真剣味を帯びてきた。

一方的にしゃべり続けたからか喉がカラカラになり、グラスの水を一気に飲み干した。夢中で話し続けたので、周りの様子に気を配るのも忘れていた。ふと見回すと、知らない顔ばかりではあったが、席は埋まっていた。

聞かれたかもしれない。何度か「離婚」という言葉も口にしてしまった。

でも……だから何だっていうの？

人に知られたとして、それがどうしたっていうの？

噂になったっていいじゃないか。もうそんなチマチマしたレベルのことに、金輪際関わり合いたくない。

「澄子、今度こそ本気なんやね」と千鶴が確かめるように言った。

「うん、本気」

「いつダンナに言うん？」

「今週中には言おうと思っとる」

「そうか、わかった。私もダンナに言うてみるわ」

千鶴の顔にも決意が漲《みなぎ》っている。

「えっ、千鶴も言うの？」

こちらの勢いに釣られただけではないかと心配になった。

「ねえ澄子、ダンナから暴力を振るわれると、どんな気持ちになるかわかる？」

千鶴から暴力のことを聞くのは、これで二度目だった。最初に聞いたときから、既に何年もの月日が過ぎている。

「私は経験がないから、ようわからんけども」

どんな気持ちになるかなんて、具体的に想像したことなど一度もなかった。

「親が子供の頭をパシッとひっぱたくのとはわけが違うんよ」

周りを気遣ってか、千鶴が一段と声を落としたので、向かい合う席で額がくっつきそうになるほど近づいた。

「胸ぐらを摑《つか》まれて拳固《げんこ》で頰《ほ》っぺたを殴られるんよ。歯が折れて血が出たこともある。蹴《け》り飛ばされて肋骨にヒビが入ったこともある。ねえ澄子、目を瞑《つむ》って想像してみてよ」

言われた通りに目を瞑って、夫に殴られることを想像してみた。

「どんな感じがする？　大人になってから人に殴られるなんて、ものごっついショックなことなんよ。子供の頃に男の子と喧嘩して蹴られたり叩かれたりしたのとは全然違って、信じられんほど痛いの。だから……恐ろしくて身が竦む」

想像しただけで涙が滲みそうになった。自分は下女みたいだと思っていたが、殴られる千鶴は奴隷みたいだと思った。だが、あまりにかわいそうで、口には出さない。

「もう私、あんな生活から卒業したい」

「うん、そうやな。その方がええと思う」

下女より奴隷の方が確実に精神を蝕《むしば》まれると思った。

「澄子、お互いに頑張ろう」

「うん、私らは負けんよ」

そう言って、しっかり目を見て頷き合った。

夕食後、実家の居間でコタツにあたって雑誌を読んでいた。

母はさっき風呂場に向かったところだ。

夫がいないというだけで、精神的にも肉体的にもぐっと楽になっていた。夕飯にしても母と二人で簡単なものを作る。ご飯と味噌汁と何か一品あればいい。厚揚げだったり干しガレイだったりと、安上がりで栄養満点の料理だ。女二人なら、部屋も風呂も汚れないのが驚きだった。気づいた方がささっと掃除をするし、出したら出しっ放し、食べたら食べっ放しの人間が一人いないだけで、これほどまで心身ともに消耗しなくなるとは想像もしていなかった。

やっぱり……もう元の生活には戻れない。

テレビを点けてみると、晩婚化についての討論番組をやっていた。少子化が進んでいるからか、最近はこの手の特集が多くなっている。

――僕は派遣社員で、給料がすごく安いから結婚は難しいと思っています。就職氷河期の世代だから、もうどんなに努力しても……。

生活の苦しさや希望の見えない人生を嘆く男性の胸の名札には、三十八歳と書かれていた。

――あのね、君ね。

評論家が口を挟んだ。踏ん反《ぞ》り返って足を組んでいて偉そうだ。

――給料が多少安くたって大丈夫だよ。だってね、昔の人はこう言ったもんだよ。一人口は食えぬが二人口は食えるって。

「そんなん嘘やわ」

誰もいない部屋で、吐き捨てていた。

この評論家の男性が言う「二人」というのは、片方が必ず女だ。女がアンテナを張り巡らせて、足を棒にして安い食材を見つけてきては美味しいものを作る。いつも頭の中では家計費を計算していて、ありとあらゆる工夫を重ね、みっともないほど節約しまくる。そのうえ女は無駄遣いはしないと固く心に決めているから、何でもかんでも我慢する。だからこそ二人なら食っていけるのだ。それが証拠に、男二人なら決して食ってはいけない。

定年退職して暇になった夫が、家計の管理に目覚めるというのはよく聞く話だ。何十年もの節約生活の経験を積み重ねてきた妻から見れば、夫は家計管理のド素人だ。それなのに、通帳もキャッシュカードも強引に妻から奪い、結局は生活に困窮してしまう。

もしも離婚できないとしたら、夫が定年退職したあとの自分の生活はどうなるのだろう。年金がすぐにもらえるわけでもない。嘱託として会社に残っても賃金はぐっと減る。微々たる退職金でさえ、こちらに全額渡すとは考えられないし、夫が節約に協力してくれるとも思えない。それどころか、あの調子では定年退職後もキャバクラに通うのではないか。

つまり、離婚してもしなくても生活は楽じゃない。旅行するにしても、友人と行くのは難しいだろう。あの夫のことだ、「お前だけ行くなんてズルい」と言いだすに決まっている。

テレビは、三十歳のイケメン俳優のアップを映し出した。去年美人女優と結婚し、つい最近子供が生まれたばかりだ。

——派遣社員だから結婚できないなんてことはないでしょう。このままずっと一人暮らしというのも寂しいと思うよ。俺みたいに昔ヤンチャやってたヤツだって結婚できたんだし。

いつの時代も余計なことを言う輩《やから》がいる。結婚して子供がいる。そんな平々凡々なことを、独身者の前ではことさら自慢したがる。つまらない優越感が見え見えで、こちらまで恥ずかしくなってくる。

一人暮らしが寂しいなんて迷信よ。

そう言って、スタジオにいる若い女たちに教えてやりたかった。

男も女も若いときは寂しがり屋だが、女は結婚して子供ができたら、さらに孤独に陥る。誰にも甘えられない生活、家事も育児も初めての経験なのに夫にも頼れない日々を孤軍奮闘《こぐんふんとう》で乗り切らなければならない。

夫がいても、意思の疎通がなければ一人暮らしの何倍も孤独で悲しい。そんな救いようのない寂しさを引きずったまま年齢を重ねていき、いつの間にか孤独に飼い馴らされて、そのうち平気になっていく。そして、気づいたときには、寂しがり屋でないどころか、一人でいるときが最も気持ちが安らぐようになっている。その境地に達した女は、もう二度と夫に期待しない。それどころか、夫のいない一人暮らしに強い憧れを抱くようになる。そんなのは、長年妻をやってる女なら誰でも経験済みだ。

そう考えていくと……自分は離婚して何か困ることがひとつでもあるだろうか。いつかのエロジジイ弁護士が得意としていた親権だの養育費だのも、娘たちが成人した今では関係ない。家事だけでなく、大工仕事や力仕事もほとんど自分がやってきた。夫が何もしてくれなかったせいもあるが、自分は元来手先が器用で、ミシンがけだけでなく日曜大工も大好きだ。生活面で夫に頼ることが何かひとつでもあっただろうか。自分の手に負えない修理なら、夫にだって手に負えないに決まっている。そんなときは母の知り合いの、昔大工をしていたお爺《じい》さんに頼めば、小遣い銭程度で請け負ってくれる。

自分一人なら生活費もそれほどかからない。食費もしかり。洋服にしても、最近は誰しもラフな服装になった。参観日やPTAからは十年以上も前に解放されたので、スーツやワンピースを着る機会もない。葬式用の黒いワンピースが一着あれば、普段着は量販店の安いもので十分だ。

そんなことを考えていると、メールの着信音が鳴った。夫からだった。

——ええ加減にせえよ。いつ戻ってくるんじゃ。

なんでこんなに偉そうに言われなきゃならないのだろう。離婚しなければ、これが一生続くのだ。母の世話をしているというのは、今の時点では嘘だが、そう遠くない日に嘘ではなくなる。そうなっても母を放っておいて、どこも具合の悪くない俺の身の回りの世話をしろと言ってくるのは確実だ。

言おう。

いま言わなくて、いつ言うのだ。すぐにでも離婚してほしいのだと。

そう思ったとき、また着信があった。

——お前のお袋さんが「歩こう会」に参加しとるの見たぞ。ふざけんな！

かなり怒っているらしい。

次の瞬間、いきなり怖くなってきた。

どうしてこんなに怖いのだろう。暴力を振るうわけでもないのに、夫というのは、なぜこうも怖い存在なのか。

勇気を出せ、自分。

二度と一緒に暮らしたくないなら、何を迷うことがあるだろう。

——もう帰るつもりはありません。離婚してください。

勝手に指が動いて送信ボタンを押していた。

画面をぼうっと見つめていると、しばらくして返信があった。

——理由は？

夫からはそれだけだった。

——家政婦扱いはもううんざりです。私だって働いているのに、家事も育児も全部私一人がやってきました。あまりに不公平です。それと、あなたの無駄遣いにハラハラして生きていくのにも疲れました。キャバクラ通いをやめられないのなら、老後の資金がいくらあっても足りません。私は一人で清潔で慎ましやかに生きていきたいんです。

思いきって書いて送った。すると、今度はすぐに返信が来た。

——こっちこそお前なんか願い下げじゃ。

売り言葉に買い言葉なのか。この言質《げんち》を逃してはならない。そう思い、すぐに念を押した。

——離婚してくれるという意味ですか？

——当たり前じゃ。ずっと前から離婚したいと思っとったんや。

小躍りしたい気分だった。どうか俺を見捨てないでくれ、などと言われたら、籠に閉じ込められた鳥の気分になり、閉所恐怖症の発作を起こすところだった。

——今どきは惣菜もスーパーに売っとる。お前がおらんでも困ることなんか、いっこもない。

夫のメールを読んで、思わずほくそ笑んでいた。

――そうですか、つまり私は惣菜作り要員だったということですか。

――それ以外に、お前に何の取り柄《え》があるんじゃ。

夫にとって、古女房など無料で雇える家政婦以外の何ものでもない。黙っていても食事が出てくるし掃除も洗濯もしてくれる。近所づき合いまでうまくやってくれる。そのうえパートに出て稼いでくる、そして無駄遣いもせず節約に精を出す。そんな下女がいたら、私だって雇いたいくらいだ。そんなタダ働きの便利な下女を誰が捨てようと思うだろうか。妻は壁か空気の一部で、離婚などという高尚なものの対象になるとすら考えていなかったに違いない。だからこそ、メールでは強気な態度だが、夫の驚きやショックは大きいはずだ。それとも女の戯《ざ》れ言《ごと》くらいにしか考えていないのか。

これまでは、夫の自惚《うぬぼ》れやプライドの高さを軽蔑してきたが、いま初めてそれらに感謝したい気持ちになった。


その三日後は、夫の給料日だった。

いつものようにパートの昼休みに銀行に行って記帳した。

「えっ、どういうこと？」

穴の開くほど通帳のページを見つめた。生活費用の口座に一円も振り込まれていない。そんなことは結婚以来初めてのことだった。

——お前には金輪際一円もやらん。ざまあみろ。

通帳から夫の声が聞こえてくるようだった。

通帳を見つめれば見つめるほど心細くなってくる。ダメだ。そんな弱気じゃ向こうの思う壺《つぼ》じゃないか。兵糧《ひょうろう》攻め《ぜ》にさえすれば妻はすぐ戻ってくる。そして床に手をついて謝り、私が悪うございました、給料を家に入れてください、お願いします。などと、涙ながらに訴えるとでも思っているのか。それがどれほど屈辱的なことかわかっているのだろうか。女にもプライドがあることを知らないらしい。自分は夫が大嫌いだが、屈辱的な思いをさせたいとまでは思わない。情があるからではない。相手が誰であっても、それはやってはいけないことだからだ。そういった感覚は、社会的弱者にしかわからないものなのだろうか。

夫に頭を下げるくらいなら死んだ方がマシだ。

いや、そうじゃない。死んでたまるか。

なんとしてでも生き延びてやる。離婚後の短い人生を目いっぱい楽しまないでどう
仮に恵利の気が変わって弟夫婦がUターンして母と同居するとなったら、すぐにでする。

もアパートを借りよう。もしも気に入ったところがなかなか見つからなければ、嫌がられてもしばらくは実家の二階の四畳半に図々しく転がり込めばいい。それとも、東京の望美のワンルームマンションに寝袋を持ち込んで玄関で寝泊まりさせてもらおうか。そして一ヶ月以内には、なんとしてでも自立する。

実家付近のアパートの家賃も調べておいたのだった。安いところで二万円、高いところでも四万円だった。軽自動車を持っているから、なんならもう少し山奥に入った不便な場所でもいい。それであれば一戸建てでも三万円ほどだ。働けるうちは働こう。早朝から夜遅くまで働こう。土日も働こう。過労で身体を壊したら、そのときは衰えるに任せて死ねばいい。

離婚はウィンウィンでと思っていた。離婚後も、盆正月には娘や孫を交えて夫と食事ができる関係でいられたらと願っていた。本音を言えば顔も見たくなかったが、娘たちの父親である事実には変わりないし、孫にとっても祖父であるのだから、ぐっと我慢して数時間くらいなら笑顔を取り繕えるだろうと考えていた。

それなのに、離婚を切り出した途端に給料を入れなくなるとは……。

電気代やガス代はどうするのか。先週ガスの業者を呼んで風呂を修理してもらったばかりだが、支払いはまだ済んでいない。町内会費やガソリン代の支払いもある。

俺は知ったこっちゃない、ということか。

お前がなんとかしろ、俺は一円たりとも出さないと、そういうことなのか。

これではアカの他人よりひどい。長年連れ添ったのに、夫婦なんてこの程度のものだったのか。

あ、定期預金の通帳が……。

どうしよう。

通帳や印鑑を家に置いたままだった。夫はとっくに家中の引き出しを探し回って見つけたのではないか。不安で居ても立ってもいられなくなったが、午後からも仕事がある。

その日は、なかなか作業に集中できなかった。

パートが終わるとすぐに車を飛ばして家に戻った。

もっと早い時間に戻るはずだったのに、シフト表を前にしての話し合いが長引いてしまった。

玄関に靴を脱ぎ散らかして二階に上がり、貴重品を入れた小さな引き出しを見ると、すべてがいつも通りに収まっていた。ほっとして、その場にへたり込んだが、のんびりしている場合じゃないと思い直し、バネ仕掛けの人形のように、すっくと立ちあがった。

押入れから小ぶりのリュックサックを取り出すと、定期預金の通帳や印鑑、家の権利書などを次々に放り込んでいく。夫婦の財産は半分ずつだと法律で決まってはいても、分ける前に飲み屋の女に貢がれでもしたら、たまったものじゃない。

離婚が決まれば、正直に預金の総額を夫に知らせて半々に分けるつもりだ。そういった公平性を自分は持っているが、夫は怪しい。だからこそ自分が通帳を管理した方がいいのだ。

壁の時計を見上げると、そろそろ夫が帰ってきてもおかしくない時間が迫っていた。リュックサックを背負い、一階に駆け下りて居間を見回した。ほかに何か持って出るものはないかと目で探していると、玄関の戸がガタピシと開く音がした。驚いて廊下から顔を出すと、夫が帰ってきたところだった。

目が合うと、夫はにやりと笑った。今まで見たことのない残忍な光を放っているように思えて、怖くなった。

一刻も早くここを出た方がいい。

「お前、一人で暮らしていけるんか」と、夫は廊下をこちらへ向かって進みながらバカにしたように言った。「家は俺の名義やし、金だってビタ一文やらんでな」

憎くてたまらないといった顔つきだった。どうして、いきなり妻を憎むのか。憎まれるようなことをした覚えはない。自分には何の落ち度もないはずだ。一年三百六十五日、安くても工夫を凝らした美味しい夕飯をいつも用意してきた。手抜きをしたことはないかと問われると……そりゃあ、ある。夫が気にくわないと思うことだってたくさんあっただろう。

だが、その程度のことと夫の差別意識を天秤《てんびん》にかけて、お互い様という言葉で片づけるのは間違っている。自分は夫といるだけで心身に不調を来《きた》して病気になるほどなのだ。その一方で夫は、妻という下女がいた方が心身ともに健康でいられる。その違いひとつをとってみても、妻を非難したり憎んだりするなど、お門違《かどちが》いも甚《はなは》だしい。

だが、なぜ夫婦の関係がそうなってしまったのか。

どこでどう間違えたのか。

「財産は半々やで。法律でそう決まっとるんやから」

「はあ？　なんでお前に俺の家や貯金をやらんとならんわけ？」

俺の家、俺の貯金……。

夫の意識下では、それらは夫婦で築いたものではないらしい。あくまでも「俺の稼ぎ」だけで得たものだと思っている。パートの仕事や家事をバカにしている。

ああ、もっと善良な男と結婚すればよかった。夫がこうも残酷になれる人間だったとは。

仲良く半々に分けて、あっさり別れられると思っていた自分は甘かった。夫は、妻の今後の生活など知ったこっちゃないのだ。それどころか、食うに困って不幸になればいいとすら思っているのが、その顔つきからも窺《うかが》えた。たとえ妻に憎しみを抱くようになったとしても、子供たちの母親であることには違いなく、別れても孫の祖母であり続けるというのに、そんなことはチラリとも頭に浮かばないのだろうか。

「お前、どうやって食っていくんじゃ。あ？」

夫が居間に入ってきた。

気づくと、知らない間に後ずさりしていた。

結婚してから今まで、夫は一度も暴力を振るったことはない。だからといって、今日も絶対に振るわないかと言ったら、自分にはわからなかった。つまり、信頼などしていないのだと改めて思い知った。何より恐ろしいのは、夫の顔つきが、イジメを楽しんでいるように見えることだ。

「離婚したら困るんはお前やろ。おっと、誤解してもらったら困るぞ。何も俺はお前に未練があるわけやないからな。何度も言ったけど、俺はグラマーな若い女が好きなんやから」

そう言うと、夫がソファにドスンと腰を下ろした。ふわっと空気が舞い、夫の臭いが鼻先を掠《かす》めた。次の瞬間、居間を突っ切り、勢いよく窓を開けると裸足のまま縁側に出て、真っ暗な庭に飛び降りていた。

「どうしたんじゃ」

夫は気味の悪いものでも見るような目つきで、ソファに座ったまま伸び上がってこちらを見た。

心臓がドキドキしていた。閉所恐怖症の発作だった。家に閉じ込められ一生ここから出られないような気持ちになって大声で叫び出したくなり、両手で口を押さえていた。

一刻も早くこの家から出たい。

咄嗟に、足許《あしもと》にあった植木鉢を摑んで胸に抱えた。

「これを取りに帰ったんよ」

シクラメンはとっくに枯れていた。土も乾ききっている。

「まだ水をやれば生き返るはずやから」

夫は植物には疎《うと》い。だから、根こそぎ枯れているようなものでも疑問にも思わないようだった。

足の裏が泥だらけのまま縁側に飛び乗り、そのまま居間を再び突っ切って玄関へ一目散に向かった。夫は呆気《あっけ》にとられた様子で、幸いにも追ってこなかった。もしも追いかけてきて、「おい、そのリュックサックには何が入っとるんじゃ、通帳やないんか」などと問われたら……想像するだけで、心臓が口から飛び出そうになった。

玄関先に停めた軽自動車に乗り込み、すぐに発進させて大通りへ出たとき、やっとまともに息が吸えた。

十分ほど走らせるうちに、だんだん気分が落ち着いてきた。

今ごろ夫は、妻の行動を分析していることだろう。やっぱり女は感情的な動物で御《ぎょ》し難いと。

どう思われたっていい。

夫と一緒にいるだけで精神的におかしくなる。

夫は暴力も振るわないし、今のところは浮気も新たなキャッシングも発覚していない。そんな状態で離婚したいと思うなんて、世間の常識から外れているのではないかと思い、ずっと苛《さいな》まれてきたのだが、今まさにその迷いが吹っ切れた思いだった。だって、一緒にいるだけで息がちゃんと吸えなくなる。

だけど、離婚を意識し始めてからずっと、この吹っ切れたり迷ったりを何度も繰り返してきた。今後も、ことあるごとに繰り返すのだろうか。

車のフロントガラスの上を、ゆっくりと星が流れていく。眩《まぶ》しい月の光のお陰で、夜空は青く美しかった。柄《がら》にもなく、たくさんの星が自分を応援してくれているような気がした。というのも、いくらネオンのない田舎でも、これほどはっきりと多くの星が見える日は滅多にないからだ。

離婚するにはそれ相応の理由が必要だと考える人は多いだろう。だが夫といると息苦しく、閉所恐怖症の発作が起きる。それが正当な理由でなくてなんだろう。それだけで十分じゃないか。

こんな状態の女に、いったい誰が離婚に異を唱えられるというのか。

正々堂々と離婚しよう。

少なくとも今より明るい気持ちになれるし、心の安寧《あんねい》を得られるはずだ。

夜空の向こうから、もう一人の自分に見られている気がした。その分身は、最近ちょくちょく思い出すようになった高校生の頃の自分だ。

頑張っとるやないの、中年の自分、応援しとるよ。

そう言って高校生の自分が声をかけてくれている……と、思うことにした。

その夜、美佐緒に電話をかけて、夫との今日のあらましを語った。

「美佐緒の言う通りやったわ。ウィンウィンの関係なんて考えとったバカは私の方だけやった」

——でしょう？　でも闘いはこれからよ。女っていうのはね、たいがい人が好《よ》すぎるの。ちょっと油断した隙《すき》に仏心《ほとけごころ》が芽生えちゃうからね。澄子、絶対に仏心なんか持っちゃダメだよ。だって、男は自分のことしか考えてないんだからね。

「ほんでも、男を十把一絡《じっぱひとから》げにするのもどうなん？　みんながみんなってこともないやろし」

　――それは確かにそう。まともな男も二十五パーセントくらいはいるからね。

「二十五？　そんなん、どうしてわかるん？」

　――シングルマザーを見てたらわかるじゃないの。幼い子供をかかえて離婚する人が増えてるでしょう？　家庭裁判所で養育費を払う取り決めをしても、四分の一の男しか払わないって話、今や有名でしょう？

　よく聞く話だった。残り四分の三の男が払わないというのだから驚いてしまう。離婚して妻とは縁が切れても、子供の父親であることには違いない。それなのに、どうしてこうも薄情なのだろうと、不思議で仕方がなかった。自分の子供の進学や行く末が心配ではないのだろうか。

　――あれはね、女から離婚を切り出したことに腹を立ててるからよ。女の分際で生意気にも離婚を言い出して、いたくプライドを傷つけられたからよ。

「生意気やなんて……それも、女の分際やなんて。そんなに古い考え方なん？」

　――そうよ。でもね、無理もないよ。

「どうして？　美佐緒はそんな卑怯な男どもに味方するん？」

　――男の気持ちを考えてみなさいよ。例えば名字一つとったって、ほとんどの女は結婚するとき抗議することもなく男の名字に変えるのよ。それだけでも男の心理に大きく作用するはずよ。私たち女は自分の名字を変えたくらいで男の一家に吸収されたという意識は全然ないけど、男の方にしてみたら、うちの嫁になったという認識は強烈だよ。そうなると、誰だって女を従属物だと誤解して当たり前なの。それを当然と受け取る社会の仕組みになっているしね。

「なるほど。つまり家来《けらい》の分際で偉そうに離婚を切り出したと感じとるんか」

あっ。

そのとき、ふと小夜子や綾乃や広絵の憎々しげな目つきを思い出した。新年会で、リンダの噂をしていたときのことだ。あの理不尽な憎しみはいったいどこから来るのか、医者に嫁いだ瞳への態度とは大違いで、それが不思議でならなかったのだが、たった今わかった気がした。

高校時代のリンダは、勉強もスポーツもできなかった。つまり自分たちより身分が下だとみんなは思っていた。それなのにリンダは、漫画家として成功した。それが許せないのだ。その一方で、瞳は高校時代から男にモテていたし、顔も可愛いから自分たちより身分が上だった。だから医者の妻になって当然だと納得できる、ということだ。

――生意気にも俺のプライドを傷つけやがって。

夫はそう思っているのだろう。プライドだけでなく、本当は心も傷ついているのではないか。

　というのも、六十歳近くにもなった妻が、それも、たいした稼ぎもない妻が、そのうえ実家が金持ちでもない妻が離婚したいと言っているのだ。

　――アンタのこと大っ嫌いなんよ。別れられるんやったら野垂れ死にもええ。

　妻にそう言われているも同然だ。これで傷つかずに立腹するだけだとしたら、どこまで傲慢《ごうまん》な男なんだ。

　美佐緒との電話を切ってから、ふと思い立って、六十代女性のブログを検索してみた。「離婚」や「一人暮らし」などと打ち込むと、家計簿を公開している女性が何人かいた。

　なんと便利な世の中になったのだろう。一昔前なら、一人暮らしの女の家計簿などそう簡単に覗き見ることなんてできなかったはずだ。

　数人分を見比べてみた。それぞれ経済力の差があるだろうと思っていたのに、みんな似たりよったりだった。家賃が五万円前後で、食費が二万円弱、水道光熱費が一万五千円、その他の雑費を合わせても全部で十万円から十二万円ほどだった。歯医者に通った月は生活が苦しいと書いてある。虫歯にならないよう年に何回か歯石取りに通うというのまで同じだった。趣味だけは人それぞれで、山登りを楽しんだり、休日は読書三昧《ざんまい》だったり、友人と食事に出かけたりしている。贅沢はできないが、夫と別れて良かったと全員が書いていた。

きちんと家計を管理した清潔な暮らしぶりが窺えた。

自分も頑張れば、きっとなんとかなる。

軽自動車で家に戻った。

衣類など身の回りのものを全て実家に運んでしまうつもりだった。パートが終わってからの時間帯だと、この前みたいに夫と鉢合わせしてしまう可能性があると考えて、平日に休みを取った。段ボールは昨夜ホームセンターで買って、トランクに積み込んである。

二階へ上がって洋服ダンスを開けると、端から次々に段ボールに詰め込んでいった。そして二箱目の段ボールを組み立てようとしたとき、ハタと手を止めた。

こんなにたくさんの衣類が本当に必要だろうか。

離婚後の経済力を考えると、何でもかんでも実家に持ち帰って溜め込んでおきたくなっていた。だが、今までほとんど着なかった服を、後生大事《ごしょう》に取っておいてどうするのだ。今後どんなに貧乏になったとしても、やっぱり着ないものは着ないのではないか。

今日は、何の変哲もないブルーのセーターを着ていた。着ていて楽だし、自分では似合うと思っているから、何度も洗濯を繰り返したせいで生地が毛羽立ってしまっている。が、それでもまだ着ようとしている。

きちんとしたワンピースやスーツ、堅苦しい牛革バッグなどを使う機会はもうない。必要なときが訪れるとしたら、望美が結婚するときくらいだろう。そしてその可能性も今のところは低いし、ずっと先のことかもしれない。そうであれば、そのときは買うか借りるかすればいい。

タンスの中から本当に必要なものだけを取り出してみよう。

洋服をいったん元に戻した。そして、じっくりと眺めてみる。

着たいのは、これと、これと……これ。

何度見直しても、今後も確実に着ると思える服は、思ったよりずっと少なかった。

そうだ、身軽になろう。心身ともに。

貧乏になっても、いくら何でもTシャツくらいは買えるだろう。

新しいスタートを切るんだ。今がそのときだ。

もう五十八歳だけど、まだ五十八歳だ。そう無理やり自分に言い聞かせながら生きていこう。

そう決心してから、あらためて部屋の隅から隅まで見回してみると、本当に必要なものは下着と少しの洋服、それにお気に入りの文房具と、何度も読み返したい数冊の本、そしてなんといってもミシン。それだけだった。

名残《なごり》惜しいものもたくさんあるにはあった。タンスを見れば、アニメのシールを剝がした跡や幼かった娘たちの落書きがある。だが、きりがないと諦めた。

棚に並んでいるたくさんのアルバムの背表紙を眺めた。娘たちのために、写真はすべて持って出た方がいいのだろうか。今後、娘たちは母親のいないこの家に帰ってくることはないのではないか。帰省するなら、ここではなくて祖母も母もいる実家の方へ来るのは間違いない。だったら全部持って出た方がいいだろう。

いや、待てよ。そんなことは娘たちに任せよう。三十歳を過ぎている大人なのだ。欲しいと思うなら自分で取りにくればいい。今のところ、自分はゆっくりとアルバムを見返す心の余裕がない。ほとんどのページに夫が写っているからだ。きっと「いいときもあった」と思い、離婚を決意した自分を責めることだろう。そういった感情が消えて、平然と眺められる日がいつかは来るのだろうか。

母を見ていると、怒りや憎しみの感情が若い頃より長続きしなくなっているように見える。それもあって、母は更に明るくあっさりした人物になったように思う。人間誰しも年齢とともに忘れっぽくなっていくのは、天から授かった最後の贈り物なのかと思うほどだ。

必要なものを段ボールに入れ終え、もう一度中身を見てみると、驚くほど少なかった。

うん、これだけでいい。

軽い段ボールを持って一階に下り、台所に入った。手に馴染んだお気に入りの鍋や調理道具をいくつか選び、そのあと玄関に行って下駄箱を開けて、ウォーキングシューズをレジ袋に入れた。

冬物の嵩張《かさば》る衣類は既に実家に置いてあるからか、たった二箱の段ボールで足りてしまった。

これらを実家に持ち帰ったら、目敏《めざと》い母は何か気づくかもしれない。となると、いつまでも夫が出張中だと嘘をつき続けるわけにいかない。

案の定、家に帰ると母は開口一番に言った。

「どうしたん、その荷物」

「実は……離婚しようと思ってね」

「えっ？」

そう言ったきり、母は目を丸くした。

「冗談とは違うんやね？」

こちらがニコリともしないからか、真剣な気持ちが伝わったようだった。

「別れても食べていけるんか？」

ああ、この人が母親でよかった。真っ先に「世間体が悪い」などと言われたら、母を恨むところだった。

「ダンナと同じ屋根の下におるだけで、私、体調が悪うなるんよ」

「そういうことは、女なら誰にでもある」

母が当たり前のように言ったので驚いた。そんな大げさなだとか、繊細《せんさい》ぶってだとか言って笑われるだろうと思っていたのだ。

きっと母にもそういった経験があるのだろう。そして、母の知り合いの女たちの多くが同じ目に遭ってきている。母の世代ならば誰しも、夫の男尊女卑的な考え方に苦しめられてきたことは想像に難くない。だが、妻の側も幼い頃から女より男の方が偉いと洗脳されて生きてきたから、それが当たり前になっている。一方、そういう世代ではない自分たちは、母の世代より男尊女卑に対する拒否反応が大きいから、その分苦しみが深い面もあるに違いない。

「私もお父さんにひどう叱られたときは、決まって頑固な便秘になったもんや」

「お母さんもそうやったん。知らんかった」

「でも澄子、後悔せんよう夫婦でようよう話し合《お》うてみた方がええよ」

「あの人と話し合いするのなんか不可能やわ」

夫の価値観や女性に対する考え方は、この先も決して変わることはないだろう。そもそもいまだになぜ妻が離婚を申し出たかをわかっていないのではないか。

そして何より、夫は妻に対して最低限の情さえもない。こちらが困ることがわかっているのに、給料を家に入れなくなり、平気な顔をしている。なんと情け容赦のないことか。

結婚当初の優しかった夫はもういない。あの優しさにしても、新鮮な女に対する興味から来ていたものに過ぎない。あんなのは、すぐに醒《さ》める種類のもので、そのあと夫婦の情だとか同志としての絆《きずな》などというようなものは、夫の側には育たなかった。

「昔から変わっとらんなあ」と母が言う。「過渡期なんじゃわ」

「母さん、過渡期、過渡期って、いつまで言うとるの？　戦後何年経つと思っとるの？」

「人間は原始時代から変わらんよ。世の中は弱肉強食じゃ。周りを見とったら一目瞭然じゃわ」

「そうかもしれんけど、ほんでも……」

いったいいつまで人類は生まれ持った性や肌の色で差別し続けるのだろう。いつまでが過渡期なのだろう。過渡期を終えて新しい時代が来ることが果たしてあるのだろうか。人は他人との差異を見つけては、少しでも優位に立とうとする。それも努力で得たものでなく、生まれ持った何かによって。そして男は、何代にもわたって深層心理に埋め込まれた、女に対する優越感を持っている。

「母さん、私はもう、あの人とは無理やわ。やり直せん」

そう言いながらも、本当は「やり直す」という言葉の意味がわからなくなっていた。嫌いだから別れるという単純明快な理由ではいけないのだろうか。なぜやり直さなければならないのか。無理してやり直すことに何の意味があるのだろう。生涯打ち解けることもなく、表面を取り繕って生きることのどこに意義を見出せというのか。そんなのは時間の浪費以外の何物でもないじゃないか。

友人同士の仲違《なかたが》いとは根本的に違う。そもそも友人とは一蓮托生《いちれんたくしょう》の仲ではない。話し合うことによって誤解が解け、夫に対する生理的嫌悪感が消え、手をつないだり抱きしめ合ったりする……そんなのは、どう考えてもありえない。

今度、女子会で尋ねてみよう。

――この中で、ダンナに抱きしめられたいと思う人、おる？

結果は聞くまでもないことだ。

いったい結婚とは何なのだろう。恋愛ひとつとっても、周りが見えなくなるほど燃え上がるのは最初だけで、数年で飽きがきて、別の人を好きになる。それが自然のことなのに、結婚した途端に一人の人と添い遂げなければならない。子供には両親が揃っていた方がいいとする考えなら少しはわかる。しかしそれ以外で、我慢を重ねた上で結婚生活を何十年も続けることに何か意味があるのだろうか。

心の中に複雑に絡み合った愛憎を抱えて、なんとか今までやってきた。その感情が、年齢を重ねて枯れたり薄くなったりすればいいが、そんなことはありえない。あっさりと諦めの境地に達したりもしない。それどころか還暦に近づいて、あと何年生きられるのかと死を意識しだすようになると、未来の可能性が少なくなる分、相手に対して恨みつらみが強くなる。この行き場のないドロドロとした感情から解放されるには、離婚するしかないではないか。人生はもう残り少ないというのに、泥沼にどっぷりはまったまま生きていくなんて、まっぴらごめんだ。

考えれば考えるほど……結婚の意味がわからなくなってきた。

「あの人はね、私が離婚を切り出した途端、給料を入れなくなったんよ」

「えっ？」と、母は思いきり顔をしかめた。「それはいかん。そうか、あの婿さん、その程度のお人やったんか」

母の気持ちが、いきなり離婚に納得する方へ傾いたのが見てとれた。

「夫婦仲が悪いと体調も悪うなる。なんといっても澄子の健康が一番じゃからの」

「ありがとう」

「少しでも財産をぶんどれるようにせんと、あんたの老後が心配じゃわ」

「うん、頑張ってみるよ」

若いときに思い描いていたおばあさん――縁側でニコニコして日向《ひなた》ぼっこをしている――にはもうなれないのだと思った。だが、自分が六十歳に近づいてみると、そのイメージが実は、年齢差別だったことがわかる。老女にも激しい感情の起伏があり、一人の人間として、まだまだ苦しい人生を生きていかねばならないのだ。それどころか、年を取るほどに体力は衰え、精神的にも生きているのがつらくなっていく。

老後に手をつないで歩く老夫婦に憧れていた時期もあった。仲睦《なかむつ》まじいおじいさんとおばあさん……。自分はそういう未来を全て失ってしまう。でも、それでいいのだ。そもそも自分たち夫婦は、このまま結婚生活を続けていっても、手をつなぎ合う老夫婦にはなれない。

千鶴と会うのは久しぶりだった。

ランチの約束をしても、千鶴に用ができたり体調が悪かったりで、今日までのびのびになっていた。今日は、コウノトリの郷公園《さと》までドライブする約束だった。

弁護士に相談するために、思いきって姫路まで運転していったことで、ほんの少しだが自分の殻を破ることができたように感じていた。たったそれだけのことでと人は嗤《わら》うだろうが、あちこち一人で出かけてみようかと思うようになったのは初めてのことだった。カーナビさえあれば、それほど迷わず遠出ができると知ったこともある。それ以来、ドライブが好きになった。

運転歴は四十年近くにもなるが、いつも慣れた道ばかりを通っていた。どうしてこうも恐がりになってしまったのだろう。子供の頃から親に褒《ほ》められることが少なかったせいだろうか。自分に自信が持てないせいで、生活圏が狭まり臆病《おくびょう》になっていたとは、この年になるまで気づかなかった。

それにしても、気のせいだろうか。助手席に乗り込んできた千鶴の表情が、ひどく暗い気がするのだけれど。

「お久しぶり。あれからどうなったん？　千鶴は離婚を切り出せたん？」

「……うん、まあ」

予想外の気のない返事だったので、驚いて助手席の千鶴を見た。

前回会ったときに、互いに夫に離婚を切り出そうと約束した。会わなかったここ数週間で、夫との間にどんなやりとりがあったのか、それを怒濤《どとう》のごとく報告し合えると思い、今日は勇《いさ》んで来たのだった。

「日本という国はさ」と、千鶴は前方を見たまま唐突に言った。「シングルでいる女を、市民として認めとらんよね」

「は？」

信号を左折すると、いきなり深い緑に囲まれた。ほかの車と滅多にすれ違わないほど交通量が少ないのに、広い道路が整備されている。見渡すと、点在する農家住宅はどれも大きくて立派だった。真っ青な空と濃い緑のコントラストがあまりに鮮明すぎて、いつか見たシルクロードの風景を描いた有名な絵画のように、嘘っぽく見えた。

「だって澄子、年金ひとつ考えてみてもそうでしょ。厚生年金っていうのは、弱い立場の女が収入の多い男に養われることが大前提になっとるんよ」

さっきから千鶴は何の話をしているのだろう。

「国民年金だってそうやわ。夫婦合算でやっと最低限の暮らしができるかどうかの線だわ」

「それは、確かにそうやけど？」

「つまりね、この国では離婚した女は食べていけんような仕組みになっとる」と、千鶴は言った。

「そう……かもしれん。一人暮らしは不経済っていうし」

千鶴の剣幕に押され、ついつい同調してしまう。

「澄子、あのね、家族というのはな、安上がりに暮らせる共同体なんよ」

身も蓋《ふた》もない言い方だった。なんだか悲しくなってくる。

いつだったか、望美が言ったことがあった。

――ポテトサラダなんて面倒で作ってられないよ。レンジでチンしたジャガイモを食べて、ハムときゅうりをかじって、あとでマヨネーズを舐《な》めれば同じじゃん。胃の中に入れば同じことだと望美は言った。材料が同じだから栄養素も同じだと。その望美の考えと、「安上がりに暮らせる共同体」とが、「身も蓋もない」という共通項で、頭の片隅で結びついた。

「でも、千鶴」と反論を試みた。「本来は年金も税金も、男とセットを組まんでも、一人一人が自立した人間として扱われるようになるべきやと思うわ」

生涯独身かもしれない望美のことも心配になったので言ってみた。

「まあね。女は男の付属物やないからね」と、千鶴の声が小さくなった。

駐車場に車を入れて、二人で外に出た。靴の下の土が柔らかい。

三月とはいえ春は名のみで、まだダウンジャケットが手放せなかった。足許《あしもと》の花壇では、アネモネの赤い花が可憐《かれん》に揺れている。

肩を並べて里山の風景を眺めた。

「ほら、あそこ」

千鶴が指を差す方向を見ると、コウノトリが翼を大きく広げて悠々と飛んでいた。

「実はね……」と千鶴は続けた。「三日前だったかな。夫に離婚を切り出したんよ」

「それで?」と話の先を促しながら、ついつい千鶴の全身に目を走らせてしまった。

ひどい暴力を受けたのではないかと心配になって。

「それでね、私ね、もうやめたんよ」と、千鶴がぽつりと言った。いつになく聞き取りにくい声だ。

「え？　やめたって何を？」

「だから、離婚するの、もうやめた」

「どうして？」

「だってアイツ土下座するんやもん。俺が悪かったたって号泣したんよ」

「だって、そんなのは……」

暴力亭主というものは、みんなそうするのではなかったか。テレビドラマでも定番のシーンじゃないか。千鶴はそういった修羅場を、これまで数えきれないくらいくぐり抜けてきたのではないのか。

――千鶴、あんた、バカやないの。今度こそ決着をつけるって言うたやないの。もうこれ以上は我慢できんって言うとったくせに、それやのに、いったいどうしたん？

本当はそう尋ねたかった。背の高い千鶴の肩を揺すって、大声でそう問い詰めたかった。

でも、口には出せなかった。千鶴の硬い横顔が、一切の質問を拒否していたからだ。唇を真一文字に結び、厳しい目つきで前方のコウノトリだけを見つめている。

「だってさあ」と、千鶴はいきなり大きな声を出した。「離婚したら食べていけんやないの」と、やっと千鶴はこちらを見た。今日初めて目が合った。

「女はみんな我慢してきたんやわ、たぶん原始時代からそうなんよ」

「原始時代から？」

母と同じことを言うので驚いた。

千鶴のこちらを見る目が、なぜか敵に対するような目つきに変わっていた。

——澄子、何か文句ある？

そう言いたげに見えた。

夫から暴力を受けていない女に何がわかる。そう言いたいのだろうか。

「それに、長年一緒に暮らしてきた情もあるしね」

今度は打って変わって千鶴はしおらしく言った。

離婚を決意して以降、「情」という言葉を耳にするのが嫌だった。その一言で、心は罪悪感でいっぱいになる。世間一般から見たら、夫に非はないように見えるだろう。となると、夫を捨てようとしている極悪な妻と見る人もいるのではないか。

——あまりに冷たいやないの。もうすぐ六十歳になる夫を見捨てるんか？　今さら夫の世話を放棄するなんて信じられんことだわ。

離婚を意識しだした頃から、常に目に見えない誰かに非難されている気がして、苦しくてたまらなかった。

「夫婦って、ええときもあれば悪いときもあるよ」

千鶴は目を合わさないまま言った。そんな使い古された言葉を千鶴が言うとは思わなかった。その言葉が昔から大嫌いだった。夫の暴力さえも正当化して、女に我慢を強いる言葉だ。

返事をしないでいると、千鶴はなおも言った。「女はみんな我慢しとるんよ」

——それなのに澄子は離婚する気なんか？ あんた、間違っとるよ。

そう言いたいのか。

千鶴と別れた帰り道だった。

あれほど離婚の決意が固まったと思ったはずなのに、またもや不安に襲われていた。一日のうちでも、朝と夕方ではまるきり気分が違う。朝目覚めた瞬間は、毎日のように夫をかわいそうだと思う。一人ぼっちになったら寂しいだろうと考える。娘たちだって、よっぽどのことがない限り、父親には寄りつかないだろう。長年ひとつ屋根の下で暮らしてきた情もある。子供が幼かった頃の海水浴などをふと思い出してしまう。いいこともたくさんあった。

——同情する必要なんかないんだよ。だから女はバカだっていうのよ。

美佐緒の声が聞こえてきそうだった。

でもね美佐緒、そうは言っても、と心の中で言い訳しそうになる。

それでも起床から少し時間が経ち、冷たい水で顔を洗い、洋服に着替えてシャキッとする頃には、夫に対する気持ちの百パーセントが怒りに変わる。そういった毎日だった。

姑のことも、夫とセットで思い出すことが多くなった。姑は二年前に亡くなったが、いまだに腹が立つことばかりだ。姑は、私が夫にレジ袋を持たせると怒った。老舗の和菓子屋の紙袋なら夫に持たせてもいいが、大根の葉やネギの先が顔を覗かせているようなレジ袋などは大の男に持たせるべきではないと、何度も諭《さと》された。

古い。

本当に古い。

どうしてみんな揃いも揃って考えが古いのか。

そりゃあ、人それぞれ顔が違うように考え方も様々だろう。だけど、自分の考えを人に押しつけるのは間違っている。姑は、「常識のない嫁を教育してやっている」と思っている節があった。

そのとき、メールの着信音が鳴った。夫からだった。

――わかっとるやろうけど、家は俺のもんじゃ。貯金も七割方は俺がもらう。家の中にあるもんでお前が欲しいもんがあったら、何でも持ってってええぞ。

俺は慈悲《じひ》を垂れてやっているというような文面に、心底うんざりした。

それにしても信じがたいことだ。家のローンも払い終わり、貯金も少しずつ頑張ってきた。それを、妻の貢献あってこそなどとは夫が露ほども思っていないことに傷ついていた。それらすべてを「俺の稼ぎ」でやってきたのだと思っているとは。

そして、長年連れ添ってきた妻には、ほんの少しの金を与え、鍋でも家具でも茶碗でも好きな物を持っていけ。俺は施《ほどこ》してやってるんだということらしい。

千鶴の話を聞いて迷いが生じたと思ったが、とんでもないことだった。夫にこんなことを言われたら、本当に愛想が尽きる。自分は夫の今後について心配をしていたが、夫はこちらのことなど全く考えていない。

本性を見た思いだった。


あまりに急なことだった。

あんなに元気だった母が、くも膜下出血で死んでしまったのだ。

なかなか風呂から上がってこないので見に行くと、脱衣場で倒れていた。すぐに救急車を呼んだが、医師の懸命な治療も空しく、帰らぬ人になってしまった。

母の安らかな死に顔を見つめていると、幼い頃の思い出が次々と蘇り、涙が止まらなかった。しかし、葬儀の準備をしなければならず、それらに忙殺《ぼうさつ》された。つらくなると、「苦しまずに亡くなられました」という医師の言葉を思い出して自分を慰めた。通夜、そして葬式と慌ただしく過ぎていったが、それが終わると、親戚も子や孫も三々五々帰っていった。

静かになった家の中に、私と弟夫婦の三人が取り残された。

「姉ちゃん、この家はもう売った方がいいんじゃないかな」と、慶一が言った。

その隣で恵利はノートパソコンを開いている。

「え？　ここを売る？」

夫と別居していることを、まだ言っていなかった。母が亡くなったから、空き家になると思っているのだろう。葬式では夫も親族席に座った。一度も目を合わせず一言も口をきかなかったが、葬式の慌ただしいスケジュールの中では、夫婦仲がぎくしゃくしていることなど、誰も気づかなかったに違いない。そもそも葬式の場では、にこやかでいる方がおかしなことだ。

「俺にも相続の権利はあるんだしさ」

「話が違うやないの。母さんの面倒を最後までみる代わりに私にくれるって言っとったでしょう？」

「姉ちゃん、最後まで面倒みたって言える？　たまたま泊まりに来てただけだろう？

それどころか、姉ちゃんは客として来て、母さんにご飯まで作ってもらってたんじゃないの?」

「それは……」

その通りだった。慶一には言えないが、この家から給食センターへ働きに行くとき、五十八歳にもなった娘に弁当を持たせてくれた朝も少なくなかった。それも、周りに褒められるような彩《いろど》りのきれいな弁当を。

「この家を売って、姉ちゃんと俺で半々に分けようよ」

慶一がそんなことを言い出すとは思ってもいなかった。慶一夫婦は共働きで、恵利は高給取りだ。

――離婚するつもりやから将来が不安なんよ。実家を私に譲ってほしい。

本当はそう言いたかった。だが、キャリアウーマンの恵利の前で言うのは、あまりに情けない気がした。

「山分けしようっていうのは冗談だよ。本当は、この家が負の遺産になる気がして心配なんだよ」

「お義姉《ねえ》さん、私ネットで調べてみたんですけど、値を下げてもなかなか売れないようですよ」

恵利が静かに言った。田舎はどこもかしこも過疎化が進み、空き家が急増しているのは知っていた。

「この近所でも売り物件がたくさんあるんです。例えば、この物件です」

そう言って恵利は、それまで見ていたパソコン画面をこちらに向けた。「三百坪もある家屋敷がたったの千五百万円で売りに出されてるんです。それでも買い手がつかないようです。いつかはお義姉さんも慶一さんも亡くなるでしょう。そのあと望美さんや香奈さんが相続することになると思うんですが、このまま空き家にしていても大丈夫なんでしょうか」

「姉ちゃん、古い家は財産になるどころか解体費用に何百万もかかるらしいし、解体して更地《さらち》にしたら固定資産税が六倍になるんだよ」

「うん、知っとる。テレビでやっとった」

「だから姉ちゃん、売れるうちに売ってしまおうよ。負の財産を抱えているのがなんか心配でさ」

「それは、そうなんやけど……」

「なんだかはっきりしないね。この家をこのままにしておいたら、毎年の税金だって払い続けなきゃならない。誰も住んでないのにもったいないじゃないか。姉ちゃんとしてはどうしたいの？」

「ごめん、実は私……離婚する予定でね」

「えっ、聞いてないよ。本気なの？」

「お義姉さん、ほんとですか？」

夫婦揃って目を丸くしてこちらを見ている。

「いつからそんなことになってたの？　母さんは知ってたの？」

「母さんには言った。一応は賛成してくれたんやけど」

「離婚の原因は何なの？」

「なんて言えばいいのか……早い話が夫源病やね」

「ふうん」

恵利だけでなく、男の慶一が夫源病とは何の病気かと尋ねないのはさすがだ。

「そうか、そうだったのか。姉ちゃんも苦労するね。で、ダンナはどう言ってるの？」

「離婚はしてくれるらしいけど、財産分けはしない、全部俺のもんやって言っとる」

「お義姉さん、それはおかしいですよ。きちんと調停申し立てをなさらないと」

「うん、それはわかっとるんやけど、大ごとになるのが、どうも嫌で」

実際、怖気づいていた。どうすればいいのかわからない。夫が離婚に同意したのだから、財産を半分ずつ分けて、さっさと別れられると思っていた。それなのに、夫が「全部俺のもんや」と言い張るのなら、一文無しで別れるか、さもなければ、恵利が言ったように調停を申し立てるしかない。

美佐緒も、きちんと財産分与をしてもらわなければ後悔すると言った。一日も早く離婚したいのに、わざわざ調停を申し立て、そこでも決着しない場合は裁判になる。終わるまで一年半くらいかかると弁護士は言った。調停委員にもプライベートなことを話さなければならないし、夫と争うのも精神的にくたびれ果てる気がする。

いったい、どうするのが一番いいのか。

「そんな大変な事情がおありなら、この家はお義姉さんのいいようにしてくださっていいですよ。ねえ、慶ちゃん」

「うん、そうだね。この家は姉ちゃんに譲るよ」

「本当に？」

「俺だって、自分が生まれ育った家がなくなるのは寂しいからね。姉ちゃんがここに住んでくれれば、俺もときどき帰省できるし。そのときは泊めてくれよな」

「当たり前やないの。歓迎するわ」

持つべきものは弟だ。そして賢明な弟が選んだ妻の恵利も、このうえなく優しい女性だ。感激で涙が出そうだったが、即座に、「ただ……」と恵利が言い淀《よど》んだ。

「恵利さん、この際、遠慮なく何でも言うてちょうだい」

「大変言いにくいのですが、お義姉さんに一筆書いていただきたいんです。例えば家の修繕費用や更地にする費用などは、私たちには一切請求しないと」

「それは……もちろんやわ」

「でしたら、すぐにでも家の名義をお義姉さんに変えていただけますか？」

「うん、わかった」

　ついさっきまで、家がもらえることを単純に喜んでいたが、それは果たして正しいことだったのだろうか。廊下の床があちこち凹《へこ》んでいることや、襖《ふすま》がきっちり閉まらないことなどが気にはなっていた。生前の母が、白蟻《しろあり》の仕業《しわざ》ではないかと言っていたこともある。

　家の修繕にかかる費用を娘たちに負わせるわけにはいかない。この家をもらって本当に大丈夫なんだろうか。


　家には帰らず、実家からパート先へ通うようになって二ヶ月が過ぎようとしていた。母亡き後の実家での暮らしで、日々寂しさが募っていた。自分にとって、生まれて初めての一人暮らしだった。だが、だからと言って夫のもとに戻りたいとは露ほども思わない。夫の姿を目にしないで済むのは本当に快適だった。しかし、何度メールでやりとりしても離婚話がなかなか進展しないので、鬱々とした毎日が続いている。

　財産を半々に分けてあっさり別れられると思っていたのに、夫はいまだに家と預金の七割方は俺のものだと言い張っている。

あれはいつだったか、「夫の稼ぎは家族全員のものだと思っているのは妻の側だけだ」と雑誌に書かれているのを読んだことがある。夫は自分の稼ぎは自分ひとりのものだと疑いもしないのだと。結局この世は、働かざる者食うべからずなのか。育児や家事なんて無料奉仕にすぎないのだから。

これまで自分は、家事や育児を給料換算するフェミニストたちを軽蔑してきた。多くの女は夫や子供のために家事に精を出している。家政婦ビジネスでもあるまいし、必要最低限のサービスで済まそうなどとは考えていない。日々工夫を重ね、少ない予算で美味しい料理を作り、前日と違う献立を毎日考え、家族が風邪を引いていないか、寒くはないか、暑くはないか、疲れてはいないかと常に心を配り、学費や老後のために毎月少しずつでも預金に励み……数え上げたらきりがない。そんな家族への愛情を給料換算するなんて意味がわからない。ずっとそう思ってきた。

だが……。

――パートなんて、はした金。

夫はそういう意味のことを言った。家事育児に対する労《ねぎら》いなど欠片《かけら》もない。とはいえ、世間では妻の稼ぎの方が多いという理由で嫉妬に燃え、モラハラに及ぶ夫も少なくないと聞いている。つまり、どうあろうが男は自分がお山の大将でないと気に食わないということだ。

やはり女はどう転んでも損なのか。あれこれ考えてみても、結婚なんてするもんじゃないという結論しか出てこない。となれば、長女の望美の結婚しない生き方こそが正しいことになる。

ああ、金持ちになりたい。お金のない人生とはなんと惨めなものなのだろう。住む家だけは確保できたが、恵利の強い希望で一筆書かされた。便箋《びんせん》にさらりと書けばいいと思っていたら、公証役場に行って正式に証書を作成するよう言われた。聡明な恵利がそこまで言うということは、田舎の家を持ち続けるのは今やそれほどのリスクが伴《ともな》うのか。それを考えると、情緒不安定に拍車がかかった。

このままブレーキをかけずに岸壁から海に突っ込んでしまおうか。それともスーパーの屋上から飛び降りた方が一瞬で済むのか。

そんなことを思いながら、パートからの帰り道に車で信号待ちをしていると、美佐緒からメールが届いた。

――澄子、あれからどうなった？

――どうもなってない。鬱になりそう。なんか死にたくなった。

そう送信すると、すぐに美佐緒から返信があった。

――澄子、大丈夫なの？　死なないでよ。短気は損気だよ。相手の思う壺だよ。東京に遊びにおいでよ。

東京か……。

旅行すれば気が晴れて、何か良い考えが思い浮かぶこともあるのだろうか。

試しに行ってみようかな。

うん、行こう、東京へ行こう。

迷子になってもいいじゃないか。それがどうした。お上《のぼ》りさん然として誰彼構わず道を尋ねればいいではないか。田舎者であることには間違いないし、そんなの恥でも何でもない。

車を路肩に停めて美佐緒に上京する旨を送ったあと、望美にもメールすると、すぐに返信があった。

——母さん、歓迎するよ。東京駅まで迎えに行ってあげる。一晩だけなら泊めてあげてもいいよ。

実家の母が亡くなってから、望美からのメールが頻繁になった。子供にまで心配をかけて情けないと思う反面、こんな自分でも心配してくれる人がいると思うと、しみじみと有難さが身に染みた。

仕事の休みが取れたので、二泊三日で東京へ行った。

望美は中央線沿線の阿佐ヶ谷《あさがや》に、美佐緒は八王子《はちおうじ》に住んでいる。

一日目は望美にスカイツリーを見に連れていってもらった。そのあとは、ロココ調のおしゃれなカフェでお茶を飲み、隅田川《すみだがわ》を船で観光した。もうそれだけで幸せな気分になって気が晴れていた。夫と二人ならきっと楽しくないだろう。ことあるごとにバカにされ、夫の知らない知識を口にすると、すぐに機嫌が悪くなる。

ああ、やっぱりもう元には戻れない。

これからも、今日のように自由に空気を吸いたい。貧乏になるのは覚悟している。今だって世間から見れば貧乏な部類だ。田舎で暮らしていると特に感じないが、銀座に来てみたら、すれ違う中高年女性たちは、まるで女優みたいに颯爽《さっそう》と歩いていて、その服装からしても格段に裕福そうだった。

望美が大学四年生で香奈が大学一年生だったときの日々――みっともないほど節約し、土日も休みなく働き、夕方になると体力の限界を感じてぶっ倒れそうになった――を思えば、何だって乗り越えられる気がした。

その夜は、望美のワンルームマンションに泊めてもらった。母親が来るからと部屋を片づけたのか、きちんと整理してあったが、それでも想像以上に狭かった。望美は自分のベッドを譲ってくれ、望美自身は寝袋で寝た。

部屋の電気を消して目を瞑ると、今日見た光景が次々と思い出された。望美にカフエヤレストランに連れていってもらったとき、熟年夫婦が向かい合ってコーヒーを飲んだり食事をしているのを何度も目にした。そのたびに落ち込み、思わず目を逸らしていた。

自分は一対の夫婦という枠に収まることができなかった。それは「人並み」という枠からこぼれ落ちてしまうことだ。そう思うたび、結婚して以来何十年にも及ぶ努力や創意工夫が水の泡になるようで虚しさが募った。

だがそのとき、隣席の妻が夫に尋ねる声が聞こえてきた。

――ねえ、あなたはどう思うの？

さっきから何度も繰り返されていた。店内を見回すふりをして盗み見ると、夫はさもうるさそうに妻をジロリと見て眉根を寄せた。そのうち妻は諦めたのか、ふうっと息を吐いてから鰐革《わにがわ》のバッグからスマホを取り出して操作を始めたのだった。

それをきっかけに、よくよく観察してみると、一言も口をきかず黙々と食事をしたり、それぞれにスマホをいじったりして、会話が全くない熟年夫婦が少なくなかった。

みんな我慢して夫婦を続けているのだろうか。妻は夫の年金のおこぼれに与《あずか》るために。そして夫は、妻という名の下女がいれば何かと便利だし、将来寝たきりになったときのヘルパーを無料で確保するために。それに何より、今さらお互いに一人暮らしを始めるのは大変なことだ。長年にわたって住み慣れた家は物を溜め込みがちで、物の移動や処分を考えると引っ越しも億劫《おっくう》だ。特に女は、旧姓に戻す手続きが面倒だ。考えただけでも、その煩雑《はんざつ》さに頭が痛くなってくる。

パッと目を開けた。真っ暗だと思っていた部屋の中は、暗闇に目が慣れたせいで明るく感じた。カーテンの隙間から街灯の光が差し込んでいる。

だけど……。

人生終盤に向かって今さらジタバタするのは愚か者のすることだ。そうなる前にカタをつけ、早々に人生をやり直すべきだったのではないか。下の子が成人してから既に十年が経過していることを思えば、なぜもっと早く踏ん切りをつけられなかったのかと歯ぎしりする思いだった。もしそうしていれば、四十代後半からの人生を、明るく健康的に過ごせたのではないか。

だがもう、その貴重な十年は失われてしまった……。


翌日は、美佐緒に案内されてリンダが指定した待ち合わせ場所に向かった。

青山の大通りに面したガラス張りのカフェは、あまりに都会的な雰囲気だったので、さすがに気後《きおく》れした。周りを素早く見回し、己《おのれ》の服装や髪型を顧《かえり》みずにはいられなかった。水を運んできた店員が、あなた田舎者でしょうと嘲笑《あざわら》っている気がして落ち着かない。

ふと向かいに座る美佐緒に目をやると、全身ユニクロなのに全く気にする風もない。それを見て少し落ち着きを取り戻し、自分も美佐緒の態度に倣《なら》うことにした。

リンダはまだ来ていなかった。腕時計を見ると、まだ約束の十五分も前だった。

女子会などでも、本名の林田よし子と呼ぶ人はいなくなった。そういうことも影響したのか、今日はかつての同級生に再会するというよりも、漫画家の星川リンダという有名人に会うといった気持ちの方が強い。都会で活躍するリンダの変貌ぶりが想像できなかったし、片田舎の高校で同級生だったことが、夢か幻だったように思えてくる。

「実はね、リンダも離婚経験があるのよ」と美佐緒が言った。

ピンとこなかった。リンダが離婚したことよりも、結婚していたことの方が意外だった。仕事だけを頑張ってきた人生だと勝手に思い込んでいた。

高校卒業以降のリンダのことは何も知らなかった。ネットを検索しても顔写真は出てこないし、プライベートな情報も見当たらない。コミック本のカバーにも、生年月日はもちろん出身地さえ載っていない徹底ぶりだ。

リンダが店に入ってきたのが見えた。入り口のところで店内を見回し、目で探している。美佐緒が高く手を挙げると、にっこり笑ってこちらに向かってきた。

四十年も会っていないのに、すぐにリンダだとわかったのは、高校時代と同じで、優しげで気弱そうな顔つきだったからだ。漫画家として大成したのだから、きっと見るからに高級な服に身を包み、ゴージャスな雰囲気を振り撒《ま》きながら堂々と胸を張って現れると思っていた。斜め向かいに座ったリンダがダウンジャケットを脱ぐと、トレーナーにジーンズという男子学生のような出《い》で立ちだった。

「久しぶり。堀内さん、相変わらずスマートで全然変わらないね」と、リンダは私を旧姓で呼んだ。

高校のとき以来だから変わらないわけはないのだが、リンダの言わんとするところはよくわかった。会う前は、互いに誰だかわからないほど老けてしまって、きっと変貌を遂げているだろうと想像していたのだが、意外にそうでもなかった。年齢相応に皺やたるみが加わっただけだ。

「もしも堀内さんが離婚したら、私たちバツイチ三人組だ」とリンダは明るく言った。

「林田さんが離婚したことは、さっき美佐緒から聞いたばっかり」

「私は結婚して十年目で別れたの。まだ三十代だった。夫の男尊女卑に耐えられなくて離婚したの。子供がいなくてよかった。もともと子供は苦手だったし。堀内さんのことは美佐緒から聞いたよ。暴力も借金も浮気もないのに離婚するなんて、おかしいんじゃないかと迷ってるんだって？」

「うん、まあそんなところ」

「そんなの普通のことだと思うよ。だって離婚原因の一位は性格の不一致でしょう」

「それはそうなんやけどね」

「そういう私も、離婚したことをずっと後悔して鬱々としてたけどね」

聞けば、離婚後は有名漫画家のもとで背景画とベタ塗りを担当していたが、給料は恐ろしく安くて、他にもアルバイトをかけもちしていたから休日もなく、朝から晩まで働き通しで、実家に逃げ帰ろうかと悩んだこともあったという。

それまで漫画家を目指していられたのも、中堅商社に勤める夫の稼ぎのおかげだったことが身に染みてわかった。次回もまた新人賞が取れなかったら漫画家になるのは諦めようと覚悟を決めて応募したら、幸運にも受賞したらしい。だが、デビュー作が本屋に並んだとはいうものの、あまり売れなかったし、次の仕事の注文が入ってこず、このまま終わる恐れもあった。編集者と言い争うことも多かったらしい。

「編集者から見たら、私は付き合いにくい相手だったと思う。ただでさえ遅いデビューだし、私レベルの漫画家なんか掃いて捨てるほどいるもん。そのあとも売れなくて、生活に余裕が出てきたのは、ここ八年くらい。堀内さん、早く決着して楽になりたいのはわかるけど、焦らない方がいいよ。女一人の老後は年金が少ないから大変だもん。私は美佐緒と同じで、短気は損気の典型的な離婚をしちゃったから」

聞けば、夫がなかなか離婚に同意しなかったために、財産は何も要らないと言って、やっと別れてもらったのだと言う。

「リンダはどうして弁護士に頼まなかったの？　調停を申し立てて、仮にそれで決着しなかったら、裁判に持ち込むという方法もあったんじゃない？」と、美佐緒が尋ねた。

「それも考えたけど、長引くと精神的にやばくなる予感がしたの。それに、仕事に打ち込みたい時期だったし。だって、やっと巡ってきたチャンスを逃したくなかったから」

「やっぱりそうだったか。私も同じだよ」と美佐緒が続ける。「私やリンダが、澄子にだけは闘ってほしいと思うのは、全財産を取られたら必ず後悔する日が来るからよ。夫に原因があるのに、こっちが損するなんて馬鹿馬鹿しいよ。厄介なことに、その腹立たしさを離婚後もことあるごとに思い出してしまうんだから」

「別れたい人間と別れたくない人間がいたら、別れたくない方が有利に決まってるよね」と言いながら、リンダはチーズケーキを小さく切り分けて口に運んだ。

「こっちはすぐにでも別れたくて神経をやられる。だけど夫は妻と同じ家にいても全然平気だから、いくらでもグズグズと引き延ばせるもんね」と美佐緒がつけ加える。

そのとき、夫が自分に向けた忌々しげな顔を、腹立たしい気持ちで思い出していた。

「女はいったん嫌いになると虫酸《むしず》が走るほど嫌いになるから、修復は不可能だよ」とリンダが言う。

「でも現実は、生理的嫌悪感を抱えたまま死ぬまで添い遂げる女もたくさんいるんだよ。食べていけなければ、離婚を諦めるしかないんだから」と美佐緒が言う。

男は女を生理的に嫌いになることがあるのだろうか。もしあるとしても、女が男に感じるよりはずっと少なく、程度も軽い気がする。

「でもさ、長年暮らしてきた情ってものもあるんやない？」と、尋ねてみた。口にするのも嫌な言葉だが、その情が、なぜか毎日のように早朝に限って脳内に蘇り、心を苛《さいな》んでいた。

「そういう種類の情は弊害でしかないと思うよ」とリンダが言った。

「弊害？」

思いもつかない言葉だった。

「例えばさ、暴力亭主を想定してみてよ」とリンダが言う。

真っ先に千鶴のことが頭に浮かんだ。暴力を振るわれているのに「情」などと甘いことを言っている場合じゃないと、他人にはわかるが、千鶴本人はわかっていない。

夫との過去を清算して前向きに人生を歩み出そうとする者にとって、情は美しい思い出となるどころか、足を引っ張るものでしかない。つまり、それが弊害ということなのか……。

「林田さんは若いときに離婚したのに、再婚しなかったの？」と尋ねてみた。

「相手のマンションに行くことはあっても、絶対に私の部屋には連れてこないって決めたの。ついつい世話を焼いてしまうから。自分から家政婦役を買って出るくせに、男がそれに慣れて図に乗ってきたら大っ嫌いになる。そういうことの繰り返しだった時期があったから」

「そうか、そういう方法しかないのか……」

三人とも黙ってコーヒーを飲んだ。

「実は私ね、リンダに離婚しろって言われたから離婚したのよ」と、美佐緒が茶目っ気たっぷりの目をして言った。

「ちょっとちょっと、人聞きの悪いこと言わないでよ。だって美佐緒は、あの当時既に十年近くも家庭内別居状態だったでしょう」

「そうなのよ。でもマンションのローンもあったし、今さら離婚するなんて無理だと思って諦めてた。自分の好みに合わせてマンションをリフォームしてたから愛着もあったしね。でも、そのときリンダに言われたの。住んでいるマンションが欲しいという気持ちはわかるけど、人生の本当の幸せと天秤にかけるほどの家って、この世にあるんだろうかって。そしてこうも言われた。家庭内別居なんて愚か者の選択だよって」

「うそっ、私そんなキツイ言い方した？」

「したよ、したした。高校を卒業して何十年ぶりに会ったその日にだよ」

「あ、そうだった。美佐緒が新刊のサイン会に来てくれた日だ」

「私、サイン会なんて行ったことなかったのに、あの日はふっと足が向いたの。あんな辺鄙《へんぴ》な所にある高校の同級生が、自分とは違って輝かしい活躍をしている。そんなリンダを見たら、いったい自分は何を感じるんだろうって、それを知りたかったの」

「で、どう思ったの？」と聞いてみた。

「リンダが高校時代と、あまりに雰囲気が変わらないからびっくりした」

それは、自分が今日感じたことと同じだった。

「それより、家庭内別居は愚か者のすることだっていうのは、どういう意味で？」と、質問を重ねた。

「夫婦喧嘩して口をきかなくなることは、世間では珍しいことじゃないと思う。だけど、それと家庭内別居とは次元の違う問題だよ」とリンダが続ける。「同じ屋根の下で夫婦が口もきかず目も合わさない状態なのに、それを別に困ってないと言いきる感覚が、既に人としておかしくなってると思う」

そう言ってから、リンダは自嘲的に笑った。「実はこれ、私自身が先輩から指摘されたことなの。私も家庭内別居状態だったとき、あなたは向上心を失《な》くしてるし、明日をより良く生きようとする意欲を失ってるって、はっきり言われちゃった」

「でもさ」と美佐緒が口を挟んだ。「それを先輩に言われたときのリンダは、まだ三十代だったんでしょう？　私がリンダに指摘されたときは五十五歳だったのよ。だから、リンダって無茶なことを言う人だなあって思った」

とはいうものの、美佐緒は家に帰ってからリンダの言葉がじわじわと心に染みてきたのだと言う。

「だって、家には台所やお風呂が一つしかないわけよ。だから相手が使っている気配がしたら、自分の部屋で息を潜《ひそ》めて終わるのを待つわけ。それに、冷蔵庫を開けるたびに相手の買ったものが目に入る。廊下だって一本きりで短いから、お互いに神経を尖《とが》らせてうまく立ち回らないと、ばったり顔を合わせてしまう。微かな音を頼りに相手の気配を窺いながら生活するなんていうのは、今思えば確かに異常だった」

「だよね。ヨーロッパのお城みたいに、迷子になりそうなほど部屋がたくさんあるんなら話は別だけどね。それに……」と言いながら、リンダはこちらを見た。「堀内さんみたいに田舎に住んでる人は、噂が広がるでしょう？」

「うん、悪いことはすぐに噂になるからね」と答えてから、コーヒーカップを口に運んだ。すっかり冷《さ》めていた。

「雑誌に書いてあったんだけど、日本人は自分が幸せかどうかよりも、人から幸せそうに見えることの方が大切なんだってさ」とリンダが言った。

内心ドキリとしていた。自分の心を言い当てられたようで。

「そうか、だから欧米に比べたら離婚率が低いのかもね」と美佐緒が言う。でも……リンダは売れっ子で稼ぎまくっている。だが、たいていの女はそうではない。カツカツの生活になるのは目に見えている。パートに出られる間はまだいい。もっと年を取ったらどうなるのか。

五十代の女というのは、とてつもなく多忙だ。夫婦双方の親を次々と介護しなければならない人もいる。働かない息子や娘を励ましたり絶望的な気持ちになったりを繰り返している人も少なくない。そして夫の無駄遣いにハラハラし、それでも仕事を休むわけにはいかず、毎日が心身ともにいっぱいいっぱいだ。更年期で体力がガクンと落ちる時期と重なるから、余計にしんどい。そんなときに夫が我関せずといった様子で知らん顔していたら、殺意を持って当たり前だ。だが、それでも女はみんな我慢して暮らしている。いきなり、「自分の人生を有意義なものにする」などと言って一家の主婦が家を出てしまったら、残された家族はどうなる？　そういうことを考えると、何が正しいのかわからなくなってくる。

「あと五十年も経てば、私たち同級生なんて一人残らず墓の中の骨だよ」

そう言って、リンダはふうっと息を吐き、目を細めて窓の外を見た。

「離婚しないで相手が早く死んでくれるのを待つというのも、考えてみれば異常だよね」と美佐緒が言う。

別居も離婚も大変なエネルギーが必要だということは世間でもよく言われている。体力が落ちる五十代は尚更だ。調停や裁判となれば、解決までに時間がかかる。そして世間の興味の目に晒《さら》される。親の離婚に反対する子供と不仲になることもあるらしい。経済的に苦しくなるケースも多い。

だが……婚姻関係が破綻するというのは、本来そういうことではないだろうか。きれいに簡単にいかなくて当然だ。そして、何度も迷いが顔を出してしまう。だが、考え尽くして結論を出すしか道はない。

新幹線で東京を発《た》ち、名古屋へ向かっていた。

——東京からの帰りに、香奈の家に寄ってもいい？

香奈にメールで尋ねたのは、二週間も前のことだった。それなのに……。

——ごめん。爽太が熱を出してるから、今回はパス。

どう考えても、自分が東京へ行くころには熱は下がっているのではないか。不審に思い、上京してすぐに望美に相談すると、「なんか変だね」と言って眉根を寄せた。そうなるとさらに心配になり、東京を発つ前の晩に再びメールを送ってみた。

――夕方そっちに着いて翌日は早朝に出ていくから、一泊だけさせてちょうだい。

――ごめん。忙しくてお母さんの相手をする時間がないの。

香奈一家が盆正月に帰省することはあっても、こちらが香奈の家に行ったことは一度もなかった。毎回なんだかんだと理由をつけて断られると、娘の家に遊びに行くのがまるで非常識なことのように思えてくる。独身の望美とは違い、香奈が夫に気兼ねするのはわかる。妻の母親が遊びに来て、それも泊まっていくとなれば、夫としては鬱陶しいだろう。

だが、何か釈然《しゃくぜん》としない。妻の母親が一泊することにさえ、夫のお許しが出ないということなのか。食事や寝具の用意をしてくれるのは香奈であって、決して婿ではないだろうに。

世間には、何歳になっても母親に頼る娘もいると聞く。特に子供が生まれてからは、ちょくちょく実家に帰ってくる娘も多い。しかし、香奈にはそういった面が全くなかった。そのことを今までは、香奈の聡明さゆえだと思っていた。頭の回転が速く、家事も育児もテキパキとこなせるから実家の母親の出番などないのだろうと。

しかし、望美は全く違う見方をしていた。痛々しくて香奈を見ていられないと言う。それが本当だとしたら……そう思うたび居ても立ってもいられない気分になった。親に家の中を見られたくない理由でもあるのだろうか、親に見せられない悲惨な暮らしをしているのだろうかと、勝手に想像が膨らんで一層不安になる。

――ともかく明日はそっちに行きます。保育園の迎えから帰るのが夕方六時半頃やと言うとったよね。私はその時間にマンションに着くようにします。それではよろしく。

こうなれば強行突破だ。娘の生活を見ておかなかったことで、いつか後悔する日が来たらどうする。例えば、香奈が自ら命を絶ったなどと突然連絡が来たとしたら……あれこれ想像すると落ち着かなくなった。

今朝はホテルを出てから、誰にも頼らず一人で東京駅まで辿り着けた。そんなのは小学生でもできると、都会育ちの子供なら嗤うだろう。確かにいい年をしたオバサンが自慢できることではないのだが、自分にとっては、また一歩前進できた思いだった。

新幹線に乗り、車窓に流れる都心のビル群を見つめた。車内販売で買った温かいコーヒーを飲みながら、望美のワンルームマンションの部屋の様子を思い出していた。

今回の上京で、初めて望美の棲み家《すか》を訪ねた。部屋に一歩入ったとき、あまりの狭さに息が詰まりそうだったが、泊まった翌日には慣れて平気になっていた。人間とはこうもたやすく環境になじむものなのかと自分でも驚いたのだった。

コンビニ弁当ばかり食べていると言っていたわりには、冷蔵庫の中には野菜がたくさん入っていて、戸棚には様々な乾物もあった。本人は節約のためと言うが、食事に気を遣う健康的な生活が窺えて、望美に対する安心感と信頼感が増した。

　短い滞在だったが、断片的ではあっても都会の生活や田舎との格差を肌で感じることができたし、美佐緒やリンダの生活も垣間見ることができ、道行く人々を観察し、考えさせられることの多い旅だった。たったの三日間とは思えないほど、多くのことを感じ取ったり学んだりした。それらは自宅で漫然と暮らす何年分にも相当するように思われて、死ぬまでにもっとあちこち行ってみなければと、強迫観念にも似た強烈な焦りを感じるようになっていた。

　JR名古屋駅で降りた。平日だから香奈は通常勤務だ。なるべく香奈の負担にならないようにするつもりだった。帰宅時刻に合わせてマンションへ行き、翌朝は出社時刻に合わせて自分も家を出て、そのまま帰郷する予定だ。短い滞在となるが、長年にわたって主婦をやっていると、他人の暮らしに対する勘が鋭くなる。家の中をひと目見ただけで、その人の生活だけでなく、心のありようまで見えてくるものだ。

　駅の外に出てしまったら迷子になりそうだったので、駅ビルの中をゆっくり歩いてウィンドウショッピングを楽しんで時間を潰すことにした。本屋を見つけて孫のために絵本を一冊買い、お腹が空いたので、甘味処《かんみどころ》で卵とじきしめんとあんみつを食べた。

　そのあとタクシーに乗って香奈のマンションへ向かった。お金はかかるが、名鉄に乗り換えるというような難しいことは今の自分にはできないと判断した。

六時半にはまだ二時間以上あった。だが、香奈の生活環境も知りたかったから、早めに行ってマンションの周りを散策することにした。着替えや土産などは、望美が宅配便で田舎の家に送ってくれた。今日と明日は着の身着のままで過ごすつもりで、小さめのナイロンバッグひとつという身軽さだった。

タクシーが停まった場所は、緑豊かなマンション群の中だった。よく手入れされた芝生《しばふ》の庭が広がっていて花壇もある。その横の区画にはブランコや滑り台も見えた。

タクシーを降り、香奈一家が住む三号棟を探した。ロビーに入って集合郵便受けに香奈の名字を確かめると、この場所で間違いないとわかり、やっと緊張感から解放された。

近所にショッピングモールがあると聞いていた。その一階にある大きなスーパーは、魚も野菜も新鮮で、香奈は日々利用しているらしい。その店を覗いてみたくなった。

三号棟の建物を出てから、周りを見回してみると、探す間もなくショッピングモールの巨大な建物とオレンジ色の看板が目に飛び込んできた。

大きな道路に出て信号を渡って建物の中に入ると、あまりの広さに圧倒された。迷子にならないよう気をつけなければと思うと再び緊張した。少しのことで怖気づくこの性格はどうにかならないものか。狭い田舎町から一歩も出ずに暮らしていると、人間誰しもこうなってしまうのだろうか。そのまま死ぬまで田舎町で安泰に過ごせれば問題はないかもしれないが、晩年になって都会に住む息子や娘の家に引っ越していく人も少なくない。施設に入れば環境も変わってストレスも溜まる。この先どうなるかわからないと思えば、あちこち出かけて行って、何でもかんでも見て聞いて、体験を増やしていった方がいいのではないかと思えてきた。それは何歳になっても、老体に鞭《むち》打ってでもやるべきことのような気がする。

一階奥にスーパーを見つけ、どんな物が売っているのか興味津々で端から丹念に見ていった。ふと、惣菜売り場で足を止めた。疲れて帰ってくる香奈のために煮物や揚げ物などを買い、そのことを香奈宛にメールで伝えた。

六時半ちょうどにドアのチャイムを押すと、すぐに香奈が出てきた。

「母さん、いらっしゃい。私も今帰ってきたところ」

にこやかに出迎えてくれたので、ひとまずは安心したが、顔に疲れが滲んでいて、笑顔ではごまかしきれていなかった。

爽太が「バアバ」と言いながら腰に抱きついてきた。久しぶりに会うのに、覚えてくれていて嬉しい。

「元気だった？　爽太くんに会いたかったよ」

そう言いながら、しゃがんで爽太と目線を合わせてぎゅっと抱きしめた。

２ＬＤＫだと聞いていた。玄関から続く短い廊下に物が散らかっていて、埃《ほこり》も目につく。

「母さん、美味しそうなもの買ってきてくれてありがとう。助かるよ。洗濯するから、お茶淹れて飲んでて。そこの電気ポットにお湯入ってるから」

そう言うと、急ぎ足で洗面所へ向かって廊下を進んでいく。

「ベランダの洗濯物、取り込んであげる」と、香奈の背中に声をかけた。

「いいよ、母さん、疲れてるでしょう。お茶飲んでて」と、香奈は洗面所に消えた。

爽太がテレビのアニメを見ているのを横目で確かめながら、自分は素早くコートを脱いで、ベランダへ出て山のような洗濯物を超特急で取り込んでいった。そのあと、冷蔵庫を勝手に開けて何があるかを確かめた。味噌汁が鍋ごと入っていたので、出して火にかけた。野菜室にほうれん草と大きなトマトがあったので、それらを食べやすい大きさに切り、さっき買ってきた惣菜の中から鶏のから揚げを取り出して刻み、ごま油を使って一気に強火で炒めた。

アニメが終わったからか、爽太がぐずり始めた。

「うるさいっ、爽太。黙んなさいっ」と、香奈の金切り声が洗面所から響いてきた。

その声に驚いて、爽太の泣き声は一層大きくなった。

「黙れっ、その声でこっちは苛々するんだよっ」と、鬼の形相の香奈がリビングに現れて仁王立ちになった。

そんな香奈を見るのは初めてだった。息を吞んで見つめるばかりで、身体が固まってしまったように動けなくなった。

私の大切な娘は疲れきっている。身体だけじゃなくて心も。どう見ても幸せな目の色ではなかった。それどころか切羽詰まったような目をしている。

過去の自分が思い出され、涙が膨れ上がってきて視界がぼやけた。

香奈も爽太も不憫《ふびん》でたまらない。なんとかしてやりたかった。

「爽太くん、バアバが絵本を読んであげる」

そう言いながら孫を抱きしめたが、ヒックヒックと泣きじゃくったままだ。

もしもこの場に自分がいなかったら、香奈は爽太に手を上げていたのではないか。爽太が悪さをしたわけでもないのに、香奈の怒りは爆発した。そういった光景に既視感があった。今考えてみれば、それは子供に対する怒りではなく、何もかもを妻に押しつけている夫への怒りと、情け容赦なく無理を言う舅姑への怒りだったように思う。

「ごめん。私……頭、オカシイよね」

香奈がそう言った途端、我慢していたのに涙が溢れ出てきてしまい、急いで袖口で拭《ぬぐ》った。

「いっこもおかしないわ。こんなん普通やわ。香奈は疲れすぎとるだけ」

気づけば膝《ひざ》から孫を下ろし、香奈に駆けよって、背中をこするように必死で撫でていた。

――いっそのこと離婚して帰ってくればええのに……。

もう少しでそう言いそうになった。

「ところで母さん、今日はどこのホテルを予約してるの？」

「え？　予約なんてしとらんよ。ここに泊まっていくつもりやもん。メールにもそう書いたやろ」

そう言うと、香奈はびっくりしたような顔をした。実家の母親が一泊するくらいのことで、どうしてそんなに驚くのか。

「母さん、今からでも近所のホテルを取るよ」

香奈はそう言って、慌てたようにズボンのポケットからスマホを取り出し、親指を忙《せわ》しなく滑らせて検索している。

「香奈、悪いけどな、私はここに泊まる。爽太くんと一緒に寝る。そう決めたから」

そう言いながら、機嫌が直って絵本をめくり始めた爽太を抱きしめた。くすぐったかったのか、爽太はケラケラ笑いだした。全身で嬉しさを表してくれたのでほっとした。少なくとも爽太にだけは心から歓迎されているらしい。

香奈はスマホをポケットにしまった。いつにない母親の強引さに諦めたようだった。

食卓に料理を並べ、機嫌の直った爽太を交えて三人で和やかに食事を済ませた。そのあと順番に風呂に入ったら、あっという間に九時半になってしまっていた。

「洋輔さんはいつも遅いんか？」

「うん、まあね」

「仕事が忙しいんか？」

「たぶんね」

たぶんとは何だ。まだ結婚して三年しか経たないのに、既に夫婦として末期症状じゃないか。こんなことでは、今後何十年もの長きにわたって結婚生活を維持することには無理があるのではないか。

その夜は、洋輔の帰宅を待たず、爽太を挟んで香奈と川の字になって寝た。

だが、なかなか寝つけなかった。

翌朝は早く目が覚めてしまった。

香奈と爽太を起こさないよう、そっと布団を抜け出した。洗面所のドアを開けると、浴室から水の流れる音が聞こえてきた。洋輔がシャワーを浴びているらしい。昨夜は何時ごろ帰ってきたのだろう。それとも朝帰りだったのか。

洗面所が使えないので、台所で顔を洗った。コーヒーが飲みたかったのだが、香奈夫婦には飲む習慣がないらしく、棚を探しても紅茶のティーバッグしかなかったので、仕方なく紅茶を飲んだ。

しばらくすると、香奈が起きてきた。

「母さん、お早《はよ》う」

朝はパン食だと言うから、簡単なものを作ってやろうと台所に立った。トマト入りのスクランブルエッグを作りながら、トースターに食パンを放り込んだ。

「お義母《かあ》さん、お早うございます」

振り返ると洋輔が立っていた。既にスーツに着替えている。

微かに酒の臭いがした。昨夜かなり飲んだのだろう。まだ身体から酒が抜けきっていないらしい。共働きで夫婦別会計となれば、自由に使えるお金はたくさんあるに違いない。

「昨夜は遅かったの？」と尋ねてみると、一瞬だが洋輔は嫌な顔をした。

「ええ、まあ少しだけ遅くなりましたけど」

洋輔はすぐに愛想笑いで取り繕った。とはいうものの、いかにも大きなお世話だと言いたそうだ。

香奈はその様子を横目で見ながら、無理やり起こされて機嫌の悪い爽太をなんとか着替えさせ、保育園へ行く用意をし、自分の身支度を整え始めた。

「香奈、これだけは覚えておいて」

ドキドキしながらも、きっぱりとした声が出た。鏡の前でリップを塗っていた香奈は、何ごとかと驚いた風にこちらを振り返った。

「あのね、香奈、耐えきれなくなったら、いつでも帰ってきなさい。仕事だって何かしら見つかるんやからね」

台所で水を飲んでいた洋輔は振り返りはしなかったが、ドキリとしていることが、その横顔でわかった。何もかも妻に押しつけて、自分は自由に飲み歩く生活を続けていてはいずれマズいことになると、洋輔が気づいてくれればいいのだが……それがわからなければ、もうそれまでだ。

だが洋輔は、私の言葉がまるで聞こえなかったように、平然と言った。

「僕は朝食は結構です。朝早くから会議があるもので」

暗澹《あんたん》とした気持ちになった。「忙しい」と言いさえすれば何でも許されると思っているのが、我が夫の若い頃と重なった。

本当に仕事で遅くなったのか、早朝会議というのも果たして本当なのかもわからず、妻はモヤモヤを抱えたまま年を取る。本当かもしれないし嘘かもしれない。だが信じるしか道はない。不信感でいっぱいになると、良好な夫婦関係を維持し続けることが難しくなり、結婚が根底から崩れてしまう。だから一応は信じたふりをする。その神経戦はどれほど妻の心を蝕《むしば》むことだろう。そしてコップに水がどんどん溜まっていくように不満が増えていき、そのうち満杯になり、中高年になる頃には表面張力でなんとか堪《こら》えていたものが支えきれなくなって夫源病を発症する。

「じゃあ、爽太、パパ行ってくるからな。ママの言うことをよく聞くんだぞ」

爽太はちらりと父親を見ただけで何も言わない。

テーブルには洋輔をも含めた四人分の朝食が用意されている。それを見たはずなのに、「せっかく用意してくださったのにすみません」という言葉さえない。

洋輔は玄関に向かい、そのまま家を出ていった。

香奈と爽太の三人で朝食を済ませてから一緒に家を出た。時間がギリギリになってしまったのか、香奈はさっきから頻繁に腕時計に目をやっている。

「母さん、一人で大丈夫？　新幹線の時間までずいぶんあるでしょう？」

玄関の鍵を閉めながら、香奈が心配そうに尋ねた。

「大丈夫。名古屋は初めてやから、あちこち行ってみようと思っとるし」

「ごめんね、どこにも案内できなくて」

「なに言うとるの。こちらこそ、いきなり来て悪かったわ。洋輔さん、なんだか怒っとるみたいやったけど、大丈夫かな」

「気にしなくていいよ。向こうの親はしょっちゅう泊まりに来てるんだから」

エレベーターで一階まで下りて自転車置き場に行った。

「爽太くん、バイバイ」

「バイバイ」

かわいい声で言い、手を振ってくれた。

自転車の後ろに爽太を乗せ、香奈は走り去っていった。その後ろ姿を見えなくなるまで見送りながら、人生の寂しさを噛みしめていた。

自分が生み育てた娘だというのに、今や香奈は知らない土地に住み、知らない男性と結婚し、親の知らない暮らしをしている。幼い頃は身体が小さくて甘えん坊で心配したが、あれは幻だったのかと思う。とうの昔に親の手を離れて一児の母親になっている。我が子とは思えないほど、ずいぶん遠くまで行ってしまったものだ。

タクシーに乗らなくても済むようにと、香奈が最寄り駅までの行き方をメモに書いてくれた。バスに乗り、そこから名鉄で名古屋駅まで行く予定だ。駅の構内地図も詳しく描いて説明してくれた。また一つ賢くなれそうだ。

バスを降りて駅へ向かう途中、ガラス張りの大きなカフェが目についた。コーヒーのいい香りで足が止まった。時間もたっぷりあることだし、ちょっと寄っていこう。

店に入ってレジでカプチーノを注文し、泡立ったミルクがなみなみと注がれたマグカップを受けとった。どこに座ろうかと店内を見回した、そのときだった。

えっ？

奥の席に座っているのは洋輔ではないか。猫背になってスマホを覗き込んでいて、こちらには気づいていない。

猛烈に腹が立ってきた。今朝起きてから香奈は自分のことなどそっちのけで爽太の世話をし、保育園へ送っていく準備をした。以前はあんなにおしゃれだったのに、髪を数秒で梳《す》いてリップを塗っただけで、息を切らして自転車に乗って去っていった。今日は簡単な朝ご飯を作ってやり、後片付けもしてやったが、普段はそれも香奈がやっているのだろう。

洋輔が家を出てからずいぶん時間が経っている。どうして洋輔だけが、こんなにゆったりと過ごせるのか。

洋輔の隣の席に静かに腰を下ろし、背後から洋輔のスマホをそっと覗いた。

「えらい時間の余裕があるんやね」

ドスの利いた声が出てしまっていた。

洋輔は驚いたように顔を上げ、こちらを認めると、さらに目を見開いた。

「恋人とLINEを楽しんでたん？　ハートマークがいっぱいやね」

そう尋ねると、洋輔は慌ててスマホを裏返した。

夫婦のことに親が口を出すべきではない。そんなのは常識中の常識だ。自分の親にも口を出されたことなど一度もない。

だが、どうしても黙っていられなかった。自分が余計な口出しをしたせいで、香奈夫婦の仲がぎくしゃくして離婚ということにでもなったら……。

それを想像してみても、だからどうしたという気になっていた。香奈が離婚しても、不幸になるどころか、幸福の始まりとしか思えなかった。

「共働きなんやろ？　なんで香奈だけに家事育児をやらせるの？」

洋輔がまるで聞こえないかのように返事もしないし、こちらを見もしないので、声がどんどん大きくなった。「ええ加減にしてちょうだいよ。香奈はあんまり身体が丈夫やないんやからねっ」

ふと顔を上げると、店員も客もこちらを注視していた。

洋輔はいきなり立ち上がり、ドアに向かって歩き出した。誰が見ても、頭のオカシイおばさんが知らない男にイチャモンをつけているようではないか。

——夫婦喧嘩は犬も食わない。

この諺《ことわざ》を作ったのは男ではないかと、そのとき初めて思った。女が真剣に怒っているのに、男はそれを無視したり、茶化そうとする。それを表したものではないのか。

女はフェアでないことに心底怒っているのだ。それをヒステリーだと笑い飛ばす男なんか、この世から滅亡すればいい。

ああ、なんだかこの頃の自分、過激になっているぞ。だが、どうしても抑えきれなかった。

「ちょっと洋輔さんっ。返事をしなさいっ」

自分でもびっくりするような大声だった。

怯《ひる》むかと思ったら、バカにしたような目で見て、そのまま速足で店を出て行ってしまった。

あとで香奈が嫌な目にあうかもしれない。でも香奈には仕事がある。一流企業の総合職だ。離婚したって食べていける。何を怖がることがあるだろう。なんなら自分が名古屋に引っ越してきて爽太の面倒を見てやってもいい。名古屋は都会だから、自分のパート先だってすぐに見つかるだろう。

争いを避けるためにじっと我慢する。そんな母親を見て香奈は育ってきた。それを考えると、自分にも責任がある。娘たちの心の中に、知らない間に、女は我慢して当然という闇が広がっていたのかもしれない。望美は結婚に絶望していて、香奈は結婚なんてこんなものと諦めてしまっている。

親が思う以上に、子供は親のことをよく見ている。愛情のある家庭で育った子供は、同じような家庭を作ることができるが、家庭内別居など両親が不仲な家庭で育った子供は、男と女が喧嘩しながらも譲り合い、互いに思いやりを持ち、寄り添い合うという当たり前の夫婦の形、家族の形を知らない。相手を毛嫌いして無視しながら、世間的には夫婦という形を続ける。そういう異常な状態を家族の形だと思い込んでしまう。

どちらか一方が相手の顔色を窺いながら遠慮して暮らしている。そういった夫婦関係を見て成長する子供は少なくないだろう。日本の家族は、それを延々と何世代にも亘《わた》って続けてきたのではないか。

帰りの新幹線の中では、足を組む余裕さえ出てきていた。

一人で新幹線に乗ったことがなかったから、上京するときは極度に緊張していたが、もう慣れてしまった。早いものだ。たったこれだけのことを怖がっていたとは笑い話にもならない。

娘たちには幸せになってほしい。香奈は天真爛漫な笑顔を失くしてしまった。自分が滞在中に、香奈はただの一度も声を出して笑うということがなかった。香奈もまた年単位で人生の損失を重ねているように思えて仕方がない。

知れば知るほどつらくなる。でもやっぱり訪ねてよかった。

自分はこれからも娘たちが帰れる場所でい続けよう。

自分の母が八十歳を過ぎてもそうであったように。

「顔が暗いやん」

郵便局から出てきたところを、いきなり話しかけられた。驚いて顔を上げると、小夜子が目の前に立っていた。

「私のこと？　そうか？　そんなに暗かったか？」

「うん、ごっつい暗い」

そう言って、さらに覗き込んでくる。離婚しようとしていることなど小夜子は知らないはずだ。千鶴がしゃべったとも思えない。

それにしても、気を抜くと鬱々とした気分はすぐ顔に表れてしまうらしい。気をつけねば。

「小夜子、そら私かって暗くもなるわ。貧乏暇なしやもん」

そう言って無理にアハハと笑ってみせた。

だが、小夜子はニコリともせず見つめてくる。そして、「なあ、澄子」と言いながら、さらに一歩近づき、至近距離に迫ってきた。「千鶴が離婚したこと知っとる？」

絶句して小夜子を見つめていた。

「痛いわ、澄子、放してえな」

知らない間に、小夜子の腕をきつくつかんでいた。

「なあ、どういうことなん？　千鶴が離婚したって、それ、いつのこと？」

こちらが驚愕の表情を晒したからか、小夜子の顔つきが得意げになった。

「澄子は相変わらず噂に疎いなあ。仲間内ではその話で持ちきりやのに」

小夜子はさも呆れたといった調子で、外国人がするように両手を広げて青空を見上げた。

「あのな、千鶴はな、結婚以来ずっとダンナから暴力を振るわれとったらしいで」

「え……そうやったん？」と、知らないふりをするだけで精いっぱいだった。

「澄子、いま時間ある？　ほんま？　ほんだったらちょっと、そこに座ろ」

話が長くなるとみたのか、小夜子は郵便局の前にある池のそばのベンチを指差した。

「二週間くらい前のことらしいんやけどね」と、座るなり小夜子は早口で話し始めた。

小夜子の話によると、千鶴の「助けてー」という叫び声が近所中に響き渡ったのは、夜の八時頃のことだったらしい。どの家庭も家族が揃う時間帯だったのか、一一〇番通報が何件もあり、警察がすぐにかけつけてきた。この一件で、千鶴の夫の暴力は町中に知れ渡り、当の千鶴は肋骨と骨盤を折って今も入院中だという。

「世の中ってほんまおかしい」と、小夜子は憤懣《ふんまん》やるかたないといったように、思いきり顔を顰《しか》めた。「あれほど腹が立ったん、人生で何回目やろ」

思い出すたび怒りがぶり返すのか、敵がすぐそこにいるかのように宙を睨んでいる。

「盗まれた方が悪いとか、レイプされた女の方が悪いとか言うバカな風潮が昔からあるやろ」

「……うん、嫌やね」

「世の中には、ダンナの暴力に関してもそう見る人がおるんよ」

「えっ？　暴力を振るわれた千鶴の方が悪いって？　そんなこと言う人がおるの？」

「まさか、さすがに暴力亭主を擁護する人はおらんよ。市議会議員やし、見かけが洒落《しゃれ》た紳士なだけに衝撃も大きかったしね。そうやなくて、千鶴が可哀想《かわいそう》で惨めな妻ってことになっとるの」

「え？　だって、それはその通りやろ？」

「はあ？　澄子まで何言うとるんよっ」と、小夜子はいきなり大きな声を出した。「千鶴は惨めな女なんかと違うわっ。あの子は高三のときバスケ部のキャプテンで、ごっついカッコええ女の子やったんやから」

最後の方は声を詰まらせ、「……だから」と小夜子は声を震わせた。涙が表面張力ぎりぎりのところで持ちこたえているが、今にもこぼれ落ちそうだった。「どういえばわかってもらえるんかな」と言いながら、帆布《はんぷ》でできたトートバッグからティッシュを出して洟《はな》をかんだ。

「あ、わかった。みんな千鶴のことを可哀想やと言うて同情しとるけど、気づかんうちに千鶴を下に見るようになっとるってことやね？」

そう尋ねると、小夜子は何度も大きくうなずいた。「そうなんよ。昔の人の『キズモノ』という言葉に似た感じ。自分らも今までさんざん亭主に苦労させられてきたけども、暴力を振るわれとらんだけ千鶴よりはマシやって、つまり千鶴より上やって。まるで千鶴に前科があるみたいに見下しとる。ほんま腹立つ」

「千鶴も大変やな。やっと暴力亭主と別れられたと思ったら、一難去ってまた一難か」

「ほんやけど世間に知られるんは、時と場合によっては必要なことやわ」と、小夜子はしみじみと言った。

「は？　小夜子、何を言うとるの？　誰しも噂になんかなりたないやろ」

「ほんだったら聞くけど、千鶴があのまんまダンナの暴力を誰にも知られんと我慢して生きていく方が良かったって澄子は言うんか？　ほうら、違うやろ？　パトカーが来て大騒ぎになったからこそ、ダンナも離婚に応じんわけにはいかんようになったんやもん。ダンナの親族だって平謝りやったらしいで。仮にダンナが離婚に応じんで裁判になっとったとしても、近所の人らの証言があるお陰で、きっと千鶴が勝つわ」

「まあ確かに。そういう意味では、人に知られるのも悪いことばかりやないね」

「それに二次被害も防げるやん。あんだけ有名になれば、あのアルマーニ男と結婚する女は、この町にはおらんでしょ」

「うん、なるほど」

「私も貢献しとるんだわ。悪いのはあくまでもダンナであって、千鶴は全然悪うない。

本来はごっついカッコええスポーツウーマンなんやって、人に会うたびに私が言い触らしてあげとる。それが噂になって町中に広がったら、千鶴も平然と顔を上げて生きていけるはずやわ」

つまり、スピーカーとしての小夜子の功績も大きいと言いたいらしい。

「なるほど。だったら私の悩みも……」

自分も小夜子に助けてもらおうかと、ふと思った。

「なになに、澄子も何か悩みがあるん？　何でも私に言うてみて。ここだけの話にしとくから」

脳内のもう一人の自分が、やめておけ、危険だぞと警鐘《けいしょう》を鳴らしているが、なぜだか口が勝手に動いてしまっていた。

「実はな、私も離婚しようと思っとるの。千鶴にもちょこっと相談したことがあるんやけどね」

「えっ、冗談やろ？　私はそんなん聞いとらんよ」

自分が一番先に知っていないと気が済まないらしい。

「ちょっとちょっと、詳しい聞かせてえな。何か役に立てるかもしれんし」

小夜子がいきなり腕をつかんだ。

「喫茶店でも行って、ゆっくり話を聞いてくれる？」と、こちらから誘ってみた。

「喫茶店はあかん。カラオケボックスやないと」と言いながら、さっきまで背中を丸めて泣いていていたのに、小夜子はいきなりすっくと立ちあがった。

カラオケボックス「歌手天国」は空いていた。

「なあ澄子、なんで離婚したいん？　何かあったん？」

店員が飲み物を置いて出ていくと、小夜子は早速尋ねてきた。

もう何も隠すことなどないのではないか。

何を恐れることがあるだろう。

だって自分は堂々と生きていきたいのだ。

天井のミラーボールが回って、薄暗い部屋に光と影が忙しなく交差していた。その妖《あや》しい雰囲気に惑わされたのか、妙に強気になっていた。

「実はな」と、自分の気持ちを正直に話してみた。小夜子はうんうんとうなずきながら、しっかりとこちらの目を見て、口を差しはさまずに熱心に聞いてくれた。

「いま澄子が言うたこと、うちのダンナにも百パーセント当てはまるけどな」

だから、そんなことくらいで離婚したいなんておかしいと言いたいのか。

やっぱり言わなきゃよかったと激しく後悔していたら、小夜子がぽつりと言った。

「そうか、そういう理由でええんなら……私かって離婚したい」

驚いて小夜子を見た。

「ほんやけど、澄子は離婚したあと食べていけるんか？」

「なんとかなると思っとる。今のパートは六十五歳までは雇ってもらえるし、そのあとも何とか仕事を見つけて働くつもり。ほんでも離婚するとき財産を半分もらいたいのに、ダンナが家も預金も俺のもんやって言い張って困っとる」

「ええっ、嫌だあ。なんちゅうガメツさやろ。あ、大丈夫やで。いま聞いたこと秘密にしとくでな。自分で言うのもナンやけど、こう見えても口は堅い方やから」

口が堅い？　啞然として小夜子を見た。

いや、待てよ。本当かもしれない。口が堅いと信用されているからこそ、誰もが小夜子に打ち明けるのではないか。小夜子が言いふらすのは、もしかして人に知られてもかまわない部分だけではないのか。

でも小夜子って、そんなに誠実で聡明な女性だったたっけ？

ちょっと違う気がするが……。

頭が混乱してきた。

——ここだけの話やで。誰にも言わんとってね。

そう言いながら誰にでも話してしまう。それが小夜子だと見込んで、町中の噂になるようにと願いながら打ち明けたのだった。夫の「財産独り占め事件」として噂が大きくなれば、夫も考えを変えざるを得ないはずだ。千鶴の夫が暴力を町中に知られてしまったことで逃げ隠れできなくなり、速攻で離婚届に判を押してくれたのと同じ効果を期待していた。

「小夜子、今の話、別に秘密ってわけでもないんやけどね」と言ってみた。

「そうなん？　もう誰かに話したん？」

美佐緒やリンダだけでなく、地元に暮らす千鶴にも何度も話したのだった。

「今んとこ、小夜子だけやけど」

そう言うと、小夜子は満足げに大きくうなずいた。

これを人生最後の嘘にしたいと思った。

作戦は思った以上にうまくいった。

小夜子のおしゃべり好きが、予想以上の効果を上げたのだった。

一週間もしないうちに、夫の従兄弟である辰彦から電話がかかってきた。

「噂が広がっとって、このままやと親族全体の恥になるから困るんですわ」

明るい声音から察するに、たいして困った風でもなかった。たぶん、夫の兄に頼まれたのだろう。夫は以前から、実の兄よりも辰彦と仲が良かった。

「なんとか離婚を思い留まってもらうわけにはいかんやろか。そもそも原因は何なんです？」

電話の向こうで紙が擦《こす》れるような音がした。たぶんメモか何かを読んでいるのだろう。どちらにせよ、それほど親しく付き合ってきたわけでもないのに、遠慮なくプライベートなことに立ち入ってこられるのが鬱陶しかった。

それでも、辰彦は持ち前のあっさりした性格からか、こちらの決心が固いとみると、「わかりました。ほんなら、そのこと伝えておきますんで。ほんじゃ」と電話を切った。思った通り、使いっぱしりに過ぎなかったようだ。だが、ほっとしたのも束の間、日曜日になると、義兄夫婦が訪れた。事前に連絡もなくいきなり玄関先に現れたことも腹立たしかった。

「澄子さん、ええ加減にしてちょうだい。離婚なんて一族の恥やわ」

義兄嫁《あによめ》は怒ってみせるが、目が生き生きしていて、この退屈な田舎町でのスキャンダルを楽しんでいるように見えた。

「うちの家系に離婚したもんは一人もおらん。いったい何を考えとる。孝男は真面目に働いとるだろ。何が気に入らんのだ。それにもうアンタもええ年になったんやし、なんで今さら離婚する必要がある？　よう恥ずかしないのう。澄子さん、アンタ自身、これからもこの町で後ろ指さされながら暮らしていけるんか？」と、義兄が脅す。

「うちの夏美《なつみ》の縁談にも差し支えるんやで」と、義兄嫁が続ける。「澄子さんの我《わ》が儘《まま》が、どんだけ親族全体に迷惑を及ぼすのかを考えてちょうだい」

「あ、知らんかった。夏美さんは結婚が決まりそうなんですか？」

「決まらんから言っとるんでしょうが。まったく人をバカにしくさって。アンタら夫婦が離婚したら、夏美の結婚が余計に不利になるんだっちゅうのっ」

最後は金切り声だった。

どう転んでも夏美さんは結婚できないと思いますよ。今まで恋人ができたことだって一度もないでしょう。叔母である私に対しても、いつだって見下した態度を取るんですよ。あれほど横柄で感じの悪い娘を今まで見たことがありません。そう言いたかったが、もちろん口には出さなかった。

「ともかく考え直してくれんか」

今度はわざとらしいほど優しい声音で義兄は懇願するように言った。

「孝男さんは離婚を承諾しておられます」

「それは聞いとる。ほんやけど、売り言葉に買い言葉でつい言うてしまったに違いないんだわ。ほんだって、どこぞの世界に定年間際になって女房と別れたい男がおる？」

話の方向を変えたかった。離婚するかどうかを今さら蒸し返したくないし、ましてや義兄夫婦と話し合うなんて真っ平ゴメンだ。

いや、待てよ。考えようによっては、絶好の機会ともいえるのではないか。義兄夫婦が揃って訪問するなんて、滅多にないことなのだから。

「孝男さんは、家も預金も自分のもんやと言い張っておられます。法律では夫婦の財産は半々と決められとるのに」

「澄子さん、何を言うとるの？　孝男さんは一生懸命働いてきたんやから、財産は孝男さんのものに決まっとるでしょう」と、義兄嫁まで男の味方であるらしい。

「私もずっと働いてきました」

「たかがパートのくせに」と義兄が吐き捨てた。「アンタのせいで、孝男がえらくケチ臭い男のように噂されとる」

「その通りやと思います」

「何をっ」

今にも殴りかかりそうな勢いだった。

負けるな、自分。

「そのうえ家事育児も、姑の介護も一人でやりました」

介護という言葉で、義兄嫁はつと目を逸らした。

「話にならん。こんなバカな嫁をもらって、ほんに孝男は苦労するのう」

そう言いながら、こちらの顔色をちらちら窺っている。わざと怒らせようとしているらしいが、その手に乗るものか。こちらが怒ったら、やっぱり女というものは感情的で話にならんとか何とか言い触らすに決まっている。昔からの男の常套《じょうとう》手段だ。

「法律通りに分けてもらえんなら裁判するしかありません。あちこちの弁護士にも既に相談に行っとるんですけどね」

できるだけ穏やかな声で言ったつもりだったが、義兄の顔色がさっと変わった。

「ふざけるなっ」

怒鳴り声が部屋中に響き渡った。

大きな声が昔から怖かった。びくついたのを悟られまいと、すうっと息を吸ってから、真正面から義兄を見据えた。必死だった。ここで負けるわけにはいかない。残りの人生がかかっている。いま自分は、天国か地獄かの分かれ道に立っている。

大声で怒鳴っても怯《ひる》まない弟嫁を憎々しげに睨みつけてから、面白くなさそうな顔で茶を飲んだ。

「おい、帰るぞ」

義兄は湯呑みを乱暴にテーブルに置くと、立ち上がった。


やはり思った通りだった。

プライドの高い夫は、離婚したくないとは口が裂《さ》けても言えなかったのだろう。そして、見栄っ張りで、滑稽なほど金持ちぶりたがる夫の性格が功を奏した。他人からケチだと思われたくない一心なのか、それとも呑気《のんき》な従兄弟の辰彦が仲裁に入ってくれたからなのか、早々に決着がついた。

夫は今の家にそのまま住むことになり、私は預金を全額もらった。全額といっても三百万円だが。

離婚届に判を押して役場に出すと、心の底から晴れ晴れした気持ちになった。そして年金分割の手続きも無事終わったが、増額分は微々たるものだった。

預金の三百万円は手を付けずにおいておきたい。大きな病気をしない限り、自分はあと二十年やそこらは生きるだろう。実家は今よりさらに老朽化して、補修費用が嵩《かさ》む日がきっと来る。その日のためにも備えておかなければならない。

さあ、人生の再出発だ。

誰の人生でもない。一度しかない自分の人生だ。もう二度と誰からも抑圧されない。偉そうに指図されることもない。ひとつひとつの物事を自分で判断し、自由に行動できるのだ。

離婚後三ヶ月も経つと、元夫のことを思い出す回数もめっきり減った。それなのに、余計なことを言ってくる人は後を絶たなかった。

――澄子の元ダンナが歩いとるのを見たわ。しょぼくれとったで。

りんさったよ。

——あの様子からしてロクなもん食べとらんわ。ぶくぶくして不健康な太り方しと

元夫のことなど知りたくもなかった。

それでも、ふとした瞬間に、家事能力のない夫がどうやって暮らしているのかと頭をよぎることがある。そのたびに自分に言い聞かせた。もう彼のことを考えるのはよそう、彼の問題は私の問題ではない、彼の人生は彼自身が責任を取るべきなのだ、もう私には関係のない人間である、と。


今の自分は幸せだと思う。結婚していたときとは比べようもないほど明るい笑顔が出るようになった。そのことに、他人に言われるまでもなく自分でも気づいていた。愛想笑いではない天真爛漫な笑顔だ。束縛から解放されて自由を得るために、勇気を持って闘ったのだ。


その日、駅前を夫が歩いているのを見た。

噂通り、薄汚れて爺《じじ》むさくなっていた。次の瞬間、呵責《かしゃく》の念に襲われそうになった。自分が情け容赦ない極悪人のように思えてくる。

次の瞬間、急いでバッグに手を突っ込んで格安スマホを取り出し、慌ててメモのアプリを開いて文字を目で追った。

——私は奴隷ではない。

——私は誰の命令も受けない。

——私は尊厳を守って生きていく。

——そうするには離婚しかなかった。

そして大きく深呼吸する。

それを、気分が落ち着くまで何度も繰り返した。

こういう日がいつまで続くのだろう。夫を見ないで済む町、夫の噂を聞かないで済む場所に引っ越したいと思うこともある。

とりあえず旅行でもしようかな。

東京や名古屋に行って以来、テレビの横に置いてある貯金箱に旅行積立金と称して五百円玉を貯めている。


昼休みになると、それまでのようにみんなで一緒に弁当を食べるのが苦痛になった。遠回しに分割後の年金の少なさを指摘し、離婚後の生活は甘くないと言いたがる女が少なくなかった。だから、さっさと弁当を食べて席を立つことにしていた。

離婚は簡単なことではない。誰しも苦しみ抜いた末に決意するのだ。そんな気持ちを逆なでして、何が楽しいのだろう。

「離婚したんやってな」

給湯室で弁当箱を洗っていると、守衛が入ってきた。七十歳前後だろうか。

「俺もな、嫁はんから離婚を切り出されて、すったもんだの末に別れたんだわ。そんときは心底惨めな気持ちになったもんや。家に帰っても電気はついとらんし、メシもないんやもん」

何が言いたいのだ。わざわざ嫌がらせを言いに来たのか。

「……そうでしたか」と、弁当箱を洗うことに集中しているふりをして、振り返らずに気のない返事をした。

「ほんでも今は大丈夫。気持ちが落ち込んだときは、仕事を一生懸命頑張るに限る。仕事があることをこれほどありがたいと思う日が来るとは思わんかった」

「……そうですか」と言いながら、振り向かないためには、箸と箸箱を必要以上に丁寧に洗うしかなかった。

「今は独りの楽しみを見つけた。釣りと畑」と、守衛は笑いながら続ける。「たまに娘が訪ねてきてくれよる。案外と楽しゅうやっとるよ。ほんやから、女の人は元亭主がどうなろうと気にする必要なんて全くないんだわ」

「えっ？」

思わず振り向いていた。

「ほんだって元亭主の人生は本人次第やろ。他人は勝手なこと言いたがるけど、暇なヤツらを相手にするんは時間の無駄やわ」

どうやら彼なりの不器用な方法で励まそうとしてくれているらしい。

「男は鈍感やから、はっきり言うてもらわんとわからんって世間ではよう言うやろ？」

「……はい」

今度は責められている気がした。

その都度不満を言わなかったお前が悪いのだ、男にもわかるよう説明する義務を果たさなかったお前が悪いのだと。

そんなことは言われなくても何度も考えた。しかし若い頃は何度も言ったのだった。でも夫はちっとも変わらず、ギスギスした空気になるだけだった。

「言えばわかってくれるっていうアレね、嘘やから」

「えっ？」

「本当は、嫁はんがわざわざ言わんでも男はわかっとる。一緒に暮らしとるんやもん。面倒なことは全部嫁はんに押しつけとることも、嫁はんがくたくたに疲れとるのも男は本当はわかっとる。見て見ぬふりしとるだけ」

「……ありがとうございます」

「あら、礼を言われるとは思わなんだ」

そう言いながら、守衛はかりんとう饅頭《まんじゅう》をひとつ差し出した。「これ、あげる」

「いただいていいんですか？」

「俺、ガラにもなくお節介なこと言うてしもて」

そう言うと、マグカップに緑茶をなみなみと注いでから給湯室を出ていった。

自分も年を取ったらしい。人の優しさが身に染みるようになった。ついこの前までなら、プライベートなことに首を突っ込んで鬱陶しい人だと腹を立てたかもしれない。人の心がわかったようなことを言って、と。

この世の人間の九十九パーセントが自分のことしか考えていないクズであることは間違いないと思うが、その九十九パーセントの人々にも優しさの欠片がある。自分もそうであるように。

厄介なのは、夕暮れどきが迫ってくると、長年過ごしたあの家が恋しくてたまらなくなることだった。縁側から見た木々、西日の当たる台所、居間のソファ、二階のミシン部屋、ビニールプールを出して幼い娘たちに水浴びをさせた夏の庭、そのときの歓声、それを遠巻きに見ていた隣家の猫二匹。

しみじみとその光景を思い出すとき、もしかして自分はとんでもない過ちを犯してしまったのではないかと思うことがあった。あのまま辛抱して夫との生活を続けていれば、あの家にいられたのだし、世間の注目を浴びることなく静かに暮らせたのだ。

そう思って後悔しそうになるたびに、高校時代の自分が姿を現して諭《さと》すのだった。

――これは産みの苦しみなのだ。

――この状況に慣れて強くなるしか、もう道は残されていない。

本当はわかっていた。時間が解決してくれることを。

それがわかるくらいには、自分は大人になった。


今夜は女子会だった。

参加するつもりだと言ったら、千鶴が大反対した。

――小夜子のスピーカーの餌食《えじき》になるだけやで。尾鰭《おひれ》がついて町中の噂になるに決まっとる。

だが自分は、美佐緒の母親のやり方を真似ることに決めていた。人にあれこれ詮索される前に、自分から堂々と話してしまえばいい。

やっと解放されたのだから、今度は正々堂々と生きていく。嘘をつかなくても済む暮らしをする。還暦が近いのだ。若かった頃に自分が思い描いていた大人のイメージに少しでも近づきたかった。酸いも甘いも嚙み分けた、話の分かる頼りになるおばあさんを目指す。カッコつけずにざっくばらんでいこう。ゆったり構えた自分でいたい。

確固たる自分を持っている女、人の意見に惑わされない芯《しん》のある女、男どもの心ない言葉にいちいち傷ついたり落ち込んだりしない強い女。そういう女になるのだ、私は。

そんな決意も新たに居酒屋に着いた。

まだ五分前だというのに、居酒屋の個室には既に小夜子、広絵、綾乃の三人が揃っていた。遅刻の常習犯の綾乃までいるとは驚きだ。そして、シンとしているのも珍しかった。いつもなら顔を合わせた途端におしゃべりが始まり、口を挟む余地もないというのに。

千鶴は少し遅れて来るという。退院したばかりだから無理しなくていいよと小夜子は言ったらしいが、千鶴は絶対に行くと答えたらしい。

飲み物とツマミを置いて店員が部屋を出ていった。

乾杯を終えると、向かいに座っていた小夜子が身を乗り出した。

「澄子、どうなん、その後」

こちらが答える前に、綾乃が重ねて尋ねた。「小夜子から聞いたけど、暴力も浮気もギャンブルもなかったんやろ？」

「まあね。少なくとも暴力はない。浮気はしとったのかどうか、全然わからん」

「妻がわからんなら、浮気はしとらんよ」と綾乃が断言する。

「そうやわ。妻は夫の浮気には敏感やもん。玄関を入ってきたときの雰囲気だけでわかる。心ここにあらずって感じが」と、経験があるのか小夜子も断定した。

「ほんなら澄子、なんで離婚したん？」と広絵が尋ねた。

「嫌いになったから」と簡潔明瞭に答えると、みんな固まってしまったようになり、またシンとした。

「……なるほど」と広絵が沈黙を破った。「意外な答えやけど、わかりやすい」

「嫌いやから別れる？　それでええんなら……私もとっくに別れとる」と、綾乃が不満げに言う。

「私、正直言うて、今ごっついショック受けとる」と広絵が続けた。「ほんだって、女子会のたびにみんなでダンナの悪口大会やってストレス発散しとったやろ？　私だけやない、みんな苦労しとる、みんな我慢して暮らしとる、ほんやから私も頑張らんといかん。そういう勇気をもらえるから、この女子会に来るのが楽しみやった。それやのに……」

「私も広絵と全く同じ気持ち」と綾乃が言う。「千鶴の場合は暴力亭主やったから離婚して当たり前やと思うけど、澄子のダンナさんは私らのダンナと同じようなもんやのに、澄子だけ我慢するのやめて、いち抜けたって言われてもね」

「なんや私、さっきから妙に焦っとる。このままでええんかなって。置いてきぼりにされた感じで」と広絵は言ってから、お猪口《ちょこ》に入った日本酒をくいっと飲み干した。

「女はみんな辛抱してダンナと一生添い遂げるのが普通なんやと思っとった」

小夜子はそう言うと、揚げ出し豆腐を箸で切り分けた。「私はダンナの家業の酒屋を手伝っとるだけで、パートに出た経験もないから、この年になって経済的に自立するのは無理やけど」

「何を言うとるの。小夜子はアパートを一棟もらったらええやないの。羨ましいくらいやわ」と広絵が言う。

「問題はお金のことだけやないよ。ほんだって私、自分一人で世間を渡っていく度胸なんかあれへんもん」と綾乃が言った。

「うん、確かに。私もそんな度胸あれへん。家族の中に一人は男の人がおらんと世間から舐められるし」と広絵も同調する。

自分も長い間そう思ってきた。けれど、それは錯覚ではなかったろうか。洗脳と置き換えてもいい。本当に自分たち女はそれほど弱い存在だろうか。

そもそも世間を渡っていく度胸とは、具体的に何を指すのか。日頃の近所づきあいや親戚づきあいなどの面倒なことは全部自分に回ってきた。矢面《やおもて》に立たされるのは夫ではなくていつも嫁である自分だった。自分たち元夫婦に限っていえば、一人で世間を渡っていけないのは自分ではなくて夫だったと思う。つまり、女が弱いのではなくて、夫のいない女を見下す風潮があるだけだ。

「なに言うとるん？　私が特別に強い人間のわけないやろ」と言ってみた。「ダンナさんに先立たれたおばあさんらを見てもわかるやん。みんなちゃんと暮らしとる。うちのお母ちゃんだって、お父ちゃんが死んだあと楽しそうに暮らしとったよ」

「澄子、それは違うやろ。世間の人は夫に先立たれた女には優しいもん。ダンナの世話を最後までちゃんとやったっていう勲章《くんしょう》もあるんやし」と綾乃が言う。

「いろいろ考えたんやけど」と、小夜子は綾乃のお猪口に酒を注いでやりながら言った。「人それぞれ我慢の限界点ていうのが心の中にあるんやないかと思うんだわ。その限界点が、澄子や美佐緒の場合は低いんだわ。ほんやから二人とも離婚したんやと思う」

「さすが分析家やね」と綾乃が感心したように言う。

「小夜子って昔から人間観察の天才やもんね」と、広絵もおだてる。

途端に、小夜子は小さな鼻の穴を膨らませて、いつもの得意げな顔になって続けた。

「澄子は高校時代から美佐緒と仲が良かったやろ。当時から二人は似たところがあったもんね。美佐緒が離婚したとなれば、やっぱり澄子も離婚するわな」

「なるほど」と綾乃が大きくうなずく。「二人とも高校時代から男に媚《こ》びたりせんかったもんね」

男に媚びを売るような女になるとは、若い頃は想像もしていなかった。だがそうせずに女が生きていくのは難しいことを、就職してから嫌というほど思い知った。そして今、媚びを売るという陰湿で屈辱的な演技から解放されている。

「澄子はおとなしかったけど、高校時代から自分ってもんを持っとったよ」

「文化祭の出し物を決めるときでも男子に対して物怖《ものお》じせんかった」

「そういやそうやったね。いま思い出した」

本人を置いてきぼりにして、三人で勝手に話が進んでいく。

「独身時代に、もうちょっと男を見る目があったらなあ。そしたらあんな自分勝手な男とは絶対に結婚せんかったのに」

小夜子が酎ハイにレモンを搾《しぼ》り入れながら言った。

「それってお互い様やない？　ダンナだって古女房に飽き飽きしとって、結婚したのをみんな後悔しとるよ」

「綾乃、それは違う。お互い様なんかやない」

知らない間に大きな声を出してしまっていた。みんなびっくりしたように手を止めてこちらを見る。それにもかまわず勝手に口が動いた。「飽きるんと、嫌いになるのは全然違う」

いつまでたってもこの世は男性優位だ。そんな社会構造の中で、男と女がお互い様なんてことが、ひとつでもあるだろうか。

ご主人様と下女が「お互い様」だって？　そんな簡単な一言で済まされたらたまったもんじゃない。そういった言葉に、金輪際自分は騙《だま》されたくない。

「澄子、どうしたん。そんな大きな声出したりして。澄子って、なんか雰囲気変わったで」と広絵が言った。

「変わってぇへんわ。元に戻っただけやがな」

尊厳のある自分に戻ったのだ。高校時代の自分に戻れたのだ。

「そもそも男と女のワンセットは対等な関係やないやろ。男は女を養うことで、ご主人様の位置にどんと座って女を従わせるんよ。それが結婚の構造やわ」

次の瞬間、空気がぴんと張りつめた。

「そんな難しいこと言われても、私らバカにはわかれへんよ」と綾乃が不貞腐《ふてくさ》れたように言う。

「全然むずかしいことないやん。男は経済力や社会の支配力を独占して女を組み敷いとる。夫婦なんて、初めから自立した人間同士の組み合わせやない」

「澄子って、なんか怖い。離婚してからめっちゃ気が強うなったみたい。そんなんやったら、女らしさがなくなるで」と綾乃が脅すように言う。

「女らしさ？　バカバカしい」と吐き捨てていた。

もう洗脳は解かれたのだ。男らしいという言葉はプラスのイメージがある。強くて聡明で判断力がある。つまり、良い意味ばかりだ。だが、女らしいという言葉は違う。絶え間ない愛想笑い、控えめな態度、濃《こま》やかな気遣いとやらをいつでもどこでも要求される……ろくな意味じゃない。つまり、女は出しゃばるなという意味だ。

もうすぐ還暦。人生は残り少ない。

他人に何を言われようが、何を言い触らされようが構わない。

最近になって、心の底からそう思えるようになった。だから昨日は給食センターのセンター長に直談判《じかだんぱん》しに行った。果物の切り方の呼び名を変えてほしいのだと。

――あなたのご提案、とてもいいですね。今までこんなにややこしい呼び方をしていたなんてびっくりです。来月の献立表から早速変更しましょう。栄養士に指示しておきますね。

決死の覚悟でセンター長室のドアを叩いたので、拍子抜けしてしまった。

いつの間にか時代は変わりつつあるらしい。神戸から赴任してきたばかりのセンター長は四十代の独身女性だ。物腰が柔らかく笑顔が優しそうだから、どうせ事なかれ主義者なんだろうと勝手に決めつけていたが、見かけとは違い即決だった。

――提案は大歓迎ですから、いつでも来てくださいね。

その一言で、初めてパート仕事に誇りが持てるようになった。

「私はね、強くなったんやないよ。高校時代の正義感溢れる真っ直ぐな自分に戻っただけだよ。つまり、本来の自分に戻れただけ」

なんという遠い道のりだったのだろう。素に戻るだけのことに三十年もかかった。

「要は開き直ったんやね」と広絵が言う。

それぞれが離婚に賛成できかねるようだった。

「今ごろ澄子の元ダンナは困っとるんやないの？」

気づかないうちに、綾乃の目が意地悪なものに変わっていた。

「私にはもう関係ないよ」

平気な顔を装って言ったが、本当は動揺していた。

「澄子って冷たい人やったんやね」と綾乃が言う。

「びっくりやわ。長年一緒に暮らしとったのに。人間て悲しいもんやね」

広絵の言い方にカチンときた。

――そういう種類の情は弊害でしかないと思うよ。

ふとリンダの言葉を思い出した。「情」の弊害に巻き込まれないよう気をつけなければ。

「元ダンナ、きっと苦労しとる。洗濯とかご飯とか。町内会の回覧板だってあるし」

不思議な思いで綾乃と広絵を見た。

——洗濯とご飯と回覧板のために、あんたらは結婚生活を続けとるの？

女が寄り集まれば、決まって夫の悪口大会になったものだ。みんな同じような苦労をしている。だから離婚したことに共感を得られると思っていたが、どうやら甘かったらしい。ここにいる不自由な女たちは、自由を得た女に嫉妬している。

不自由でなければ仲間じゃない。そう言われている。

もうこの集まりに顔を出すのはやめようかな。この三人と自分の間には見えない壁がある。既に違う世界に住んでいる。

「そうやって、別れた相手を心配してやるのは女の方だけやわ。元ダンナが、別れた女房の生活を心配してくれとると思うか？」と、試しに尋ねてみた。

「そりゃあ心配しとるでしょう」と綾乃が言う。

「それはない。男は世話される側やから、元嫁のことなんか心配しとらんよ」と、意外にも広絵がきっぱり反論した。

小夜子は何も言わないが、どう思っているのだろう。小夜子に目をやると、意見を求められたと察したのか、箸を置いて言った。「うちのダンナがしょっちゅう言っとるよ。女は何かっていうとすぐに被害者ヅラするって」

「ああ、それ、うちのダンナもいっつも言う。男だって苦労しとるのにアホかって」

いつの時代もそうだ。白人対黒人、欧米人対アジア人、先進国対発展途上国、そして男対女……。数え上げたらキリがない。

自分が優位だと思う者はいつも言う。

――被害者ヅラすんな。

――悔しかったら追い越してみろ。

「柔軟性っていうんかな、人生には妥協が必要やと思うんよね」と広絵が言う。

「家庭の中での女の役割って大きいやろ。家族の潤滑油になれるのは女だけやもん」と小夜子も言う。

「元ダンナ、困っとるよ、きっと」と、なおも綾乃は言って、こちらをちらりと見た。

離婚したことを後悔させようとしているらしい。裏を返せば、それほどまでに羨ましいということなのか。それとも離婚したことで、こちらの身分が下になり、見下しているのか。

「このままでええの？　ダンナさんがかわいそうやない？」と広絵が言う。

バカバカしい。

夫が生活に困る分だけ、妻は自分の自由を削って生きてきたのだ。

「どっちにしろ、私はダンナの家来《けらい》には戻れん。今は誰の家来でもなくて幸せやわ」

誰だって支配されるのは嫌なのだ。だが、もう言うのはよそう。この女たちには話が通じない。

そのとき、「お待たせ」と明るい声を響かせて千鶴が入ってきた。

「あ、千鶴？　えらい雰囲気変わったなあ」と綾乃が言う。

「知らん間に肌がきれいになっとるがな」と広絵も言った。

「おだてても何にも出りゃせんよ」と、千鶴はまるで十代の女の子のように朗らかに笑った。これほど屈託のない笑顔を見るのは久しぶりだった。

「変わったんやなくて本来の千鶴に戻っただけやわ」と、小夜子が続ける。「バスケ部キャプテンの千鶴に戻った。誰の奴隷でもない千鶴に、堂々として溌剌《はつらつ》とした千鶴に……」

小夜子は言葉に詰まり下を向いた。みんなハッとしてもらい泣きしそうになり歯を食いしばったが、自分は耐えきれずに一粒の涙がこぼれ落ちてしまった。

「みんな、ありがとう。どうせ警察呼ぶんなら三十年前に呼んだらよかったと後悔しきりでございます」と、千鶴はおどけた言い方をした。「でももう大丈夫。今はいつも心晴れ晴れハッピー気分やもん」

一日は二十四時間なんかじゃない。

離婚して最初に思ったのはそのことだった。

時間というものが、不思議な生き物のように、長くなったり短くなったりするものだとは知らなかった。あんなにも時間が足りなくて、常に時間に追われていたのに、今ではゆったりと時が流れている。

夕飯も風呂も済ませたあと、母の着物をほどいてエプロンや座布団カバーを作るのが、毎夜の楽しみとなった。入門書を片手に俳句を作る日もある。

給食センターでの仕事を、時給の高い早朝勤務に変えてもらったから、夜八時を過ぎると眠くなるのだった。

毎朝四時半出勤だから、顔を洗っただけで化粧もせずヨーグルトを一口食べてすぐに家を出る。近距離でも車通勤が許されているから、オンボロだが愛車の軽自動車に乗って出勤できるし、午後一時過ぎに家に帰れるのも嬉しい。

母亡き後の実家は、最初はガランとして寂しい気もしたけれど、そこここに母の気配が残っていて、今も一緒にいるような気がした。

自分が暮らしやすいように、少しずつ家具の配置などを変えている。家の隅々まで丁寧に掃除をし、ホームセンターに行って、壁紙や襖紙を買ってきて張り替えたりもした。紙がよれてしまったところもあるけれど、素人にしては上出来だと思うことにしている。

玄関にも居間にも野の花を飾り、物は少なく、すっきり片づいている。自分一人なら散らかることもない。そして誰に遠慮することなしに、家に友人を呼べる。

千鶴は実家に帰って母親と暮らしていて、バナナケーキを焼いたといっては、ちょくちょく持ってきてくれる。

小夜子や綾乃や広絵も呼んで、それぞれ惣菜や飲み物を持ち寄って安上がりの女子会をしようと計画中だ。彼女らとは考え方に違いがあるし、話していてうんざりすることもあるが、それにも慣れてきた。彼女らの生活は、自分にとっては既に過去となったものだ。どんなに惨めな結婚生活であっても、離婚して貧乏で不安な一人暮らしよりはマシだと思う人がいても不思議ではない。だって、この前までの自分がそう思っていたのだから。

人には色々な考え方がある。自分と違うからといって否定していたら、この田舎町では孤独に陥ってしまう。

それに、意外にもみんな優しくしてくれる。こちらの貧乏生活を心配しているらしく、家庭菜園で採れた野菜や、庭に生《な》った柚子《ゆず》や手作りジャムなどを持ってきてくれたりする。高校の頃からの長いつき合いで、根は善人であることもわかっている。もういい年だし、つかず離れずの関係を保っていければいいと考えるようになった。

離婚してから、自分は以前より「いい人」になった気がするときがある。つまらないことで嫉妬することもなくなったし、何より他人と自分を比べなくなった。

そして思った通り、生活費も激減した。元夫の無駄遣いで苛々することもなくなり、自分の判断でお金を使える幸せを噛みしめていた。自分の好物を料理して食べる幸せもある。

今のところは、給食センターのパート収入でなんとか食べていけているが、貯金がなかなか増えないのが悩みだった。それを相談すると、小夜子が週一回の仕事を紹介してくれた。高齢者の家に行って夕飯を作ったり掃除をする仕事で、気を遣ってしんどいこともあるが、いい小遣い稼ぎになるし、いろんな夫婦関係や家の中が見られて面白い。運転が好きになったから、中元や歳暮の時期には宅配便のアルバイトもやろうと思っている。

千鶴は元スポーツウーマンだけあって、弁当の配達の仕事だけでなく、最近は植木店に勤めて植え込みの剪定《せんてい》もやり始めた。細身の長身だから、遠目にもなかなかカッコいい。

その夜、みかんの皮を剝《む》きながらテレビを見ていた。今日、仕事先の高齢者の家で、みかんをたくさんもらったのだ。

そのとき、香奈からメールが届いた。

――母さん、元気ですか？ 来月、爽太のお遊戯《ゆうぎ》会があるんだけど、見に来ませんか？ 狭いけど、うちに泊まってね。何泊してもいいよ。この前、母さんが来てくれてから洋輔さんの態度が変わりました。どういう心境の変化か、保育園の送りを申し出てくれたので、私は朝の余裕ができて助かっています。洋輔さんには内緒だけど、最近の私は、出勤前に駅前のカフェに寄ることもあるのです。母さんが来てくれたことで、家の中の空気がほんの少し変わった気がします。お遊戯会のあと、きしめん定食を出す評判の店に案内します。お姉ちゃんも都合がつけば行くって返事くれたから、爽太を洋輔さんに任せて、三人で名古屋城を見学に行きましょう。

何度もメールを読み返した。狐《きつね》につままれたようだった。

あの朝、カフェで徹底して感じの悪かった洋輔が、そう簡単に改心するとは思えない。

「おい洋輔」と、誰もいない部屋で呼んでみた。「現時点では合格としてやろうやないの。なんだか怪しいけどね。いつか不意打ちで訪問してやるから油断するなよ」

そのあと母の文箱《ふばこ》から便箋《びんせん》を出してきて、美佐緒へ手紙を書いた。いつもはメールだが、久しぶりに手書きでしたためたくなったのだ。中学や高校時代の交換日記や文通を思い出して懐かしくなった。

——美佐緒へ。

今までアドバイスありがとう。

離婚は自分にとって不幸を意味するものではなく、再生させてくれるものでした。誰にも支配されない暮らしの素晴らしさは想像以上だったよ。家の中に夫がいる。その存在の重苦しさを、別れてからあらためて思い知りました。今は心も体も身軽で自由になったよ。

別居と離婚は全くの別物でした。実家の母と暮らしていたときも、夫の気配がなくて爽快な気分だと思ったけれど、離婚後の晴れやかさとは比べようもない。

あんなにも気難しくて、偉そうで、食べ物の好き嫌いが激しくて、自分以外は全部バカだと思っているような男と、よくも三十年以上も暮らしてきたもんだと思う。常に厚い雨雲が垂れこめていたような重苦しい結婚生活だった。婚姻届の紙一枚にこんなにも長期にわたって縛られてきたなんてね。そこから脱出することが、どうしてこんなに難しかったんだろう。今となっては、それが不思議でなりません。

もっと早く別れればよかったよ。あんな生活にひたすら耐え、人生を無駄に消費してしまった。人生の貴重な時間だけじゃなくて、健全な精神までをも。

今思えば、子供の年齢に関係なく、つまりね、子供たちが幼かったときでも、一歩踏み出そうと思えばできたと思うし、そうすべきだった。なぜそうしなかったのか。それはきっと、当時は人生の短さが実感できていなかったし、周りの目ばかり気にして、自分を大切にするという最も肝腎《かんじん》なことを知らなかったからだと思う。

いつも偉そうに妻を抑圧するくせに、日常生活では幼い子供のように妻に世話を焼かれて当然と思っているゲス野郎がいない暮らしは、口では言い表せないくらいハッピーです。

高校時代の自分をやっと取り戻せたよ。

夫というのは自分の人生を気兼ねなく生きるけど、妻は自分を殺して、夫に気兼ねして生きていかなきゃならない。たまに洗濯物をとり込んでくれるくらいのことに何度も礼を言い、負い目さえ感じたのが今では信じられないです。

もしも離婚せず、あのままの生活を死ぬまで続けていたらと想像するとゾッとします。

せめて残りの人生、自分らしく生きたい。

約束通り、来週は東京へ遊びにいきます。安いホテルも予約したし、格安航空券も手に入れました。

会えるのを楽しみにしています。

それではまた。

（了）

解説——ジェンダー課題をあぶり出す小説こそ、最高にドラマチック！

白河桃子

離婚したい……結婚生活において、この「離婚」という考えが頭に浮かんだことがない人は、よほどの「当たり」の結婚相手を選んだ人だろう。多くの女性たちは「我慢」している。私は日本という国は我慢でなりたつ我慢社会だと思っている。みんな我慢をしているから、「それはおかしい」と声をあげる人が攻撃される。よくぞ言ってくれたと賞賛するのではなく、私が我慢しているのだから、あなたもなぜ我慢できないのか？　と。

しかし、その我慢がふと切れるときもある。この主人公・原田澄子の場合は、友人の夫の訃報を受け取った時だ。地方でパートをしながら夫に仕え、二人の娘たちを東京の大学にやり、育て上げ、二人だけの生活に戻った五十代の主婦。

「うちの夫はいつ死んでくれるのだろう」と考える。

夫は「ギャンブルも借金もしない」が、妻を奴隷のように扱う、普通の勤め人だ。どこにでもいそうなタイプだ。

ここから用意周到に夫の殺人計画を練ったら、それはミステリ小説だ。主婦が起業して一攫千金《いっかくせんきん》……ならビジネス小説だ。

でも、そこは垣谷美雨さんなのである。「老後の貧困」「未婚社会」「代理出産」などの現代社会の様々な問題をテーマに、現実をユーモラスに人間臭く描くことで、多くの読者から支持されている。身近にどこにでもある問題をしっかり描き切り、しかし全く退屈などということはない。どこにでもあるからこそ、私たち読者は「あるある、こんなこと」「うちの夫も……」「うちの親だって……」「うちの田舎も同じ」と共感の嵐である。自分のことを指摘されたようでドキドキする。

平凡な地方の主婦が五十代で離婚を決意し、成し遂げる。離婚を決意するまでの心の揺れを丁寧に描き、離婚までの道も非常に現実的に進んでいく。誰かが殺されたり、大成功したりもしない。でもスリリングでドラマチックで一気に読んでしまう。

誰かの付属物でもなく、誰かの機嫌に怯えることもない自分を、少しずつ取り戻していく澄子に、エールを送らずにいられない。

私も世代が近いだけに、読みながら感情があちこちに揺さぶられた。このドラマチックさはなんなのだろうと考えると、全てが「ジェンダー」「家父長制」という課題につながっているからではないか。

ジェンダー課題をまっすぐに描いたことで人気のNHKの朝ドラ「虎に翼」（二〇二四年前期放送）を見て、友人たちが「毎朝血圧があがる」と言っていたが、それに似ている。これは「怒り」だ。日本に生きる女性たちなら、気づかなくても誰もが抱いている「怒り」。生きているだけで突き当たる「ジェンダー格差の壁」「根強い家父長制を温存する制度や風土」に対する「怒り」なのだと思う。

主人公・澄子は、離婚を決意し、一人で生きていく覚悟をし、それを現実とするまで多くの壁に突き当たる。一番の現実的課題は「お金がない」だ。

日本の女性はお金がないのだ。しかしこれは澄子個人の問題ではない。日本社会の構造の壁であり、女性が経済的に自立できないのは「ジェンダー課題」なのだ。令和三（二〇二一）年の男性一般労働者の給与水準を一〇〇としたときの女性一般労働者の給与水準は七五・二となっている。OECD平均は八八・四なので、かなり差がある。高齢女性やシングルマザーの貧困率も、先進国では突出している。つまり「貧乏な女性が多い国」なのだ。

澄子は四年制大学に進学する女子はたった十人という地方の高校で学び、信金に勤め、子育てとの両立の時点で、退職勧奨を受けて退職している。その後はパートとなり、今も給食センターで働いている。離婚とお金の問題に気づいてから、澄子はさまざまなことが気になり始めた。同じ職場で働いていても非正規の自分と正規の後輩女性は、なぜこんなに待遇が違うのか？　なぜ、公務員の友達は子どもが生まれても仕事を続けられるのか？　なぜ、自分よりも優秀じゃなかった男子が、今、教頭先生なのか？

「どうして今はヤツが教頭先生サマで、私が給食センターのオバチャンなんだよっ」

澄子は思う。

「なんとしてでも正社員という立場を逃してはならなかったのだ」

「公務員になればよかった」

十八歳の浅慮だった自分の頭をひっぱたきたいと。

しかし、若い日の澄子を私は責めることはできない。女性の「お金がない」問題は、女性の経済的自立ができないようになっている構造の問題である。日本はジェンダーギャップ（男女格差）において、先進国では最低、世界でも一一八位（二〇二四年）で、後ろにはインドやイスラム圏の国しかない。当然男女の賃金格差も大きく、女性はそもそも賃金の高い仕事につきにくい。二〇一〇年に時短勤務が措置義務化するまで、第一子が生まれた後の就業継続すら当たり前ではなかった。今は正社員であれば七割の女性が継続している。日本の賃金格差は、企業内で女性が賃金の高い仕事についていないこと、また社会的には非正規雇用の女性が圧倒的に多いことが要因としてあげられる。正規と非正規の格差が大きいことも、日本の特徴でもある。

教育投資という考え方でも男女には格差がある。澄子の家も、澄子は大学にいかず地元で就職し、弟は東京の大学にいき、首都圏でサラリーマンをしている。男性にしか教育投資をしない家はまだまだ多い。地方では、女性が学びたいと思っても東京や都市部の四年制大学にいくには高いハードルがある。

しかし澄子がえらいところは、パートを頑張って二人の娘には「教育投資」をしたことだ。夫一人の稼ぎでは無理だった。娘には教育という武器を与え、東京に逃したのだ。当然二人は地元には戻ってこない。一人は結婚も否定している。

独身の長女が帰省して、二人で父親の帰りを待っていると、父親は「いま飲み屋。夕飯不要」というメール一本で、奮発したすき焼きの夕食をキャンセルする。澄子には日常だが、娘は「母さんのこと虫けらくらいにしか思ってないんだよ」「奴隷みたい」「私は結婚しない」と言い放つ。

これも一つの少子化の要因である。経済的な不安で離婚できない母親を見て育つ娘は何を思うのか？　結婚しない人は確実に増えている。内閣府の資料では「女性の理想のコース」を尋ねると両立コース（結婚し、子供を持つが仕事も続ける）を選択する人が最も多い。しかし現実になりそうなコースを尋ねると「非婚就業コース」（非婚で働き続ける）となる。

　また、女性の地方流出は男性よりも多く、男性は戻ってくるが、女性は戻ってこない。地方には賃金の低い仕事しかなく、女性の役割を押し付ける古い家父長制が健在だからだ。ＮＨＫの番組「クローズアップ現代」が女性の地方流出をテーマにしていたが、地元のお祭りで「女性は接待という役割で、祭りの食事の用意や給仕をしなくてはならないが、それが大きな負担になっている」ことがわかった。しかし男性は「全く気がつかなかった」と答えている。その声に応え、祭りの責任者は負担軽減を決めたが、こんな話はどこにでもあるのだろう。そして、子どもを産む年齢の女性がいなくなること、それは地方消滅を意味する。

「女性は家事育児」という家庭内無償労働を押し付け、稼ぎのいい正社員の仕事を失わせる。その間、男性は家事や子育てを女性に丸投げし、企業はその男性の時間を無限に使うことができる。これが日本の正規雇用の実態でもある。一旦退職した女性がその後につける仕事は、非正規雇用という企業の雇用の調整弁でもある。いくら年数や経験を重ねても、賃金は上がらず、不安定なままだ。男女の役割を固定化し、女性を二級市民のように扱うことで、企業と男性は得をしてきた。家庭内でも「正規社員」である夫と「非正規雇用」の妻という格差が生まれる。この構造を作り、維持してきたのが「男性中心社会」である。少子化は「男性中心社会」「家父長制」「男女格差」を温存してきたことへの、しっぺ返しでもあるのだ。次の首相になる人には、ぜひこの小説を読んでほしい。

離婚を決意する澄子を追いながら、私たちは自分の人生のさまざまなターニングポイントを振り返る。同時に背後にある「構造」の問題も透けて見える。

この小説が扱う、私が専門とする馴染みのキーワードをあげるとしたら、「男女賃金格差」「東京一極集中」「地方消滅」「女性流出」「男尊女卑」「ミソジニー」「女女《じょじょ》格差」「非正規問題」「DV」「モラハラ」「都道府県別ジェンダーギャップ」「ワンオペ育児」「男性の育児参加」「未婚晩婚」などだ。そんな言葉は一言も書いていないのに、これらのデータが次々とよぎった。

女子大で教え子たちの母親の調査をしたことがある。地方と都市部の違いはあれど、母親世代は「出産退職」して「パート主婦」というパターンが最多であった。なぜ退職したのかという問いには「そういう空気だったから」という答えが多かった。首都圏の企業でもそうなのだから地方ならもっと「空気」は濃いだろう。その空気を作るのが「構造」なのだ。

濃厚な地方の空気の中、澄子は離婚への道を進んでいく。我慢することをやめた澄子。お金という現実問題が解決したわけではないけれど、心は自由だ。

その間には同級生とのシスターフッドや娘たち、母親や弟との関係が大きな助けとなっている。血圧があがるような夫のひどい仕打ち、シビアな現実をこれでもかと描写しながらも、垣谷美雨さんの小説には必ず温かさがある。この本を閉じたら、道が違い、疎遠になった友達を訪ねてみるのはどうだろうか？　つながることで、別の道や別の世界が見えてくるかもしれない。

そして、上の世代が我慢しすぎたせいで今の社会を作ってきたとしたら、次の世代は我慢しない世代になってほしいとつくづく思う。

この本を読んで、あなたも「我慢」をやめてみませんか？

（しらかわ・とうこ／相模女子大学大学院特任教授）

『もう別れてもいいですか』二〇二二年一月　中央公論新社刊
初出＝『婦人公論』
二〇一九年九月二四日号〜二〇二一年五月一一日号連載

中公文庫

もう別《わか》れてもいいですか

2024年10月25日　初版発行

著　者　垣《かき》谷《や》 美《み》雨《う》

発行者　安部 順一

発行所　中央公論新社
〒100-8152　東京都千代田区大手町1-7-1
電話　販売 03-5299-1730　編集 03-5299-1890
URL https://www.chuko.co.jp/

ＤＴＰ　嵐下英治
印　刷　大日本印刷
製　本　大日本印刷

Published by CHUOKORON-SHINSHA, INC.
Printed in Japan　ISBN978-4-12-207567-2 C1193

各書目の下段の数字はISBNコードです。978－4－12が省略してあります。

中公文庫既刊より

か-86-1
老後の資金がありません
垣谷　美雨

老後は安泰のはずだったのに！　家族の結婚、葬儀、失職……ふりかかる金難に篤子の奮闘は報われるのか？　〝フツーの主婦〟が頑張る家計応援小説。

206557-4

か-86-2
夫の墓には入りません
垣谷　美雨

ある晩、夫が急死。これで〝嫁卒業〟と思いきや、介護・墓問題・夫の愛人に悩まされる日々が始まった。救世主は姻族関係終了届⁉　心励ます人生逆転小説。

206687-8

か-86-3
代理母、はじめました
垣谷　美雨

「子どもが欲しい」と願う人と、貧困に苦しむ女性が手を繋いだら？　近未来を舞台に、代理出産という命のタブーに鋭く切り込んだ問題作！〈解説〉山田昌弘

207427-9

あ-83-1
闇医者おゑん秘録帖
あさのあつこ

「闇医者」おゑんが住む、竹林のしもた屋。江戸の女たちにとって、そこは最後の駆け込み寺だった――。女たちの再生の物語。〈解説〉吉田伸子

206202-3

あ-83-2
闇医者おゑん秘録帖　花冷えて
あさのあつこ

子堕ろしを請け負う「闇医者」おゑんのもとには、今日も事情を抱えた女たちがやってくる。「診察」は、やがて「事件」に発展し……。好評シリーズ第二弾。

206668-7

あ-83-3
アスリーツ
あさのあつこ

嘱望された陸上をやめ五輪種目の射撃を高校から始めた結城沙耶だが――。未知の競技と格闘する少女たちの喜怒哀楽に心震える青春小説。〈解説〉斎藤美奈子

207187-2

あ-90-1
さよなら獣
朝比奈あすか

教室で浮いていた三人。十年後、別々の道で生きる彼女たちは不意の再会を喜ぶが……心が叫ぶ痛快思春期小説。『少女は花の肌をむく』改題。〈解説〉少年アヤ

206809-4

お-51-1
シュガータイム
小川洋子
わたしは奇妙な日記をつけ始めた――とめどない食欲に憑かれた女子学生のスタティックな日常、青春最後の日々を流れる透明な時間をデリケートに描く。
202086-3

お-51-2
寡黙な死骸 みだらな弔い
小川洋子
鞄職人は心臓を採寸し、内科医の白衣から秘密がこぼれ落ちる…時計塔のある街で紡がれる密やかで残酷な弔いの儀式。清冽な迷宮へと誘う連作短篇集。
204178-3

お-51-3
余白の愛
小川洋子
耳を病んだわたしの前に現れた速記者Y、その特別な指に惹かれたわたしが彼に求めたものは。記憶と現実の危ういはざまを行き来する、美しく幻想的な長編。
204379-4

お-51-5
ミーナの行進
小川洋子
美しくて、かよわくて、本を愛したミーナ。あなたとの思い出は、損なわれることがない――懐かしい時代に育まれた、ふたりの少女と、家族の物語。谷崎潤一郎賞受賞作。
205158-4

お-51-6
人質の朗読会
小川洋子
慎み深い拍手で始まる朗読会。耳を澄ませるのは人質たちと見張り役の犯人、そして……。しみじみと深く胸を打つ、祈りにも似た小説世界。〈解説〉佐藤隆太
205912-2

お-51-7
あとは切手を、一枚貼るだけ
小川洋子
堀江敏幸
交わす言葉、愛し合った記憶、離ればなれの二人の哀しい秘密――互いの声に耳を澄まして編み上げたのは、純水のように豊かな小説世界。著者特別対談収録。
207215-2

お-51-8
完璧な病室
小川洋子
病に冒された弟と姉との時間を描く表題作他、デビュー短篇を含む最初期の四作収録。みずみずしい輝きを放ち、作家小川洋子の出現を告げる作品集。新装改版。
207319-7

か-57-1
物語が、始まる
川上弘美
砂場で拾った〈雛型〉との不思議なラブ・ストーリーを描く表題作ほか、奇妙で、ユーモラスで、どこか哀しい四つの幻想譚。芥川賞作家の処女短篇集。
203495-2

各書目の下段の数字はISBNコードです。978－4－12が省略してあります。

か-57-2
神　様
川上弘美
四季おりおりに現れる不思議な生き物たちとのふれあいと別れを描く、うららでせつない九つの物語。ドゥ・マゴ文学賞、紫式部文学賞受賞。〈解説〉佐野洋子
203905-6

か-57-3
あるようなないような
川上弘美
うつろいゆく季節の匂いが呼びさます懐かしい情景、ゆるやかに紡がれるうつつと幻のあわいの世界。じんわりとおかしみ漂う味わい深い第一エッセイ集。
204105-9

か-57-4
光ってみえるもの、あれは
川上弘美
いつだって〈ふつう〉なのに、なんだか不自由……。生きることへの小さな違和感を抱えた、江戸翠、十六歳の夏。みずみずしい青春と家族の物語。
204759-4

か-57-5
夜の公園
川上弘美
わたしいま、しあわせなのかな。寄り添っているのに、届かないのはなぜ。たゆたい、変わりゆく男女の関係をそれぞれの視点で描き、恋愛の現実に深く分け入る長篇。
205137-9

か-57-6
これでよろしくて？
川上弘美
主婦の菜月は女たちの奇妙な会合に誘われて……夫婦、嫁姑、同僚。人との関わりに戸惑う貴女に好適。コミカルで奥深い人生相談小説。〈解説〉長嶋　有
205703-6

か-57-7
三度目の恋
川上弘美
稀代のモテ男・生矢と結婚した梨子は、夢のなかで吉原の遊女や平安の女房に生まれ変わり……。『伊勢物語』をモチーフに紡ぐ、千年の恋の物語。〈解説〉千早　茜
207414-9

か-61-1
愛してるなんていうわけないだろ
角田光代
時間を気にせず靴を履き、いつでも自由な夜の中に飛び出していけるよう…好きな人のもとへ、タクシーをぶっ飛ばすのだ！　エッセイデビュー作の復刊。
203611-6

か-61-2
夜をゆく飛行機
角田光代
谷島酒店の四女里々子には「ぴょん吉」と名付けた弟がいて……うとましいけれど憎めない、古ぼけてるから懐かしい家族の日々を温かに描く長篇小説。
205146-1

か-61-3
八日目の蝉《せみ》
角田光代
逃げて、逃げて、逃げのびたら、私はあなたの母になれるだろうか……。心ゆさぶるラストまで息もつがせぬ傑作長編。第二回中央公論文芸賞受賞作。〈解説〉池澤夏樹
205425-7

か-61-4
月と雷
角田光代
幼い頃暮らしをともにした見知らぬ女と男の子。再び現れたふたりを前に、泰子の今のしあわせが揺らいで……偶然がもたらす人生の変転を描く長編小説。
206120-0

か-61-5
世界は終わりそうにない
角田光代
恋なんて、世間で言われているほど、いいものではない。それでも……愛おしい人生の凸凹を味わうエッセイ集。三浦しをん、吉本ばなな他との爆笑対談も収録。
206512-3

か-61-6
タラント
角田光代
片足の祖父、不登校の甥、〝正義感〟で過ちを犯したみのり。心に深傷を負い、あきらめた人生に使命―タラント―が宿る、慟哭の長篇小説。〈解説〉奈倉有里
207545-0

か-76-1
女の残り時間　ときめきは突然、やってくる
亀山早苗
普通の女が「女」に目覚める時――「女としての部分」に不安を抱く女性たちの迷い戸惑う姿を描く。夫には知られたくない、妻には読ませたくない、四十代女性の性の現実。
205306-9

か-76-2
男と女…　セックスをめぐる五つの心理
亀山早苗
男と女を隔てる心の壁と肉体の壁。それらを乗り越え、悦びへと至る方法はあるのか？　数百人の男女を取材してきた著者が炙り出す現代セックス事情。
205478-3

か-76-3
妻と恋人　おぼれる男たちの物語
亀山早苗
「大事なのは妻だけど、愛しているのはキミだよ」――婚外恋愛に突然はまってしまった、妻と恋人のあいだで惑う不器用で一途な男たちの姿を描く。
205531-5

き-30-15
エッセイの書き方　読んでもらえる文章のコツ
岸本葉子
エッセイ道30年の人気作家が、スマホ時代の文章術を大公開。起承転結の転に機転を利かし自分の「えーっ」を読み手の「へえーっ」に換える極意とは？
206623-6

各書目の下段の数字はISBNコードです。978－4－12が省略してあります。

き-30-17
捨てきらなくてもいいじゃない？　岸本葉子
思い切ってモノ減らし！でも捨てられない？心と体の変化によりモノに向き合い、ポスト・ミニマリズムの立場から持ちつつも小さく暮らせるスタイルを提案。
206797-4

き-30-18
生と死をめぐる断想　岸本葉子
がんから生還したエッセイストが、治療や瞑想の経験や仏教・神道・心理学を渉猟、生老病死や時間と存在について辿り着いた境地を語る。
206973-2

き-30-19
50代からしたくなるコト、なくていいモノ　岸本葉子
両親を見送り、少しのゆとりを手に入れた一方で、無理はきかないのが五〇代。自分らしく柔軟に年を重ねるヒント満載の、シニアへ向かう世代を応援するエッセイ。
207043-1

き-30-20
楽しみ上手は老い上手　岸本葉子
心や体の変化にとまどいつつも、今からできることをみつけたい。時間と気持ちにゆとりができたなら、新たな出会いや意外な発見？　期待も高まります！
207198-8

き-30-21
50代、足していいもの、引いていいもの　岸本葉子
50代は棚卸しの時期！　老後に向けて減らすもの、はじめるもの。これからをスッキリと過ごせるよう入れ替えは続きます。人生の総決算はまだまだ先。
207402-6

き-30-22
60代、変えていいコト、変えたくないモノ　岸本葉子
鍋が重たい、本の字が読めない、SNS詐欺、通信トラブル、不測の事態が起こっても、ぶれない心で乗り切ろう。人生後半を素敵に生きるための応援エッセイ。
207528-3

き-37-1
浮世女房洒落日記　木内昇
お江戸は神田の小間物屋、女房・お葛は二十七。あっけらかんと可笑しくて、しみじみ愛しい、市井の女房が本音でつづる日々の記録。〈解説〉堀江敏幸
205560-5

き-37-2
よこまち余話　木内昇
ここは、「この世」の境が溶け出す場所——ある秘密を抱えた路地を舞台に、お針子の齣江と長屋の住人たちが繰り広げる、追憶とはじまりの物語。
206734-9

き-41-1
優しいおとな
桐野夏生
日本の福祉システムが破綻し、スラム化したかつての繁華街〈シブヤ〉で生きる少年・イオン。希望なき世界のその先には何があるのか。〈解説〉雨宮処凛
205827-9

き-41-2
デンジャラス
桐野夏生
一人の男をとりまく魅惑的な三人の女。嫉妬と葛藤が渦巻くなか、文豪の目に映るものは。「谷崎潤一郎」に挑んだスキャンダラスな問題作。〈解説〉千葉俊二
206896-4

さ-61-1
わたしの献立日記
沢村貞子
女優業がどんなに忙しいときも台所に立ちつづけた著者が、日々の食卓の参考につけはじめた献立日記。工夫と知恵、こだわりにあふれた料理用虎の巻。〈解説〉平松洋子
205690-9

さ-61-2
寄り添って老後
沢村貞子
八十一歳で女優業を引退した著者が、自身の「老い」を冷静に見つめユーモラスに綴る。永六輔との対談「お葬式を考える」を増補。〈巻末エッセイ〉北村暁子
207207-7

し-46-1
アンダスタンド・メイビー（上）
島本理生
中三の春、少女は切ない初恋と大いなる夢に出会う。それは同時に、愛と破壊の世界へ踏み込むことでもあった——。直木賞候補作となった傑作、ついに文庫化！
205895-8

し-46-2
アンダスタンド・メイビー（下）
島本理生
憧れのカメラマンのアシスタントとなり、少女から大人への階段を歩み始めた黒江。ある事件を発端に、母親の秘密、隠され続けた自身の過去が明らかになる。
205896-5

し-46-3
Ｒｅｄ
島本理生
元恋人との快楽に溺れ抑圧から逃れようとする塔子。その先には、どんな結末が待っているのだろう——。『ナラタージュ』の著者が官能に挑んだ最高傑作！
206450-8

し-46-4
２０２０年の恋人たち
島本理生
楽しいときもあった。助けられたことも。だけどもう、いらない。母の死後、葵が選んだものは。本屋が選ぶ大人の恋愛小説大賞受賞作。〈解説〉加藤シゲアキ
207456-9

各書目の下段の数字はＩＳＢＮコードです。978－4－12が省略してあります。

せ-1-12
草　筏
瀬戸内寂聴
愛した人たちは逝き、その声のみが耳に親しい――。一方血縁につながる若者の生命のみずみずしさ。自らの愛と生を深く見つめる長篇。〈解説〉林真理子
203081-7

せ-1-16
小説家の内緒話
瀬戸内寂聴
山田詠美
読者から絶大な支持を受け、小説の可能性に挑戦し続ける二人の作家の顔合わせがついに実現。「私小説」「死」「女と男」について、縦横に語りあう。
204471-5

せ-1-6
寂聴　般若心経　生きるとは
瀬戸内寂聴
仏の教えを二六六文字に凝縮した「般若心経」の神髄を自らの半生と重ね合せて説き明かし、生きてゆく心の拠り所をやさしく語りかける、最良の仏教入門。
201843-3

せ-1-8
寂聴　観音経　愛とは
瀬戸内寂聴
日本人の心に深く親しまれている観音さま。人生の悩みと苦難を全て救って下さると説く観音経を、自らの人生体験に重ねた易しい語りかけで解説する。
202084-9

せ-1-9
花に問え
瀬戸内寂聴
孤独と漂泊に生きた一遍上人の俤を追いつつ、男女の愛執からの無限の自由を求める京の若女将・美緒の心の旅。谷崎潤一郎賞受賞作。〈解説〉岩橋邦枝
202153-2

た-94-1
まんぷく旅籠　朝日屋　ぱりとろ秋の包み揚げ
高田在子
お江戸日本橋に、ワケあり旅籠が誕生!? 人生のどん底を知り、再出発を願う者たちが集められた新生「朝日屋」が、美味しいご飯とおもてなしで奇跡を起こす！
206921-3

た-94-2
まんぷく旅籠　朝日屋　なんきん餡と三角卵焼き
高田在子
店先で、元女形の下足番・綾人に「動くな！」と命じる男の声。ちはるが覗いてみると……料理自慢の「朝日屋」は、今日も元気に珍客万来！　文庫書き下ろし。
207079-0

た-94-3
まんぷく旅籠　朝日屋　しみしみがんもとお犬道中
高田在子
今度の泊まり客は、お伊勢参り中の犬!? 珍客万来、今日も賑わう旅籠朝日屋だが、下足番の綾人が気になる人影を目撃する……。文庫書き下ろし。
207208-4

た-94-4
まんぷく旅籠 朝日屋
あつあつ鴨南蛮そばと桜餅
高田在子
朝日屋の主・怜治の元同僚、火盗改の柿崎詩門が盗賊に斬られたらしい。安否を確かめにいった怜治だったが、本人に会うことはできず……。文庫書き下ろし。
207343-2

た-94-5
まんぷく旅籠 朝日屋
とろとろ白玉の三宝づくし
高田在子
怜治はなぜ火盗改を辞めたのか――。ちはるの仇敵・久馬の店で起きた喧嘩騒ぎをきっかけに、知られざる痛ましい過去が明かされる。文庫書き下ろし。
207442-2

た-94-6
まんぷく旅籠 朝日屋
もちもち蒸しあわびの祝い膳
高田在子
おふさの祖父が、抜け荷の嫌疑がかかる唐物屋の隠居を朝日屋に連れてきた。怜治の元同僚・詩門の兄が抜け荷に関わっているかもしれず……。文庫書き下ろし。
207560-3

た-97-1
お山の上のレストラン
七歳児参りのふっくらムニエル
髙森美由紀
イケメンシェフの登磨と、へっぽこ従業員・美玖がお届け！ 青森のご当地食材がじゅわっと染み入る、絶品&感動のお料理小説。『山の上のランチタイム』改題。
207484-2

た-97-2
お山の上のレストラン2
青葉の頃 ハーブポークの休息
髙森美由紀
〈葵レストラン〉のシェフ・登磨には亡き祖母との思い出の味があった。それを思い出させてくれたのは、意外な人物で……。『山のふもとのブレイクタイム』改題。
207495-8

と-21-1
パリからのおいしい話
戸塚真弓
料理にまつわるエピソード、フランス人の食の知恵など、パリ生活の豊かな体験をもとに〝暮らしの芸術〟としての家庭料理の魅力の全てを語りつくす。
202690-2

と-21-5
パリからの紅茶の話
戸塚真弓
パリに暮らして三十年。フランス料理とワインをこよなく愛する著者が、五感を通して積み重ねた、歴史と文化の街での心躍る紅茶体験。〈解説〉大森久雄
205433-2

と-21-7
ロマネ・コンティの里から
ぶどう酒の悦しみを求めて
戸塚真弓
〈人類最良の飲み物〉に魅せられ、フランスに暮らす著者が、ぶどう酒を愛する人へ贈る、銘酒の村からのワインエッセイ。芳醇な十八話。〈解説〉辻 邦生
206340-2

各書目の下段の数字はISBNコードです。978 - 4 - 12が省略してあります。

な-12-15
雲と風と 伝教大師最澄の生涯
永井路子
苦悩する帝王桓武との魂の交わり、唐への求法の旅、空海との疎隔——。最澄の思想と人間像に迫った歴史長篇。吉川英治文学賞受賞作。〈解説〉末木文美士
207114-8

な-12-16
悪霊列伝
永井路子
古来、覇権争いに敗れ無惨に死んでいった者は、死後〝悪霊〟となり祟りを及ぼすと信じられた。心と歴史の闇を描く歴史評伝。〈解説〉宮部みゆき・山田雄司
207233-6

な-12-17
波のかたみ 清盛の妻
永井路子
政争と陰謀の渦中に栄華をきわめ、西海に消えた平家一門を、頭領の妻を軸に描く。公家・乳母制度の側面から平家の時代を捉え直す。〈解説〉永井紗耶子
207538-2

な-12-3
氷輪（上）
永井路子
波濤を越えて渡来した鑑真と権謀術策に生きた藤原仲麻呂、孝謙女帝、道鏡たち——奈良の都の政争渦巻く狂瀾の日々を綴る歴史大作。女流文学賞受賞作。
201159-5

な-12-4
氷輪（下）
永井路子
藤原仲麻呂と孝謙女帝の抗争が続くうち女帝は病に。その平癒に心魂かたむける道鏡の愛に溺れる女帝。奈良の都の狂瀾の日々を綴る。〈解説〉佐伯彰一
201160-1

な-46-19
疾風に折れぬ花あり（上） 信玄息女 松姫の一生
中村彰彦
信玄の五女として生まれた松姫は、織田軍の侵攻による武田家滅亡の直前、かろうじて甲州を脱出した。非運に堪え凜然として生きた美貌の姫君の生涯を描く。
206925-1

な-46-20
疾風に折れぬ花あり（下） 信玄息女 松姫の一生
中村彰彦
髪を下ろした松姫は信松尼と名を改め、一族の菩提を弔いながら後半生を送り、やがて将軍家の若君の出生に立ち会う。史伝文芸の傑作。〈解説〉三角美冬
206926-8

な-46-6
幕末入門
中村彰彦
尊王・佐幕、攘夷・開国、攻守所を変え、二転三転する複雑怪奇な動乱の時代。混迷をきわめた幕末の政情をわかりやすく読み解いた恰好の入門書。
204888-1

な-46-7
落花は枝に還らずとも（上）会津藩士・秋月悌次郎
中村彰彦

幕末の会津藩に、「日本一の学生」と呼ばれたサムライがいた。公用方として京で活躍する秋月は、薩摩と結び長州排除に成功するも、直後、謎の左遷に遭う……。

204960-4

な-46-8
落花は枝に還らずとも（下）会津藩士・秋月悌次郎
中村彰彦

朝敵とされた会津を救うため、復帰した秋月に戊辰戦争の苦難が襲う。ラフカディオ・ハーンに「神のような人」と評されたサムライの物語。〈解説〉竹内　洋

204959-8

な-74-1
三の隣は五号室
長嶋　有

今はもういない者たちの日々がこんなにもいとしい。小さな空間の半世紀を驚きの手法で活写する、アパート小説の金字塔。谷崎潤一郎賞受賞。〈解説〉村田沙耶香

206813-1

な-74-2
愛のようだ
長嶋　有

四十歳にして初心者マークの戸倉はドライブに出かける。友人の須崎と、その彼女琴美とともに――。著者史上初「泣ける」恋愛小説。

206856-8

な-74-3
今も未来も変わらない
長嶋　有

四十代、シングルマザーの星子は小説家。恋に子育て、仕事にレジャー。その日常は盛りだくさん。笑いたっぷり涙も少し。大人が楽しむ物語。〈解説〉井戸川射子

207509-2

は-45-1
白蓮れんれん
林　真理子

天皇の従妹にして炭鉱王に再嫁した歌人柳原白蓮。彼女の運命を変えた帝大生宮崎龍介との往復書簡七百余通から甦る、大正の恋物語。〈解説〉瀬戸内寂聴

203255-2

は-45-3
花
林　真理子

芸者だった祖母と母、二人に心を閉ざしキャリアウーマンとして多忙な日々を送る知華子。大正から現代へ、哀しい運命を背負った美貌の女三代の血脈の物語。

204530-9

は-45-4
ファニーフェイスの死
林　真理子

ファッションという虚飾の世界で短い青春を燃やし尽くすように生きた女たち――去りゆく六〇年代の神話的熱狂とその果ての悲劇を鮮烈に描く傑作長篇。

204610-8

各書目の下段の数字はISBNコードです。978－4－12が省略してあります。

は-45-5
もっと塩味を！
林　真理子
美佐子は裕福だが平凡な主婦の座を捨てて、天性の味覚だけを頼りにめくるめくフランス料理の世界に身を投じるが……。ミシュランに賭けた女の人生を描く。
205530-8

は-45-6
新装版 強運な女になる
林　真理子
強くなることの犠牲を払ってきた女だけがオーラを持てる。ぴかりと光る存在になるために運気を貯金しよう――。時代を超えて愛読される「女のバイブル」。
206841-4

は-45-7
綴る女 評伝・宮尾登美子
林　真理子
『櫂』『陽暉楼』に『天璋院篤姫』。国民的作家の波瀾万丈な生涯を、作品に惚れ込み、先輩として慕い続けた著者が新たな視点で辿る。〈解説〉綿矢りさ
207327-2

ち-8-3
考えるマナー
中央公論新社 編
悪口の言い方から粋な五本指ソックスの履き方まで、大人を悩ますマナーの難題に作家十二人が応える秀逸な名回答集。この一冊が日々のピンチを救う。
206353-2

み-51-1
あの家に暮らす四人の女
三浦しをん
父を知らない佐知と母の暮らしに友人の雪乃と多恵美が加わり、笑いと珍事に溢れる牧田家。ゆるやかに流れる日々が心の孤独をほぐす。織田作之助賞受賞作。
206601-4

み-51-2
愛なき世界（上）
三浦しをん
恋愛・生殖に興味ゼロの院生・本村紗英に、洋食屋の見習い・藤丸陽太が恋をした。一途で変わり者ばかりの研究室を舞台に、愛とさびしさが共鳴する傑作長篇。
207143-8

み-51-3
愛なき世界（下）
三浦しをん
葉っぱの研究を続ける本村紗英が起こした大失敗。窮地に光を投げかけたのは料理人・藤丸の反応で――世界の隅っこが輝き出す日本植物学会賞特別賞受賞作。
207144-5

よ-57-2
今日を悔いなく幸せに
吉沢　久子
一〇〇歳になりました。日々の暮らしのなかに見つける小さな喜び、四季を楽しむ食の工夫……老後の人生を幸せに生きるための ちょっとした知恵を伝授します。
206535-2